Estevão Ribeiro do Espinho

# Herzschlag

Die Deutsche Nationalbibliothek verzeichnet diese Publikation in der Deutschen Nationalbibliografie; detaillierte bibliografische Daten sind im Internet über http://dnb.d-nb.de abrufbar.

Herstellung und Verlag:
BoD – Books on Demand, Norderstedt
ISBN 978-3-7386-3959-9

# I

Ralf-Jochen trank keinen Kaffee. Eigentlich. Das Problem an der Sache war nur, dass er manchmal einfach nicht „Nein" sagen konnte. Eigentlich konnte er überhaupt nicht „Nein" sagen und kam dadurch immer wieder ungewollt in die Verlegenheit, vor einer vollen Kaffeetasse zu sitzen, die irgendwie geleert werden musste. Warum konnte man sich eigentlich nicht einfach mal mit jemandem treffen, ohne dass er einem als Erstes diese bittere schwarze Brühe aufdrängte? Viel schlimmer als der Geschmack war aber etwas anderes: Der Kaffee erzeugte einen nervösen Druck in seiner Herzgegend, seine Hände begannen noch stärker zu zittern und er konnte nachts darauf nicht einschlafen. Unzählige Stunden der Unruhe und Schlaflosigkeit bis in die Morgenstunden folgten jedes Mal dem unseligen Moment der Schwäche, in dem er das verhasste Getränk an seinen Geschmacksnerven vorbei heruntergeschüttet hatte. Und trotzdem passierte es immer wieder.

Diesmal aber überwand er sich zur Zurückweisung, obwohl es ausgerechnet sein Chef Rothe war, der ihn gefragt hatte, ob er einen Kaffee trinken wolle. Aber Ralf-Jochen hatte sich erinnert, dass man in Gesprächen mit Vorgesetzten Willensstärke beweisen sollte: Er wollte keinen Kaffee und das hatte er deutlich gesagt, worauf er einen Moment lang einen Hauch von Stolz empfand. Komischerweise folgten der Druck in der Herzgegend und das Händezittern trotzdem, immerhin musste er nun keine Tasse zum Mund balancieren, wobei Rothe das Zittern bemerken konnte. Die gerade geäußerte Ablehnung hinderte den Abteilungsleiter nicht daran, die Kanne aus der Kaffeemaschine zu nehmen, sich selbst eine große Tasse einzugießen und einen kräftigen Schluck Milch aus einem Pappkarton dazuschwappen zu lassen. Während die allgemeine Kaffeesucht die mäßige Verachtung Ralf-Jochens genoss, löste das Vermischen mit Milch regelrechte Abscheu in ihm aus.

Das begann damit, dass er vor einigen Jahren einem der Jugendlichen, die er betreute, einen Ferienjob in einer Molkerei vermittelte. Als er ihn dann irgendwann fragte, wie seine ersten Arbeitstage gewesen seien, bekam er zu hören, dass sich sämtliche Ferienjobber von der Melkmaschine „einen runterholen lassen" hatten. Ralf-Jochen machte sich eine sehr bildliche Vorstellung von diesem Akt – die Schläuche, die zu den Milchtanks führten, waren darin durchsichtig - die noch jetzt jedes Mal vor seinem inneren Auge ablief, wenn er jemanden mit einer Milchpackung hantieren sah. Selbstverständlich rührte er seitdem keinerlei Milchprodukte mehr an. Auch als er Rothe jetzt seinen Milchkaffee zubereiten sah, kamen die Bilder wieder in seinen Kopf und er musste einen Würgereflex herunterschlucken.

„Und sie wollen wirklich keinen?", fragte der Chef. Schon wieder zeigte sich dieses aufdringliche Unverständnis für Ralf-Jochens Kaffee-Ablehnung. Er war in diesem Moment vor Ekel und wütender Unsicherheit kaum noch in der Lage, auf Rothes Frage zu antworten, quälte sich aber die Worte „Nein, er schlägt mir immer gleich aufs Herz." heraus. Noch bevor der letzte Ton dieses Satzes seinen Mund verlassen hatte, bereute er seine Antwort bereits aufs Heftigste, denn sie war viel zu persönlich ausgefallen und er fühlte sich nun noch verunsicherter als zuvor. Dieser verfluchte Kaffee! Ralf-Jochen versuchte seine Gedanken auf die Entwicklungsberichte der Jugendlichen zu lenken, die er Rothe gleich vortragen würde.

„Es hat natürlich einen Grund, dass ich Sie hier eingeladen habe", eröffnete der das Gespräch. Ralf-Jochen war verwirrt, denn sein Chef hatte das Zusammentreffen als *turnusmäßiges Mitarbeitergespräch* angekündigt. Die angespannte Ordnung der Berichte in seinem Kopf zerstob augenblicklich in unartikulierbare Wortfetzen. „Ich will auch gar nicht lange drumrumreden", setzte Rothe fort. „Unsere Abteilung muss sich verkleinern und wir haben beschlossen, Ihren Vertrag nicht zu verlängern."

Diese Worte befremdeten Ralf-Jochen und kamen ihm doch so bekannt vor, als hätte sein Gehirn sie aus einer der tausend Fernsehsendungen, in denen er sie schon gehört hatte herauskopiert, um sie Rothe in den Mund zu legen. Träumte er vielleicht nur? Er sah sich um: Raufaserbedeckte Plattenbauwände, von unzähligen Umzügen abgeschlagene Pressplattenmöbel, brauner PVC-Boden mit undefinierbarer Musterung. Ein trockener Geruch von Staub und Kunststoffausdünstungen setzte sich plötzlich in seiner Nase fest und er musste sich die Nasenflügel zusammendrücken, um nicht laut zu niesen. Nein; obwohl seine Träume manchmal so real auf ihn wirkten, dass er nassgeschwitzt und mit pochendem Herzen aufwachte; jetzt fühlte er, dass all dies real war. Auch ohne dass er Kaffee trinken musste, zog sich jetzt sein Herz zusammen und er nahm die nachfolgenden Worte nur noch schemenhaft wahr.

„Ich will auch was zu den Gründen sagen, denn das wird Sie sicherlich interessieren."

Ralf-Jochen nickte und starrte dabei auf die Tischplatte, deren Kunststofffurnier ebenso schemenhaft die Struktur irgendeines Holzes imitierte, so wie die Gedanken verschwommen durch seinen Kopf waberten und sich übereinanderschoben, immer noch vorhanden, aber ohne klare Linien und unfähig, eine verwendbare Reaktion hervorzubringen.

„Wir hatten immer ein gutes Verhältnis, es ist also nichts Persönliches. Mit den Berichten, da hatten wir uns anfangs mal auseinandergesetzt und dann lief es ja auch. Sie haben ja auch keinen Fall gegen den Baum gesetzt. Aber im Verkauf, da hatten wir immer den Eindruck, dass sie da nicht so aus sich herauskommen. Sie sind sicherlich ein netter Kerl, letztlich sind es ja immer nur Eindrükke, aber wir mussten jetzt eine Entscheidung treffen."

‚Eindrücke, Eindrücke, klar letztlich sind alles nur Eindrücke', hallte es in Ralf-Jochens Kopf wider.

„Das mit dem Verkauf habe ich natürlich auch wahrgenommen", setzte er zu seiner Ehrenrettung an. „Aber ich hatte eigentlich schon den Eindruck, dass ich mich dabei in der Zeit bei AAB auch weiterentwickelt habe."

‚Jetzt fasele ich hier auch schon von Eindrücken', ging es ihm durch den Kopf. ‚Eindrücke können täuschen und bei mir da täuschen Sie sich gerade! Das hätte man sagen müssen!' Was sollte überhaupt dieser Blödsinn mit dem Verkauf, schließlich arbeitete Ralf-Jochen nicht als Versicherungsvertreter, sondern als Jugendbetreuer. Da waren doch andere Qualitäten viel wichtiger und die hatte er ohne Zweifel! Aber hatte es jetzt überhaupt noch Sinn, irgendetwas zu sagen? Die Entscheidung war gefallen, er würde Rothe sicher nicht umstimmen können. Aber er konnte sich doch auch nicht wie ein Schaf zur Schlachtbank führen lassen! Was sollte er sagen? ‚Sie sind ein netter Kerl.' Wollte Rothe ihn damit ermahnen, das auch zu bleiben und hier keine Szene zu machen? Nein, das würde er sicher nicht, aber das Gefühl irgendetwas erwidern zu müssen ließ ihn nicht los.

Während Ralf-Jochens Gedanken sich weiter ergebnislos um mögliche Antworten drehten, wiederholte Abteilungsleiter Rothe, der sich seit kurzem *Teamleiter* nannte, seine Ausführungen noch einmal in anderen Worten. Ralf-Jochen musste jetzt an das sogenannte Team denken, dem er angehörte. Er traf die Anderen höchstens einmal in der Woche, ansonsten arbeiteten sie alle einsam und allein vor sich hin. Wie sie ihn wohl anschauen würden, wenn sie von dem Rausschmiss erfuhren?

„...Sie sind ja jung und gut qualifiziert, Sie finden schon wieder was. Wenn Sie sich bewerben, können Sie da ruhig meine Telefonnummer weiterreichen. Ich würde es mal beim SBH oder der JAS versuchen. Die setzen sich da ja keine Zecke in den Pelz oder so", schloss der Teamleiter seinen Monolog, während er bereits aufgestanden war, Ralf-Jochen die Hand reichte und aus dem Zimmer eilte, wobei er es aber nicht versäumte, sich noch schnell Kaffee und Milch nachzugießen. Ralf-Jochen kam nicht mehr dazu, etwas zu sagen, auch wäre ihm nichts passendes eingefallen. Deshalb hatte Rothe ihn also nicht in seinem Büro empfangen: Um nach dem kurzen Prozess schnell verschwinden und ihn im Vorraum sitzen lassen zu können!

Und was sollte dieses Angebot, sich bei Bewerbungen auf ihn zu berufen? Was würde Rothe wohl am Telefon sagen, wenn dort tatsächlich jemand nachfragte? Hatte er vielleicht einen Verdacht, den er streuen wollte, um ihn auch bei allen anderen Firmen chancenlos werden zu lassen? Hatte er vielleicht bei der Abrechnung Mist gebaut und Rothe dachte, er habe die AAB betrügen wollen? Oder war es wirklich das fehlende „Verkaufstalent", das ihn dazu gebracht hatte, ihn rauszuschmeißen? Ralf-Jochen dachte daran, wie er dem Teamleiter dieses Argument selbst in die Hand gegeben hatte, noch bevor der ihn einstellte.

Rothe hatte ihn nämlich beim Vorstellungsgespräch nach seinen Stärken und Schwächen gefragt. Ralf-Jochen hielt diese Frage für eine zur Mode gewordene Verunsicherungstaktik und ärgerte sich maßlos darüber, aber diesmal hatte er sich eine Antwort zurechtgelegt und blieb für seine Verhältnisse relativ ruhig. Natürlich durfte er sich bei seiner Antwort nicht als unfähig darstellen. Ebenso wenig konnte er sagen, er habe keine Schwächen, denn das wäre ihm als arrogante Selbstüberschätzung ausgelegt worden. In fast allen seinen Zeugnissen stand, dass er ein zurückhaltender und ruhiger Mensch sei. Er offenbarte es Rothe deshalb einfach als Schwäche, nicht eben die Spontaneität gepachtet zu haben, wendete dieses Geständnis aber im gleichen Atemzug ins Positive, indem er seine Zurückhaltung und Ruhe als Quelle für Zuverlässigkeit, Stetigkeit und die Fähigkeit, auf andere Menschen eingehen zu können darstellte. Nach dem Gespräch empfand er das schon wieder als zu dick aufgetragen, aber es hatte offensichtlich funktioniert, schließlich bekam er den Job. Mit richtiger Bezahlung, fast nach Tarif, nur ohne die dort festgelegten Zuschläge, das war ja heutzutage fast ein Lottogewinn, wenn auch nur befristet.

Fünf Jahre lang hatte er nun hier gearbeitet. Was jetzt? Ralf-Jochen befand sich bereits auf der Treppe und musste sich abtasten, um festzustellen dass er seine Jacke anhatte und Schlüssel und Portemonnaie sich in den Taschen befanden. Auch seinen Rucksack hatte er in der Hand, er musste allerdings nachsehen, ob er im Herausgehen seine Papiere dorthin zurück gesteckt hatte. Eigentlich konnte er sich nicht einmal mehr erinnern, ob er in Rothes Vorzimmer überhaupt etwas ausgepackt hatte. Es schien alles da zu sein. Ralf-Jochen verließ das sanierungsbedürftige ehemalige Kindergartengebäude und stieß dabei fast mit der Jugendamtsleiterin zusammen, die ihn anlächelte und grüßte. Er zwang sich ebenfalls ein Lächeln ab und grüßte zurück. Wusste die etwa schon über ihn bescheid? Warum lächelte sie so, sonst war sie doch immer die fleischgewordene Muffligkeit, mit ihren angegrauten Haaren, ihrer grauen Kettenraucherhaut und ihrer ebenso grauen Kleidung. Wenn sie so etwas wie eine Seele hatte, konnte sie nur grau sein. Bevor sie noch etwas sagen konnte, flüchtete Ralf-Jochen in den gerade an der Haltestelle vor dem Eingang angekommenen Bus, der zwar nicht in seine Richtung fuhr, ihn aber immerhin hier wegbringen würde.

Beim Einsteigen hörte er hinter sich ein jämmerliches Aufheulen, drehte sich um und erblickte einen großen schwarzen Hund. Jemand musste dem armen Tier auf die Pfote getreten sein.

Er blickte ein Stück weiter zurück und sah die Besitzerin der bulligen Promenadenmischung, die sich im gleichen Augenblick als wirkliche Urheberin des Urschreis herausstellte. Sie war wahrscheinlich Ende Dreißig, sah aber älter aus, kleidete sich in einem abgerissenen Punkerstil und auf der Lederjacke prangten verschiedene Stoffaufnäher, denen Ralf-Jochen keinen Sinn zuordnen konnte.

„Wenn Du Dich noch mal vordrängelst gibt es ganz schnell was auf den Arsch!", sagte sie in einem Tonfall, der auf eine Mischung von Debilität und jahrelangem Drogenkonsum schließen ließ. Ralf-Jochen konnte seiner Fassungslosigkeit nur mit einem Kopfschütteln Ausdruck geben und postierte sich in einer Ecke gegenüber der Mitteltür. Die Situation war absurd, noch nie hatte er sich irgendwo vorgedrängelt. Wie oft hatte er sich im Gegenteil still darüber geärgert, wenn andere das bei ihm getan hatten! Aber die Anschuldigung war nicht ungewöhnlich, denn aus irgendeinem Grund übte Ralf-Jochen in dieser Hinsicht eine magische Anziehungskraft auf Menschen mit Minderwertigkeitskomplexen aus.

Er hatte sich die Theorie zurechtgelegt, das komme von seiner Körpergröße, die schon seit seiner Schulzeit immer zehn bis zwanzig Zentimeter über dem Durchschnitt lag. Gleichzeitig sah man ihm aber an, dass er unfähig war, jemandem wehzutun oder sich auch nur zu wehren, wenn jemand das mit ihm tat. Das spornte offensichtlich kleinere und weniger sanftmütige Zeitgenossen dazu an, ihr Selbstbewusstsein wieder aufzubauen, indem sie es ihm mal so richtig zeigten. Beschimpfungen und Androhungen von Schlägen waren dabei das wenigste. Was ihn am meisten anekelte, war die Neigung der von ihm angezogenen Psychopathen, ihn anzu-spucken. Er nannte sie in Gedanken *Aussätzige,* weil sie aus einem Milieu kamen, das er nicht kannte und das sie von allem ausschloss, was er für normal hielt. Außerdem brachte er irgendwie ihren Hang zum Spucken mit diesem Begriff in Verbindung, auch wenn er sich nicht erklären konnte warum.

Die Aussätzige im Bus zog eine Tür weiter und blieb dort im Rahmen stehen, während sie „Hey weißes T-Shirt! Du Sau! Du kriegst gleich was auf die Fresse!" schrie. Das wiederholte sie gebets-mühlenhaft, wobei sie „Sau" durch andere weniger harmlose Substantive ersetzte.

Ralf-Jochen trug immer weiße T-Shirts, weil er sich so beim Einkauf nicht für ein Modell oder eine Farbe entscheiden brauchte. Er versuchte wegzuhören. Aber wie kann man schon weghören? Wegsehen, das ging ja noch, auch wenn es schwer-fiel, aber dieses Geschrei?

‚Die ist einfach durchgedreht, die anderen schütteln auch schon den Kopf und sehen sich nach ihr um', versuchte Ralf-Jochen seine Anspan-nung in Mitleid umzuwandeln. Als ob sie das gehört hätte, änderte diese Frau plötzlich ihre Strategie und schrie jetzt: „Hey weißes T-Shirt! Alte Leute und Behinderte herumschubsen, das kannst Du, was?" Auch das wiederholte sie, wobei bald auch kleine Kinder in der Aufzählung von Anschuldigun-gen auftauchten, die Ralf-Jochen zunehmend ver-unsicherte. Zog diese Frau jetzt auch noch die an-deren Fahrgäste auf ihre Seite? Würde man bald ihn kopfschüttelnd ansehen?

„So, ich steigt jetzt hier aus", hörte er die überdrehte Stimme. Als er gerade aufatmen wollte, krächzte sie in seiner unmittelbaren Nähe auf und er konnte nicht anders, als sich zu ihr herumzudrehen.

„Was willst du in Berlin?", schrie ihm ein geifernder Mund voller brauner Zähne entgegen. Schnell drehte er sich zurück zum Fenster und sah steif auf die vorbeiziehenden Häuserwände.

,Was ich hier will? Das ist eine gute Frage. Aber Dich geht das einen Scheiß an.' Wieder war es zu spät für eine Antwort, als ihm der letzte Satz einfiel, denn die Hasstiraden gingen bereits weiter. Vielleicht war es auch besser, dass er nichts gesagt hatte, gar nicht beachten, gleich geht die Tür auf und sie ist weg.

Tatsächlich öffnete sich die Tür jetzt, nachdem der Bus zum Stillstand gekommen war. Ralf-Jochen sah hinüber und stellte erleichtert fest, dass die Aussätzige sich tatsächlich anschickte auszusteigen. Aber im Herausgehen drehte sie sich noch einmal um und spuckte Ralf-Jochen angestrengt nach oben ins Gesicht. Er fühlte wie sich etwas um ihn herum ausbreitete, als hätte der braune Mund einen Urknall erzeugt, aus dem heraus sich ein Universum um ihn ausdehnte, ihn blitzartig einhüllte und seine Meteoriten auf ihn einprasseln ließ: Tausende Tröpfchen, in denen sich Milliarden Viren und Bakterien tummeln mussten, gingen auf sein Gesicht und seine unbedeckten Arme nieder, und es setzte eine körperliche Lähmung ein, gegen die eine innerliche Ballung arbeitete, aber trotzdem sie explosiv zu sein schien keine äußerliche Regung erzeugen konnte. Als die Beschimpfungen gegen ihn weitergingen, fiel ihm nichts besseres ein als „Hau ab, sonst haue ich Dir auf die Fresse!" herauszupressen. Hatte das nicht diese Frau vorhin auch gesagt? Ralf-Jochen fühlte, wie sich angesichts dieser Unfähigkeit zu einer angemessenen Reaktion eine hilflose Wut in ihm ausbreitete. Er starrte wieder hinaus auf die Häuserwände und Hass begann, sich durch seinen bewegungslosen Körper zu fressen. Auch ein anderer Fahrgast forderte die Aussätzige jetzt auf, endlich auszusteigen, aber wahrscheinlich nicht wegen ihrer Angriffe auf Ralf-Jochen, sondern weil sie in der Tür stand und der Bus deshalb nicht weiterfuhr.

Endlich schloss sich die Tür und das verdammte Gefährt setzte sich in Bewegung. Der Fahrer hatte natürlich so getan, als würde er von nichts etwas mitbekommen. Er hatte die Frau mit dem Hund auch ohne Maulkorb hineingelassen ohne etwas zu sagen. Das war so ekelhaft typisch für diese Leute, dachte Ralf-Jochen und in seinem Kopf sprühten die Funken des Hasses von der Aussätzigen empor und prasselten auf dem Busfahrer herunter. Als er einmal von einem Konzert kam und jemand eine offene Flasche mit in den Bus nahm, weigerte sich der Fahrer kategorisch, seinen Beruf weiter auszuüben bevor nicht der Junge mit der Flasche den Bus verlassen hätte. Da niemand ausstieg, wartete der Typ einfach auf seinem gefederten Sessel, bis der nächste Bus kam und alle dorthin umstiegen. Aber mit den Aussätzigen legten sie sich lieber nicht an, da verstummte ihre Großmäuligkeit, deren allgemeine Verharmlosung als *Berliner Charme* die Flammen von Ralf-Jochens Wut weiter anfachte, so dass sie jetzt über die gesamte Stadt hinweg zu lodern schienen. Seine hasstriefenden Gedanken schweiften von einer unangenehmen Situation zur nächsten und kamen wieder auf die

zurück, in der er sich gerade befand, bis sich endlich die Bustüren wieder öffneten und er den Ort
der Peinlichkeit verlassen konnte. Er fühlte das
Bedürfnis, so schnell wie möglich seine Sachen in
eine Waschmaschine zu stecken und den verseuchten Speichel von der Haut bekommen. Aber in
ein öffentliches Verkehrsmittel konnte er nicht noch
einmal steigen und er lief deshalb einfach ohne
über den Weg nachzudenken in Richtung des Fern-
sehturms, was ihn irgendwann in bekannte Gefilde
bringen würde.

,Wenn ich die noch mal sehe, bringe ich sie
um.'

Er erschrak zunächst ein wenig bei diesem
Gedanken, was ihn nicht daran hinderte, ihn gleich
noch einmal zu denken. Irgendwie tat ihm die Vorstellung gut, er rief sie immer wieder ab und versetzte sich dabei in zunehmend brutalere Situationen, in denen er die Aussätzige um die Ecke
brachte. Zuerst gab er ihr nur einen tritt, so dass
sie aus dem Bus fiel. Dann trat er sie zusammen,
bis sie Blut zwischen ihren braunen Zähnen her-
vorspuckte. Auch dem hässlichen schwarzen Hund
zeigte er es, als der ihn daraufhin anbellte. Die Gedanken halfen, für einige Augenblicke den Ekel zu
vergessen, den die immer noch auf seinem Körper
verteilten Speicheltropfen verursachten. So lief er
mehr als zwei Stunden lang, bevor er seine Wohnung in der Warschauer Straße erreichte und mit
jedem Schritt schien er seinen Gang zu beschleuni-
gen und mit der gleichen Geschwindigkeit wuchs
der Hass in ihm.

Zuhause angekommen schrubbte er sich mit
der Nagelbürste die Haut von Armen und Gesicht
bis alles ähnlich rot war wie an einem lange zu-

16

rückliegenden Tag, als er nach ein paar Flaschen Bier am Strand eingeschlafen war. Er hatte seinerzeit versucht, so etwas wie Urlaub zu machen, aber was sollte man an einem Ort anfangen, an dem es nur Sand und Wasser gab, außer sich zu betrinken? Er suchte in seinem CD-Regal herum, konnte aber nichts finden, was ihm jetzt erträglich erschien. Schließlich sah er seine alten Schallplatten durch, die er seit Jahren nicht mehr angefasst hatte und legte eine Scheibe von Carcass auf. Unruhig lief er bei diesen Klängen durch die Wohnung, dachte erst sie würden ihn nervös machen, dann schienen sie ihm wieder Kraft zu verleihen und er hämmerte mit der Faust gegen die Wand neben dem Ofen und wartete, dass ein Stück des fragilen Putzes rund um das Ofenrohr hinunterfiel. Wieder stellte er sich vor, wie er die Aussätzige für seine Erniedrigung büßen ließ. In Gedanken schlug er im Takt auf sie ein; und es war ein schneller und harter Takt. Als in seiner Vorstellung ihr Schädel unter seinem Fuß zerplatzte, lief ihm ein kalter aber wohliger Schauer durch den ganzen Körper, wie eine gewaltige Welle, die von der Brust aus allen Hass aus ihm herausströmen ließ und ihm die Kraft zu geben schien, all das wirklich zu tun, was sich gerade in seinem Kopf abspielte. Ekel und Zufriedenheit mischten sich und unter Tränen hämmerte er wieder an die Wand, bis die Erschöpfung ihn zwang, sich auf die Matratze zu setzen. Er schluchzte laut und atmete dabei so tief ein, dass er die Luft nur stoßweise wieder herauslassen konnte, was wie ein Wimmern klang, dass er so erbärmlich fand, dass er die Musik ausschalten musste, obwohl er es hasste, einen Titel nicht zuende hören zu können und mitten im Takt die Nadel vom Vinyl reißen zu müssen. Die Kraft, die er gespürt hatte, war von einem Moment zum anderen verflogen und eine lähmende Schwere umfing seine Brust, die keine andere Bewegung mehr zuließ als das gequält stotternde Auf und Ab des Brustkorbes. Auch das Denken war paralysiert, nur die Bilder der verblutenden Aussätzigen ratterten ihm mechanisch durch den Kopf. Sie erschienen ihm plötzlich völlig absurd. Das Gespräch mit Rothe lief wieder vor ihm ab. Nein, er wollte kein netter Kerl sein. Und diesen Blödsinn mit dem Verkauf hatte der Schleimer doch nur gefaselt, weil ihm selbst nichts besseres eingefallen war. Er dachte nach, wie er sich an dem Chef rächen konnte. Komischerweise kamen ihm dabei keine Gewaltszenarien in den Kopf. Er überlegte vielmehr, wie er ei paar kleine Betrügereien in der Firma, von denen er wusste an die große Glocke hängen konnte. Aber das erschien ihm zu billig. Oder sollte er es trotzdem tun? Die immergleichen Gedanken kreisten in ihm wie in einer Endlosschleife.

Als er sich nach einigen Stunden wieder etwas klarer fühlte, verspürte Ralf-Jochen einen starken Drang, die kontaminierten Sachen, die er an diesem Tag getragen hatte, in den Ofen zu werfen. Da er nur zwei Hosen besaß und das Einkaufen hasste, entschied er sich aber dafür, sie in einer Mülltüte zum Waschsalon zu tragen. Als die Waschmaschine nach einer knappen Stunde anhielt, warf er weitere drei Euromünzen in die Zahlbox und schaltete sie gleich noch einmal ein, ohne die Luke zu öffnen. Er starrte auf die sich drehende Trommel und dachte immer wieder ‚Ich bringe sie um'. Es war als gravierte sich dieser Satz mit dem

18

schleifenden Geräusch des Waschmaschinenmotors immer tiefer in sein Gehirn ein.

Er versuchte noch einige Male, sich dagegen zu wehren. Um den Mordgedanken aus seinem Kopf zu bekommen überlegte er , wie er sich auf mildere Art rächen könnte. Eine Anzeige fiel ihm ein, er verwarf diesen Gedanken aber schnell, denn sicher würde man ihm nur unendliche Fragen stellen und anschließend alles im Sande verlaufen lassen, bis die Staatsanwaltschaft ihn nach der gesetzlichen Frist informierte, dass das Verfahren eingestellt sei. Der Gedanke an das *nicht unterschriebene weil maschinell erstellte Schreiben*, das er erhalten würde, heizte seine Wut nur noch mehr an. Er hätte diese Frau nicht einmal beschreiben können. Nur zweimal hatte sein Blick sie kurz gestreift, das einzige, was sich dabei regelrecht in sein Hirn eingebrannt hatte, war dieser geifernde Mund mit den braunen Zähnen. Würde er jemals wieder jemanden küssen können, ohne an diesen furchtbaren Anblick zu denken? Wieder kam der Tötungsgedanke zurück. Ralf-Jochen überlegte kurz, wie viele Menschen er in seinem Leben schon geküsst hatte. Ihm fiel nur Roberta ein und die Erinnerung an sie stimmte ihn etwas milder. Was hätte sie jetzt wohl getan?

Vielleicht musste man doch zur Polizei gehen, einfach aus Prinzip. Aber wie hatte diese Frau nur ausgesehen? Schwarze Klamotten, schwarze Haare, schwarzer Hund. Das war doch schon was, aber eigentlich auch nichts, denn es traf in dieser Gegend auf jeden zweiten zu. Warum sah er sich die Leute nur nie richtig an? Seine wenigen Bekannten zogen ihn ständig deswegen auf und spotteten darüber, wie er ohne jemals zur Seite zu sehen durch die Stadt stakste und niemanden erkannte, der ihm begegnete. In der U-Bahn klemmte er sich immer so dicht hinter seine Zeitung, dass er es nicht einmal bemerkte, wenn seine Kollegen sich schon um ihn herum gesetzt hatten und sich mit verschiedenen Gesten über ihn lustig machten.

In der letzten Zeit hatte er es sich sogar angewöhnt, die Zeitung, die er jeden Morgen in seinem Briefkasten fand, bereits im Gehen zur U-Bahn aufzuschlagen. Er überflog dabei nur die Schlagzeilen und sah eigentlich mehr verstohlen über den oberen Rand hinweg, um Zusammenstöße zu vermeiden. Wenn es regnete, tat er dasselbe mit seinem großen schwarzen Schirm, den er so weit über das Gesicht zog, dass er am unteren Rand die Füße der ihm Entgegenkommenden gerade noch rechtzeitig erkennen konnte, um ihnen auszuweichen. Gelangte auf der Straße trotzdem einmal jemand in sein Blickfeld, der ihm bekannt vorkam, sah er meist ruckartig weg, weil er nie genau zuordnen konnte, ob er denjenigen wirklich kannte und er ihn jetzt grüßen sollte, oder ob er sich dabei blamieren und über ihn gelacht werden würde. Dabei stockte sein Herz jedes Mal kurz und es kam ihm vor, als würde dabei die Blutzufuhr zu seinem Gehirn unterbrochen. In diesem Moment konnte er sich dann schon nicht mehr an das Gesicht erinnern, das er gerade erblickt hatte und es war zwecklos, darüber nachzudenken, ob es jemand Bekanntem gehörte oder nicht. Hatte er einmal so ruckartig weggesehen, dann wusste er nie, ob der vermeintliche Bekannte ihn bereits bemerkt hatte und sich nun wunderte, warum er wegsah oder ob er selbst gar nicht gesehen worden war oder er sich vielleicht getäuscht und gar keinen Bekannten ge-

20

sehen hatte. In keinem Fall konnte er dann noch mal dort hinsehen und seine Gedanken kreisten den ganzen Tag um die Begegnung, die gar keine war. Wenn er viel zu tun hatte, dann verschwanden die Gedanken und deshalb achtete er stets darauf, immer viel zu tun zu haben, auch wenn die unangenehme Erinnerung dann abends wiederkam und erst ein paar Flaschen Bier sie abstellen konnten.

Wieder dachte er darüber nach, wie die Kollegen wohl auf seine Kündigung reagieren würden. Er hatte noch mehr als den Jahresurlaub von fünf Wochen Urlaub übrig, weil er nach einigen gescheiterten Reiseversuchen – genaugenommen waren es zwei - nie wusste, was er mit dieser Zeit eigentlich anfangen sollte und deshalb seinen Urlaub immer solange herausschob wie möglich. Wenn er den Resturlaub einrechnete, musste er noch zwei Wochen lang arbeiten, um seinen Vertrag zu erfüllen. *Resturlaub* was war das für ein schreckliches Wort. Noch mehr wurmten Ralf-Jochen aber die zynischen Fernsehmoderatoren, die den Zuschauern am Samstag Abend regelmäßig ein schönes *Restwochenende* wünschten. Schon die Angewohnheit der Verkäufer, am Freitag ein schönes Wochenende zu wünschen hasste er bis aufs Blut. Er fühlte dann förmlich die in der Floskel versteckte Häme. Es war als wüssten diese Menschen genau, dass er mit seinen Wochenenden nichts anzufangen wusste:

*Betrinken Sie sich schön, um die Einsamkeit zu ertragen! Schönes Wochenende!*

*Solche süßen und aktiven Kinder haben Sie, junge Frau! Ich wünsche ihnen gute Nerven, sie zwei Tage lang zu ertragen! Schönes Wochenende!*

*Viel Spaß beim Anschweigen vor der Glotze mit Ihrer Frau! Schönes Wochenende!*

Dieser verdammte Urlaub. Bis zu seinem ersten Urlaub war beim AAB alles wunderbar gelaufen. Bis Rothe ihn fragte, wann er denn gedenke, endlich mal Urlaub zu beantragen. Das war fast ein Jahr nachdem er dort angefangen hatte. Er versuchte, immer mal zwischendurch einen Tag frei zu nehmen, merkte aber, dass er den Urlaubsberg damit nicht abbauen konnte. Er rang sich schließlich durch, füllte einen Urlaubsantrag aus und begann sich auf die Auszeit vorzubereiten. Je mehr er versuchte, die Zeit seiner Abwesenheit durchzuorganisieren, je mehr Fehler passierten ihm und Rothe schien immer aufmerksamer auf ihn zu werden. Am ersten Urlaubstag wurde er krank. Aus irgendeinem Grund hatte er das kommen sehen. Nicht dass er sich sonst gesund fühlte, aber jetzt wuchsen sich die Halsschmerzen, die ihn sonst jeden Morgen und das ganze Wochenende plagten zu einem heißen Stechen aus, dass die gesamte linke Halsseite in Flammen setzte. Er konnte nichts mehr essen und nachts schüttelte ihn der Frost oder das Fieber ließ ihn glühen. Das Brennen des Halses stieg die Lunge hinunter und flammte mit jedem Husten explosionsartig auf. Die Symptome ebbten schnell ab, hinterließen aber eine Niedergeschlagenheit, die es Ralf-Jochen für den Rest seines Urlaubs unmöglich machte, aus dem Haus zu gehen. Als er wieder zur Arbeit musste, war nichts mehr wie zuvor. Jeden Morgen quälte er sich nun mit Magenschmerzen aus dem Bett.

Als er sich angestrengt konzentrierte, kamen Ralf-Jochens Gedanken zurück zu seinem Resturlaub und schweiften von dort zu dem Moment, in dem er vor der Jugendamtsleiterin in den Bus geflüchtet war. Das gleiche Gefühl der Erniedrigung, wie er es in diesem Augenblick empfunden hatte, stellte sich wieder ein und ihm wurde klar, dass er seine Arbeitsstätte heute zum letzten Mal verlassen hatte. Er musste sich für die restliche Zeit krankschreiben lassen.

Ob Rothe bereits damit rechnete? Auch ihm würde es sicher nicht ungelegen kommen, wenn er Ralf-Jochen nicht mehr in die Augen sehen musste. Er dachte daran, wie der Teamleiter nach dem Entlassungsgespräch aus dem Raum geflüchtet war. Gedanken. Versuchten sie nur eine Erklärung zu finden für etwas, was wahrscheinlich wirklich nur von *Eindrücken* bestimmt wurde? Die Erinnerungen spulten sich weiter vor ihm ab und gelangten erneut zu der Aussätzigen im Bus. Wieder verschafften ihm nur die Gedanken an ihren von ihm herbeigeführten Tod Linderung seiner immer roher werdenden Wut.

Als er den Waschsalon verließ, begannen seine Füße schrecklich zu schmerzen. So lange war er heute gegangen und trotzdem hätte er nichts von dem Weg, den er zurückgelegt hatte, auch nur im Entferntesten beschreiben können. Nur die Gedanken blieben. Zuhause ließ er sich auf seine Matratze fallen und schluchzte in sein muffiges Kissen. Noch lange lag er wach und grübelte weiter, nur selten und kurz kamen die Gedanken zu etwas anderem als der Aussätzigen. Er versuchte, sie dort wegzuzwingen, um sie nicht in seine Träume hinüberschwappen zu lassen, aber es gelang ihm nicht, er schlief mit ihr ein.

Im Traum aber war er plötzlich ganz woanders. Er ging langsam ins Meer, ließ die Wellen nach und nach seinen Körper benetzen und begann schließlich zu schwimmen, als der Boden unter seinen Füßen in den Wellenbergen knapp wurde. Auf und ab – sein Körper machte die Bewegungen mit und ließ sich im Wasser treiben. Plötzlich veränderte sich etwas. Das Rauschen der Wellen war verstummt. Das Wasser wurde weiß und dickflüssiger, langsam begann es sogar auszuflocken. Ralf-Jochen ruderte mit den Armen und drehte sich um die eigene Achse. Es war kein Land mehr zu sehen und ihm wurde klar, dass er zu weit hinausgetrieben war, um jemals wieder zurückzufinden. Aufwachen.

Es war zwei Uhr. Schon als er noch bei Mutter wohnte, passierte ihm das oft: Meist wachte er dort zwischen drei und vier Uhr auf und lag bis zum Frühstück wach, denn etwas anderes konnte er nicht tun, sonst hätte er Mutter geweckt, die nebenan im Wohnzimmer auf dem Bett schlief, das sie jeden Abend aus der dunkelbraunen Schrankwand herausklappte. Jetzt überlegte er, ob er den Fernseher einschalten sollte, entschied sich aber doch, noch einmal herauszugehen, um die Freiheit des Alleinseins auszunutzen. Die Nacht war feucht und Ralf-Jochen sog die Luft wie in einen Schwamm in seine Lungen. Er steckte sich eine Zigarette an. Sie schmeckte so kräftig wie in der Zeit, als er angefangen hatte zu Rauchen. Ralf-Jochen erinnerte sich, wie er aus Mutters neuen Schachteln jedes Mal eine „Juwel 72" herauspulte, indem er vorsichtig das aluminiumbeschichtete Papier auftrennte und anschließend wieder zuklebte. Als er im Wald mit einer Clique um einen alten abgestorbenen Baumstamm herumstand und Bier trank und man sich gegenseitig etwas von der angerauchten Zigarette „stehen ließ". Aufregende Zeiten waren das und trotzdem bedrückte ihn die Erinnerung daran zutiefst.

Ralf-Jochen ging ein paar Schritte. Auf der Bank auf dem Mittelstreifen der Straße lag jemand. Es war der Mann, der drei Etagen über ihm direkt unter dem Dach wohnte, da wo die Wohnungen niedriger waren und ohne Stuck an den Decken. Seine Frau hatte ihn wieder einmal ausgesperrt. Ralf-Jochen ging an der Bank vorbei und ihm wehte der Geruch von billigem Fusel entgegen. Die Frage, ob der Mann noch lebte, beantwortete sich, als der sich mit dem Gesicht der Lehne entgegendrehte und damit Ralf-Jochen seinen Rücken zuwendete. Vor ein paar Tagen hatte er vom Balkon aus beobachtet, wie seine ebenfalls alkoholsüchtige Frau unten auf dem Mittelstreifen nach oben brüllte, man solle ihr gefälligst die Tür aufmachen. Sie meinte dabei ihren Mann, der nun ebenso betrunken wie sie zu dieser Zeit auf der Bank lag. Die Erinnerung an das keifende Geschrei, das er seinerzeit ganz amüsant gefunden hatte, brachte Ralf-Jochens Gedanken zurück zu seinem Erlebnis mit der Aussätzigen im Bus. Er machte kehrt, schlug diesmal aber einen Bogen um den auf der Bank Schlafenden.

Aus seiner Wohnung trat er noch einmal auf den Balkon und sah nach dem Mann, aber es war nichts zu erkennen, weil die Bank mit der Rückenlehne in seiner Richtung stand. Er dachte wieder an das Bespucktwerden im Bus und seine Gedanken danach. Würde er es wirklich zustande bringen, so jemanden einfach zu töten? Sicher nicht aus der Situation heraus, wie er sie mit der Aussätzigen erlebt hatte. Dafür war er immer viel zu ner-

vös und nicht spontan genug. Wie für den Verkauf
fehlte ihm auch hier die Durchsetzungsfähigkeit.
Aber wenn derjenige schlief, wie der Mann auf der
Parkbank? Was könnte man tun? Am wenigsten
Überwindung würde es wohl kosten, ihm eine Flasche mit vergiftetem Schnaps hinzustellen. Man
könnte fast sicher sein, dass er sie sich ohne nachzudenken hineinschütten würde. Aber wo sollte
man Gift herbekommen, das man nicht schmeckte
und das schnell genug tötete bevor man dem Aussätzigen im Krankenhaus den Magen auspumpte?

Ihm die Kehle durchzuschneiden, würde er
kaum fertigbringen. Das wäre natürlich am sicher-
sten, er würde verbluten und könnte nicht einmal
schreien. Aber wie sollte jemand wie er, der beim
Blutabnehmen jedes Mal fast ohnmächtig wurde,
das schaffen? Vielleicht müsste man sich selbst
betrinken, um sich überwinden zu können. Aber
dann würde man sicher zu leichtsinnig werden und
alles vermasseln. In diesem Augenblick sah Ralf-
Jochen hinter einem Fenster auf der anderen Straßenseite den Schatten einer menschlichen Gestalt.
Er fühlte sich ertappt und lief schnell in die Wohnung. Nachdem er die Balkontür geschlossen hatte,
sah er durchs seitliche Fenster noch einmal hinaus, wozu er nur ein Auge langsam am Rahmen
vorbei dicht an die Scheibe führte. Der Schatten
war noch da, aber war es auch eine Person? Hatte
sie sich nicht eben bewegt, langsam mit dem Kopf
genickt?

Er legte sich rücklings auf seine Matratze, die
ohne Bettgestell auf dem Boden lag. Sein Puls ging
schnell und er hatte das Gefühl, eine gewisse Unre-
gelmäßigkeit im Herzschlag zu spüren. Er dachte
daran, sich aus dem *Was ist wo* – Heft, das hier

jedes Jahr in die Briefkästen verteilt wurde, einen Arzt herauszusuchen, dem er sein Herzleiden vorstellen konnte. Aber dieser Impuls verflog schnell, als er sich wieder ins Bewusstsein rief, wie er vor ein paar Jahren von Praxis zu Praxis gezogen war und sie alle mit diesem Herzflimmern bekannt gemacht hatte. Er hasste es, zum Arzt zu gehen, schon der Geruch, der ihm meist an den Eingangstüren entgegenwehte, ließ ihn einige Male umkehren, obwohl er einen Termin hatte. Aber die Angst trieb ihn doch immer wieder in die Wartezimmer.

Als er sieben Jahre alt war, starb sein Vater an einem Herzinfarkt. Dass man das so nannte, erfuhr er aber erst viel später. Stattdessen sprachen alle davon, dass Vater einen Herzschlag bekommen hätte und das klang irgendwie noch bedrohlicher, als es beim Wort Infarkt der Fall gewesen wäre, das er in keine Beziehung mit etwas schmerzhaftem hätte setzen können. Er konnte sich kaum noch an Vater erinnern, nur dass er spindeldürr gewesen war. Er war schwach, verließ kaum einmal die Wohnung. Ralf-Jochen hatte sich immer einen anderen Vater gewünscht, einen der stark war, der ihn umherwirbelte, ihn auf den Schultern umhertrug und in die Luft warf. Doch seiner fiel einfach um und war tot. Von da an war seine Mutter sehr traurig geworden. Aber Ralf-Jochen hatte sie deshalb nie weinen gesehen, auch auf der Beerdigung nicht.

Nur bei der anschließenden Totenfeier kamen ihr die Tränen, nämlich in dem Moment, als das kaltes Buffet geliefert wurde. Der Fleischer hatte nur die billige Zervelatwurst, Blutwurst, Teewurst, Leberwurst und Griebenschmalz auf den Plastikplatten verteilt, keinen Schinken, nicht einmal Bierschinken, keinen kalten Braten, nicht einmal Hackepeter und nichts vom raren Obst, wie sie es gewohnt waren. Sogar Sülze und Harzer Käse hatte dieser Kerl den Beerdigungsgästen zugemutet. Harzer Käse auf einer Feier! Mutter war schnell nachhause gelaufen und hatte noch ein paar Sachen aus dem Kühlschrank und dem Keller geholt: Die Pilze in Dosen, die die Verwandtschaft aus dem Westen geschickt hatte, die Gläser mit dem ungarischen „Letscho", den Paprikastücken in Paprikasoße, von denen Ralf-Jochen immer schlecht wurde, die er aber trotzdem gerne aß, bis er sie zum ersten Mal erbrechen musste. Auch etwas Obst und ein paar Tomaten schleppte Mutter heran, Büchsen mit Hering in Tomatensoße, Wurst und Käse. Zum zweiten Mal an diesem Tage drückten ihr die Gäste mit ihren Blicken ihr Beileid aus, diesmal zu ihrer Wahl des Fleischers.

Jeden Morgen wenn Ralf-Jochen von nun an im Ehebett neben ihr aufwachte, saß seine Mutter schon auf ihrer Bettkante und sah auf das gerahmte Schwarzweißfoto, das im Bücherregal an der nahen Wand stand und ihren verstorbenen Mann zur Zeit ihrer Heirat zeigte. Er schaute streng im Profil. Ralf-Jochen wollte nicht, dass seine Mutter traurig war. Am liebsten hätte er das Foto seines Vaters weggeworfen. Mit den alten Fotoalben hatte er das bereits gemacht. Aber als seine Mutter das bemerkte, war sie nur noch trauriger geworden. Abends sang sie mit ihrer blassen Stimme liebevoll „Morgen früh, wenn Gott will, wirst Du wieder geweckt." Ralf-Jochen ahnte bald, dass ihn dieses Lied beruhigen und zum Einschlafen bringen sollte. Aber das tat es nicht. Immer musste er dabei an

Vater denken, dessen Foto im dunklen Regal stand. Was, wenn dieser Gott wie schon bei Vater auch bei ihm *nicht* wollte, dass er morgen früh wieder geweckt wurde?

Immer wenn sie beide vor dem Schallplattenspieler saßen und in einem der Lieder das Wort *Herz* auftauchte, dann hustete Ralf-Jochen laut, damit seine Mutter dieses Wort nicht hörte und sich dabei an den Tod erinnerte, der die Traurigkeit über sie gebracht hatte. Und Ralf-Jochen musste oft husten, denn die Schlagertexte sangen viel von Herzen. Von schmerzenden Herzen, gebrochenen Herzen, liebenden Herzen, schlagenden Herzen. Wenn sie vom „Herzschlag" sangen, meinten sie zwar nicht den Infarkt, der seinen Vater dahingerafft hatte, aber wie sollte seine Mutter dabei an etwas anderes denken? Wenn Ralf-Jochen so viel hustete, sah seine Mutter ihn sanft und besorgt an, holte das Fieberthermometer heraus und tatsächlich hatte Ralf-Jochen dann immer Fieber. Dann brauchte er am nächsten Tag nicht in die Schule gehen und wenn Mutter zur Arbeit gegangen war, fing er an zu schreiben. Meist verfasste er Briefe an seine Tante in Halle. Anfangs fiel ihm nichts ein und er schrieb einfach die Sprüche ab, die sein Vater in kleinen Rahmen an die Wand gehängt hatte. Als der Brief mit dem Inhalt „Ich habe geraucht, gelebt, geliebt, gesoffen, jetzt kann ich nur noch auf den Doktor hoffen." bei seiner Tante ankam, musste er große Heiterkeit ausgelöst haben, denn immer wenn diese Geschichte im Familienkreis erzählt wurde, lachte man ausgiebig. Ralf-Jochen konnte das nicht verstehen, auch war es ihm ziemlich peinlich. Trotzdem hörte er nicht auf zu schreiben.

Irgendwann schickte ihm seine Tante ein Buch. Die schweren gelblichen Seiten waren leer und in graues Leinen gebunden, auf dem in goldener Schrift das Wort *Tagebuch* eingeprägt war. War das eine Aufforderung, das Briefeverschicken zu unterlassen und statt dessen seine Gedanken für sich zu behalten? Ralf-Jochen bedankte sich in einem letzten Brief bei der Tante und hielt von nun an jeden Tag unter dem aktuellen Datum seine Erlebnisse und Beobachtungen fest. Anfangs waren es nur banale Ereignisse später auch Gedanken. Doch je weniger banal die Ereignisse wurden, desto mehr verdunkelten sich die Gedanken. Was sollte man anderes denken, wenn die einzige Kraft, die man hatte, die Aussätzigen anzog, die ihre Spuren an einem hinterlassen wollten?

Die Ärzte, die er vor wegen seines Herzens aufgesucht hatte, sagten ihm stets, er sei gesund, vielleicht sei er von der letzten Grippe noch etwas geschwächt und er solle sich nicht so auf seinen Herzschlag konzentrieren. Einer sagte ihm, das Stechen käme wahrscheinlich von seiner nach vorne verkrümmten Wirbelsäule, von der aus die Schmerzen angeblich oft „ausstrahlten". Auch seine Mutter hatte immer versucht, ihn zu beruhigen. Er sei eben so anfällig für diesen Husten und das Fieber und müsse dann einfach ein paar Tage zuhause bleiben. Meist wurden daraus mehrere Wochen und neben dem Schreiben konzentrierte er sich in dieser Zeit vorrangig auf seinen Herzschlag. Wenn man den ganzen Tag zuhause war, war das schließlich der einzige Rhythmus, den man hatte. Was sollte man fühlen, wenn der einzige Rhythmus, den man hatte nicht richtig funktionierte?

Auch jetzt blieb er ein paar Tage zuhause. Er hatte sich nicht bei Rothe krankgemeldet. Schon seit Jahren war er nicht mehr bei einem Arzt gewesen. Er hatte es irgendwann einfach aufgegeben. Mit seinem Herzen konnten sie ihm ohnehin nicht helfen und immer wenn ihn Mutter als Kind dorthin gebracht hatte, wurden ihm nur Antibiotika verschrieben. Gegen das Fieber halfen sie nicht, aber Ralf-Jochen hatte jetzt das Gefühl, dass sie ihrem Namen trotzdem alle Ehre gemacht hatten, indem sie Kapsel für Kapsel das Leben aus seinem Körper saugten. Sein Chef sprach ihm nach zwei Tagen auf den Anrufbeantworter. Er fragte, ob er denn damit rechnen könne, dass Ralf-Jochen den Fall Hochberg noch zuende bringe, es sei ja schließlich nichts anderes vereinbart worden. Wenn das für ihn nicht so sei, solle er noch am gleichen Tag anrufen, ansonsten gehe er davon aus, dass alles seinen Gang gehe. Ralf-Jochen löschte die Nachricht und zog den Stecker aus der Telefondose. Er schrieb noch eine E-Mail, dass er krank sei und löschte anschließend sein E-Mail-Konto, um keine Antwort darauf bekommen zu können.

Nachts wachte er oft auf, drehte sich auf den Rücken und dachte lange nach. Manchmal sah er auch aus dem Fenster. Zum Ausgleich schlief er einfach am Tag. Die Wohnung verließ er nicht, nur ab und zu ging er auf den Balkon. Auch das konnte er nur nachts tun, denn tagsüber saßen ihm jeden Tag nur ein paar Meter entfernt seine Nachbarn gegenüber. Die Maletzkis waren ein älteres dickliches Paar. Umringt von Grünpflanzen in Plastikkästen starrten sie jeden Tag von ihrem Balkon auf die Straßenbahnen, Busse und Autos, die anscheinend etwas Bewegung in ihr Leben bringen sollten.

Beide mussten lange arbeitslos sein, zumindest seit Ralf-Jochen hier wohnte. Trotzdem liefen sie ständig in Kittelschürze und Blaumann umher, wohl zur Erinnerung an bessere Zeiten. Wenn Ralf-Jochen ihnen so begegnete, nickten sie mit dem Kopf und zwangen sich ein Lächeln ab, hinter dem Argwohn spürbar war; wahrscheinlich hatten sie bereits bemerkt, dass er das Haus nicht mehr verließ, auch machte er sich, wenn er doch einmal im Hellen auf den Balkon ging, nicht mehr die Mühe, seine Schlafanzughose gegen etwas Vorzeigbares zu wechseln.

In manchen Nächten sah er ihn wieder, den Schatten auf der anderen Seite der Straße. Sollte er Kontakt aufnehmen? Aber wozu? Ihm fiel kein vernünftiger Grund ein, dennoch spürte Ralf-Jochen eine unerklärliche Anziehungskraft, die von dieser Erscheinung ausging. ‚Lass es uns tun' schien sie zu sagen und Ralf-Jochen wusste, dass es richtig war, auch wenn er noch nicht wusste, was es war. Tränen rannen ihm übers Gesicht und tropften ihm aufs T-Shirt. Er versuchte nicht, sie sich aus dem Gesicht zu wischen.

Im Briefkasten fand er einen Umschlag mit dem Stempel seiner Arbeitsstelle. AAB gGmbH stand da, das kleine g stand für gemeinnützig. Ralf-Jochen erinnerte sich an die Zeit, als der Betrieb in Form eines Vereins gegründet worden war. Es hatte etwas von Aufbruchstimmung: Man traf sich in der Kantine des Jugendamtes und erst als der Sommer vorbei war, wurde ein Raum gemietet in einem ehemaligen Kindergarten, der nicht mehr gebraucht wurde, weil es hier keine kleinen Kinder mehr gab. Dafür aber umso mehr Jugendliche. Das ganze Plattenbaugebiet war in den achtziger Jahren entstanden und die Wohnungen wurden seinerzeit an junge Familien vermietet. Sie hatten sich darum gerissen und wollten auch jetzt nicht wegziehen aus dieser trostlosen Schlafstadt. Ihre Kinder waren nun in der Pubertät angekommen und alles schrie nach Betreuung. Aber was hieß das eigentlich?

Ralf-Jochen hatte sich anfangs ausgemalt, wie er die orientierungslosen Sprösslinge über Literatur, Musik und gute Filme von ihrem stupiden Umfeld lösen und zu etwas hinführen würde, zu etwas besserem, von dem er selbst nicht genau wusste, was es war. Er musste bald feststellen, dass genau das Gegenteil von ihm erwartet wurde, nämlich dass seine jugendlichen *Klienten* so lange wie möglich in ihren Familien blieben, weil so am wenigsten Kosten entstanden. Stattdessen sollte er die Konflikte mit den Eltern schlichten, Grenzen setzen und Regeln aufstellen, deren Einhaltung mit Belohnung und Strafe gesichert wurde. In Gedanken verglich er diese Methoden mit denen einer Hundeschule und fand dabei keine Unterschiede, wobei er natürlich keine Ahnung hatte, wie es in einer Hundeschule zuging, aber so hatte er sie sich immer vorgestellt. So wollte er nicht arbeiten, musste aber auch feststellen, dass er mit seinen Vorstellungen von guter Musik und Filmen auf Unverständnis stieß und Literatur für *seine* Jugendlichen meist etwas fremdes war, dem man sich auch nicht zu nähern gedachte.

Der Verein wurde bald zu einer gGmbH. Das war die Zeit, als plötzlich die An- und Abfahrt zu den *Klienten* nicht mehr bezahlt werden konnte und das Urlaubs- und Weihnachtsgeld abgeschafft wurden. Ralf-Jochen hatte keinerlei Beziehung mehr zu so etwas wie Urlaub oder Weihnachten, auch das

Geld wurde bei ihm nie knapp, trotzdem beunruhigte ihn diese Entwicklung. Eine gemeinnützige GmbH, das war so etwas wie ein vegetarischer Wolf, dachte Ralf-Jochen jetzt und ihm gefiel der Vergleich. Seit Tagen hatte er das erste Mal das Gefühl, doch etwas zu können, wenn es auch nur das Finden passender Formulierungen war. Wobei der vegetarische Wolf sicher nicht das Beste repräsentierte, das ihm jemals eingefallen war. Er musste in seinen Aufzeichnungen nachsehen, vielleicht konnte er jetzt endlich den Roman zuende bringen, den er vor Jahren einmal zu schreiben begonnen hatte. In Schlafanzughose und weißem T-Shirt ging er hastig die linoleumbeschichteten Treppen hinauf, beflügelt von dem Gedanken daran, dass sein Rauswurf nur ein Zeichen war, eine Befreiung von seinem sozialpädagogischen Ordnungshüterdasein, die ihm ein neues Leben als Schriftsteller eröffnete.

Zuerst musste er diesen Brief loswerden, er war Teil des Ballasts, der ihn von seiner kreativen Bestimmung abhalten konnte. Er wollte ihn nicht lesen, zwar war er neugierig auf den Inhalt, dieser konnte ihn aber nur in seinem gerade gewonnenen Elan bremsen. Deshalb nahm er eine Zeitung von dem hüfthohen Stapel in seinem Wohnzimmer, zerknüllte einige Seiten und warf sie auf den Rost seines hellbraunen Kachelofens. Darauf stapelte er Holzscheite und warf ein paar leere Joghurtbecher und anderen Plastikmüll dazu, damit sich das Feuer schneller entfachte. Über alles breitete er eine schwere Decke aus Kohlebriketts, die er nachts aus dem Keller geholt hatte. Er fürchtete sich vor dunklen Kellern, aber in letzter Zeit ängstigte ihn stärker der Gedanke daran, jemandem im Treppenhaus begegnen zu können.

Als das Zeitungspapier brannte, schloss Ralf-Jochen die obere Ofentür, wodurch die abgestandene Luft seines Zimmers nun mit vielfacher Geschwindigkeit durch die untere Tür, hinter der das Aschefach lag, fegte und Holz, Plastik und Kohle von unten her in einen Feuersturm tauchte, der alles in einem lauten Rauschen entzündete. Nach einer Weile öffnete er die obere Tür wieder und verschloss dafür die untere. So konnte er ins Feuer starren, das orange leuchtete und langsam seine Gesichtshaut austrocknete. Er sah sich noch einmal den ungeöffneten Brief an und warf ihn auf den Feuerberg. Er sah zu, wie sich das Papier krümmte, grau zu rauchen begann und schließlich in einem hellen Aufflammen verpuffte. Wieder schloss er die obere und öffnete leicht die untere Ofentür, damit der so verstärkte Zug die papiernen Aschereste in den Schornstein fegte.

Er schaute sich um. Es gab noch mehr solches Papier, das er jetzt loswerden musste. Verträge, Gehaltsbescheinigungen, Berichte. Alles warf er ins Feuer und wirbelte mit dem Schürhaken die Asche auf, damit sie durch den Schornstein in den Berliner Himmel getragen wurde. Beim nächsten Regen würde sich dieses Stück Vergangenheit in seine einzelnen Atome auflösen und davongewaschen werden. Mehr und mehr Papier wanderte in den Kachelofen, ein Relikt aus vergangenen Zeiten verschlang die Relikte vergangener Zeiten. Unwiederbringlich, welch erlösendes Wort.

Schon als Kind hatte Ralf-Jochen die befreiende Kraft des Feuers zu schätzen gelernt. Nach Vaters Tod zerriss er die alten Fotos noch penibel und verstreute sie anschließend in Etappen in verschiedenen Mülltonnen. Doch bald erschien ihm diese Art der Vernichtung nicht mehr gründlich genug. Er versuchte es mit dem Versenken im nahegelegenen Teich, aber als einzelne Papierstücke wieder auftauchten, verwarf er diese Methode. Als er später einmal alte Kalender hinter einer Garage vergraben hatte, tauchte plötzlich ein Mädchen hinter ihm auf und fragte, was er da mache. Er sagte, das gehe sie nichts an und sie solle ja die Finger von der Stelle lassen, da dort Gasleitungen verlegt seien. Zur Sicherheit schleppte er eimerweise Wasser von zuhause zu der mehrere hundert Meter entfernten Stelle und schüttete sie in den Sand, damit er zu einem großen Block fror und niemand die Kalender ausgraben konnte. Aber auch diese Methode war ihm nicht sicher genug. Spätestens im Frühling taute alles auf und das Papier war durch das Eis konserviert und noch nicht verrottet genug, um nicht noch Informationen preisgeben zu können.

Das Feuer kam zum ersten Mal zum Einsatz, als die Eintragungen in das graue Tagebuch so unerträglich geworden waren, dass Ralf-Jochen sich gründlich davon befreien musste. Er riss die gelben Seiten aus dem leinenen Einband und verschürte das Ganze mit Pflasterband zu einem unförmigen Bündel, weil er meinte, so müsse es besser brennen.

„Diese Zeilen sind nicht zur Veröffentlichung bestimmt" hatte auf der ersten Seite gestanden und es folgte der Hinweis, dass darin auch Familienangehörige eingeschlossen seien. Zum Schluss hatte sich Ralf-Jochen selbst nicht mehr getraut, seine Aufzeichnungen zu lesen. Mit seinem Pflasterband-Bündel begab er sich in eine Kiefernschonung. In Reih und Glied standen die etwa zwei Meter hohen jungen Bäume hier und verwehrten Außenstehenden den Einblick. Auf einer kleinen Lichtung, an der zwei der gepflanzten Bäume abgestorben waren sollte das Ritual vollzogen werden. Das Pflasterband brannte nicht so gut wie vermutet und irgendwie geriet stattdessen das zwischen den Kiefern wachsende Gras in Brand, das unglücklicherweise so trocken war, dass die Versuche von Ralf-Jochen, das Feuer einfach auszutreten im Nachhinein betrachtet ebenso hilflos gewirkt haben mussten, wie der Versuch mit dem Pflasterstreifenbündel ein Stück Vergangenheit loszuwerden, zumal seine Füße nur mit Sandalen bedeckt waren, die er hasste, weil sich die rohen Lederstreifen in seine Füße einschnitten und die der in Ralf-Jochens Erinnerung rasend um sich greifenden Feuersbrunst sicher nichts entgegenzusetzen hatten.

Panisch rannte er durch die Baumreihen. Äste schlugen ihm ins Gesicht und bohrten sich in seine Füße, aber das bemerkte er nicht. Er kam auf der anderen Seite der Schonung heraus und rief verzweifelt: „Ist denn hier niemand?". Es war niemand da. Nur ein Weg aus länglichen Betonplatten lag vor ihm, an deren Seiten Metallösen eingebracht waren, mit deren Hilfe sie von einem Kran verlegt worden waren. Manchmal fuhren hier russische Panzerkonvois vom Manöver zur nahegelegenen Kaserne, deren Betonmauern jedes Wochenende von den Soldaten weiß getüncht wurden, mit einer Farbe, die wohl aus gelöster Kreide bestand und die schon der nächste Regen zum Großteil wieder abwusch. Das waren die einzigen Momente, in denen Ralf-Jochen die Sowjetsoldaten zu sehen bekam. In Kindergarten und Schule sangen sie Lieder von der

Freundschaft zu diesen Helden mit Kindergesichtern unter zu großen Uniformmützen. Meist sah man in der Stadt aber nur ihre Offiziere, die in den alten Villen am Stadtpark wohnten, deren Fensterscheiben sie mit alten Zeitungen zugeklebt hatten.

Auf der anderen Seite der Schonung lag ein Mischwald aus Eichen, Birken und Kiefern, wie er auf dem sandigen märkischen Boden oft anzufinden war. Ralf-Jochen rannte hinein und rannte und rannte. Bald stoppte ihn heftiges Stechen in der Seite. Er setzte sich in eine Kuhle, die einmal ein Bombentrichter gewesen sein könnte, bevor die Natur sich ihr Terrain zurückerobert hatte.

Er wusste später nicht mehr, wie lange er dort verharrt hatte, aber wahrscheinlich war es viel kürzer, als es ihm vorkam. Jedenfalls sah er, als er wieder an der Schonung vorbeikam, wie graue Rauchschwaden in der Luft lagen und junge Männer mit Spaten in die Baumreihen gingen. Sein Herz krampfte sich zusammen als er an das Bündel mit seinem Tagebuch dachte. Er hatte es liegen lassen und zweifelsohne würde man ihn dadurch als Urheber des Brandes aufspüren. Zuhause fragte ihn seine Mutter, warum er so komisch sei und holte das Fieberthermometer heraus. Tatsächlich hatte er Fieber und blieb die nächsten Tage zuhause.

Es waren schlimme Tage. Jeden Moment rechnete er damit, dass die Polizei vorfahren und ihn mitnehmen würde. Wie traurig musste Mutti dann werden! Was war er nur für ein Ungeheuer? Sein Fieber wurde immer schlimmer, aber sonst passierte nichts. Irgendwie erfuhr er, dass man den Waldbrand dem Funkenflug von der nahegelegenen Bahnstrecke nach Neustadt zugeschrieben hatte.

Sein Bündel musste mit verbrannt sein. Oder lag es noch da und wurde von niemandem beachtet? Lange Zeit traute er sich nicht, in die Schonung zu gehen und nachzusehen, auch als das Fieber nachgelassen hatte und er bereits wieder zur Schule ging. Als er es dann schließlich doch irgendwann tat, fand er nicht einmal die Stelle wieder, an der er gestanden und den Feuertanz aufgeführt hatte. Es gab dort nur noch schwarz verkohlten Sand.

Trotz der Angst, die er ausgestanden hatte, war Ralf-Jochen klar geworden, dass er die perfekte Methode zu seiner Entledigung von der Vergangenheit gefunden hatte. Noch oft benutzte er die Schonung am Plattenweg dafür, hob aber stets ein Loch aus, um nicht wieder einen Waldbrand zu entfachen. Auch auf dem Balkon von ihrer Wohnung verbrannte er einzelne Dokumente. Unter vielem anderem fiel sein Pionierausweis hier dem Feuer zum Opfer, der sinnlos geworden war, nachdem er von den Thälmannpionieren in die Freie Deutsche Jugend hatte wechseln müssen. Dort hatte er unterschrieben, dass er den Imperialisten und Militaristen kein Wort glauben, seinen Eltern immer fleißig helfen und stets offen und ehrlich seine Meinung vertreten würde. Nichts davon hatte er eingehalten, auch nicht das mit dem Rauchen und Trinken von Alkohol. Offen die Meinung vertreten, das war zynisch, denn man erwartete genau das Gegenteil von ihm.

Aber rauchen und trinken wollte er eigentlich selbst nie, das hatte er sich geschworen. Vielleicht war es diese verlogene Unterschrift, die ihn dazu gebracht hatte, seine Vorsätze zu vergessen. Der Gedanke gefiel Ralf-Jochen, seine schlechten Angewohnheiten erschienen ihm dadurch im Nach-

hinein als Protest gegen den Staat, der sich soziali-
stisch genannt hatte und doch nur eine spießige
Spitzelgesellschaft gewesen war. Auch im Abzug der
Gastherme, die in der Küche das durchlaufende
Wasser erhitzte, loderte bald regelmäßig das Pa-
pierfeuer. Das Abzugsrohr beförderte den verräteri-
schen Rauch hinfort und die Asche wurde im Spülbecken aufgelöst und in die Kanalisation gespült.

Jetzt hatte sich Ralf-Jochen fast des gesamten Papiers entledigt, das sich in seiner Wohnung
befunden hatte, indem er es in den hellbraunen
Kachelofen geworfen hatte. Es war dunkel geworden, aber er hatte kein Licht eingeschaltet und saß
immer noch vor dem lodernden Feuer. Seine Gesichtshaut war bereits so ausgetrocknet, dass sie
einriss und schuppte, besonders unter den Augen.
Die Leute kamen von der Arbeit nachhause oder
gingen aus dem Haus, deshalb konnte er jetzt nicht
die Asche herausbringen, die der Luftzug nicht
durch den Schornstein gefegt hatte. Einige Stunden
später kam ihm eine Idee, er nahm den Behälter
und schüttete die Asche in den Abfluss auf seinem
Balkonboden, der des Regenwasser auf die Straße
befördern sollte.

Ursprünglich hatte der Abfluss in ein unter-
irdisches System geführt, das aber wohl verstopft
war, weshalb man das Rohr einfach schräg auf die
Straße geleitet hatte, während sein ursprünglicher
Weg nur noch als Loch im Gehweg an der Häuser-
wand erkennbar war. Die Asche rieselte nicht
durch und Ralf-Jochen musste viele Eimer Wasser
nachgießen, bis sich die Mischung als grau-
schwarzer Schleier Richtung Straße ergoss. Inzwischen war es Nacht geworden und niemand inter-
essierte sich für Ralf-Jochens Aktivitäten. Oder

hatte er da wieder den Schatten auf der anderen Seite der Straße gesehen? Hatte sie ihn beobachtet? Es musste eine Sie sein, das war Ralf-Jochen klar. Solche Energien könnte nur ein weibliches Wesen aussenden.

Der Schatten nickte ihm bedächtig zu und Ralf-Jochen fühlte sich bestätigt und angespornt, nun restlos alles Papier dem Feuer zu übergeben, das sich in seiner Wohnung befand. Die Kohlen waren bereits verbrannt und das Papier an sich brannte schlecht, nur wenn man jede Seite einzeln zerknüllte ging es schnell in Flammen auf, aber das konnte er unmöglich schaffen. Legte man einen ganzen Stapel hinein, schwelte er nur vor sich hin, drohte das Feuer zu ersticken und hinterließ einen großen Haufen Asche, dessen Entsorgung über den Balkon doch etwas umständlich wurde. Ralf-Jochen erinnerte sich an die Reste des Teppichbodens, die beim Verlegen übrig geblieben waren. Er warf sie in den Ofen und siehe da, sie entfachten einen neuen Feuersturm, der einen großen Teil der Papierasche mit sich durch den Schornstein riss. Das funktionierte so gut, dass Ralf-Jochen sogar seine Telefonbücher, die Gelben Seiten und den Stapel alter Zeitungen durch den Schornstein blasen konnte.

Allerdings waren die Reste des Teppichbelags bald verbraucht, weshalb er jetzt Stücke aus dem Flurteppich herausriss, um sie als Brennstoff zu benutzen. Das funktionierte gut, weil der Flur eine seltsame L-Form hatte und Ralf-Jochen beim Verlegen alles hatte stückeln und mit doppelseitigen Klebeband fixieren müssen. Jetzt brauchte er deshalb nichts mehr zerschneiden, sondern nur noch herausreißen und alles samt dem Klebeband in den

Ofen werfen. Wie sich herausstellte, brannte das Klebeband noch besser als der Belag an sich. Ralf-Jochen schloss wieder die obere Ofentür, um den nötigen Sog herzustellen. Nach kurzer Zeit begann die gusseiserne Abdeckung, hellrot zu glühen.

Alles musste brennen. Ralf-Jochen überlegte, warum er dieses ganze Papier überhaupt aufbewahrte, das doch nur Erinnerungen auslöste, die ihn in einen düsteren Stimmungskeller hinunterzogen. Nicht nur das; er selbst vergrößerte dieses Unheil Tag für Tag, indem er auch über die beruflichen Pflichten hinaus und ohne Notwendigkeit so vieles niederschrieb. Mit den Briefen und dem Tagebuch hatte alles angefangen. Es lag wohl daran, dass er zeitweise daran glaubte, der Nachwelt etwas hinterlassen zu können, ja sogar zu müssen. Aber wem eigentlich? Wenn diese Frage aufkam, war die Verbrennung nicht mehr weit.

So wechselten sich in Ralf-Jochens Vergangenheit schon immer Phasen penibler Archivierung von Dokumenten und Aufzeichnungen mit deren radikaler Vernichtung ab. Aber auf einem bestimmten Niveau war die Vernichtung bereits permanent geworden: Als nutzlos bewertete Informationen wurden sofort aus Ralf-Jochens Umfeld beseitigt. Er konnte es nicht ertragen, einen alten Kassenzettel oder Werbebrief in seiner Wohnung zu haben. Er hatte wohl das Gefühl, solches Papier würde ihm, wenn er noch einmal auf es stieß, einen Teil seiner wertvollen geistigen Kapazität rauben. Nicht dass er noch daran glaubte, dass irgendwelche verborgenen Talente in ihm schlummerten, die es nur zu entdecken galt, vielmehr war er sich inzwischen der Beschränktheit einer Fähigkeiten bewusst und wollte sie nicht mit unnötigem geistigen Ballast zusätzlich belasten.

Ähnlich ging es ihm bald auch mit Gegenständen. Nichts Nutzloses in seiner Nähe war ihm erträglich. Bekam er ein aus seiner Sicht sinnloses Objekt geschenkt, musste er es sofort weiterverschenken oder falls es aus brennbarem Material bestand, in den Ofen werfen. Aber auch zunächst nützliches konnte der Vernichtung zum Opfer fallen, wenn unangenehme Vergangenheit an ihm kleben blieb. Einmal zerbrach ihm zum Beispiel eines zweier Gläser, die er sehr mochte. Er hatte sie von Mutter bekommen, in einem besonderen Moment, an den er sich nicht mehr genau erinnern konnte, nur das Gefühl des Besonderen umfing ihn jedes Mal, wenn er die Gläser ansah. So wie die beiden Gläser ein wohliges Schaudern in ihm hervorgerufen hatten, weckte nach dem Missgeschick das eine ganzgebliebene Glas bei jedem Ansehen eine unbändige Wut in ihm, die ihn dazu brachte, es zu zertreten und in den Müll zu werfen, obwohl es auch als Einzelstück seinen Zweck erfüllt hätte, denn er bekam nie Besuch. Der einzige, mit dem er überhaupt außerhalb des Jobs verkehrte, war sein alter Freund Chris, den er immer in dessen Wohnung aufsuchte, oder mit dem er sich in Kneipen traf. Chris hatte immer ein aufmunterndes Wort parat und einen ebensolchen Schnaps aus seiner Hausbar, in der er alle möglichen Spirituosen aus der ganzen Welt gesammelt hatte. Ralf-Jochen genoss diese Auswahl, hätte sich selbst aber nie gestattet, eine solche Sammlung anzulegen, da er dazu neigte, was er zuhause hatte auch schnell aufzubrauchen. Da er an sich ohnehin eine Neigung zum Alkoholismus diagnostiziert hatte, kaufte er nie Alkohol, trank ihn aber reichlich bei jeder anderen Gelegenheit.

Das einzige Papier was es jetzt noch in seiner Wohnung gab, war das, aus dem seine Bücher bestanden. Richtige Bücher hatte er noch nie verbrannt. Warum eigentlich nicht? War es das ungute Gefühl der Erinnerung an die unrühmliche deutsche Geschichte? Oder verschonte er sie, weil es nicht seine eigene Vergangenheit war, die an ihnen hing? Egal, jedenfalls hatten sie nichts mit dieser Sache zu tun. Trotzdem er sich das sagte, nahm Ralf-Jochen eines seiner Bücher aus dem offenen Regal, eine Abhandlung über ein alternatives Schulprojekt, die er sich in seiner Studienzeit zugelegt hatte. Auf den ersten Seiten fand er seine alten Anstreichungen und Kommentare. Als er weiterblätterte, hörten sie plötzlich auf, schon kurz nach der Einleitung. Er legte das Buch auf den Boden und nahm das nächste aus dem Regal. Wieder fand er auf den ersten Seiten ausführliche Spuren seiner Arbeit mit dem Text, die aber ebenfalls bald verebbten. Er warf das Buch zu dem ersten und blätterte das nächste durch, warf es zu den anderen und wieder und wieder, bis sein Regal leer war und sich ein wilder Haufen von Büchern auf dem Boden befand, der ihn tatsächlich an die Schwarzweißbilder von Dreiunddreißig erinnerte, die er im Kopf hatte.

Hatte er denn nicht ein einziges Buch zuende gelesen? Hatte er die ganzen Jahre nur so getan, als hätte er studiert und gearbeitet? Hatte Rothe am Ende recht behalten, als er sagte: „Sie sind sicher ein netter Kerl"? (wobei Ralf-Jochen das fehlende „sonst nichts" in Gedanken ergänzte und damit die Pause füllte, die sein ehemaliger Chef an dieser Stelle gemacht hatte). Er verbrannte sich die Hand beim Öffnen der nicht mehr glühenden, aber immer noch unwahrscheinlich heißen Ofentür. Das warme Asche-Wasser-Gemisch auf dem Gehweg vor dem Haus bildete bald eine dicke glitschige Schicht. Zum Glück floss das Ganze weiter auf die Straße und dort direkt in einen Gulli.

Um die Massen an zu verbrennendem Papier bewältigen zu können, heizte Ralf-Jochen zum erstem Mal den alten Kachelherd in der Küche an. Außer diesem klobigen Platzfresser hatte er nur einen Elektrokocher mit zwei Platten, den er aber auch nur selten benutzte. Auf den gleichen hellbraunen Kacheln wie im Wohnzimmer war eine große Metallplatte angebracht, aus der man die einzelnen Herdplatten mit dem Schürhaken herausnehmen und Brenngut nachlegen konnte. Dabei verbrauchte Ralf-Jochen die letzten Holzscheite, die ihm die staubverschmierten Männer des Kohlehandels mitgeliefert hatten. Als der Wohnzimmerofen an Feuerkraft nachließ, steckte er deshalb die überflüssig gewordenen Bretter seines Bücherregals hinein. Waagerecht wollten sie nicht passen, er schob sie einfach von schräg unten in den Brennraum hinein, der höher war als tief und so doch noch die Einlegeböden aufnahm. Das Kiefernholz knisterte und knackte nur ein paar Mal, bevor es hell aufloderte.

Als Ralf-Jochen das letzte mal den Aschebehälter in den Balkonabfluss entleerte, wurde es bereits hell. Er urinierte in den Eimer, den er zum Ausspülen der Asche benutzte. Wenn er seinen Darm entleeren musste, tat er das von jetzt an auf einer brennbaren Unterlage, um anschließend das Ganze im Ofen zu entsorgen. Sein Klo befand sich eine Treppe tiefer und er konnte zurzeit nicht das Treppenhaus betreten. Die Straßenbahnen fuhren wieder, noch mit wenigen Fahrgästen, bald würden es mehr werden. Auf der anderen Straßenseite war nichts zu sehen.

Jetzt fiel ihm sein Computer ein. Er warf Disketten und CDs in den Ofen. Die letzte Glut zerschmolz sie und brennende Fäden tropften in den Aschebehälter. Anschließend formatierte er seine Festplatte. Eine Artikelserie über Brasilien befand sich dort, die er einer großen Zeitung verkauft hatte, die sie aber dann plötzlich nicht mehr haben wollte. Er solle doch bitte versuchen, sie irgendwo anders unterzubringen, hatte ihm die Chefredakteurin gesagt. Immerhin hatte seine Rechtsschutzversicherung trotzdem das Honorar eingeklagt und nach einer Weile hatte er die Artikel kleineren Zeitungen überlassen, die sie ohne Honorar druckten. Diese Eitelkeit, seinen eigenen Namen schwarz auf weiß sehen zu müssen! Jetzt war dieses Zeugnis seiner Demütigung tausendfach gedruckt und unerreichbar für das Löschen oder Verbrennen. Aber jede Sekunde würde ein Teil mehr davon auf den Müllplätzen verrotten, von den Festplatten gelöscht werden, aus dem Internet als veraltet verschwinden. Die Zeit arbeitete für ihn, dieser Gedanke gefiel ihm, er beruhigte. Ralf-Jochen schlief ein, während ein Balken langsam von links nach rechts über seinen Computerbildschirm lief und damit verkündete, wie viel von der Festplatte bereits formatiert worden war. Briefe verschwanden, E-Mails und Berichte.

Als er aufwachte, fühlte er sich matt aber befreit. Endlich konnte er sich seinem Roman widmen, den er mit dem Arbeitstitel „Kill your Idols" versehen hatte. Hastig blätterte er die vergilbten Seiten durch, so ziemlich das einzige Papier, was sich noch in seiner Wohnung befand, abgesehen von dem Stapel leerer Blätter, den er aus dem Drucker gezogen hatte, um den Roman darauf fortführen zu können. Er überflog die ersten Zeilen, darin hatte er versucht, die großartige Stimmung festzuhalten, die er empfand, kurz bevor er sein Studiums unterbrach und für ein Jahr nach Brasilien ging. Offiziell studierte er dort weiter, aber er hatte sich eigentlich nur vorgenommen, in dem Auslandsjahr seinen Roman fertig zu schreiben. Außer einem Anfang, der die Abfahrt und Ankunft beschrieb und einigen zusammenhangslosen Situationsbeschreibungen hatte er nichts zustande gebracht, wie ihm jetzt beim Durchsehen der Seiten unerbittlich klar wurde. Der einsame „Ich"-Held erobert die Welt! Ralf-Jochen versetzte es einen Stich ins Herz. Er hatte sich in den letzten Stunden völlig auf seinen Roman fixiert, hatte sich die Zukunft ausgemalt, wie er in Brasilien sitzen und schreiben und alle paar Jahre ein Manuskript an seinen Verlag senden würde. Aber das hier würde wohl niemand lesen wollen, wie hatte er nur solchen Kitsch zu Papier bringen können? Das erste Kapitel war mit „Ferne" überschrieben. Dort war zu lesen:

*Ich hatte nie vor, einen Reisebericht zu schreiben. Eigentlich hatte ich auch niemals vor, wahrhaft zu reisen, aber dazu später. Gelesen hatte ich viele von ihnen, den Schilderungen neuer Welten und alter Kulturen. Arme Teufel, die ihr euch habt faszinieren lassen, von euren eigenen Geschichten. Arme Teufel, die ihr nicht zurückgekommen seid, die ihr bei den schönen Wilden Unterschlupf suchtet oder in den*

*Ländern der Zukunft. Sie haben euch alle wieder ausgespieen, meist mehr tot als lebendig. Ich habe keine faszinierenden Geschichten zu erzählen. Die Banalität des Seins ist es, die es mir erträglich macht.*

Das zweite Kapitel hatte Ralf-Jochen mit „Heimat" betitelt. Es handelte von seiner Abschiedsparty in Berlin, einem nichtssagenden Ereignis, wie es jede Minute unter Studenten passierte, aber weil er zuvor nie eine Party veranstaltet hatte, meinte er damals wohl, es sei etwas besonderes gewesen. Banal, tatsächlich, wie er es in seinem Vorwort angekündigt hatte. Aber wozu sollte das jemand lesen? Von seiner großartigen Aufbruchsstimmung, die das einmal transportieren sollte, kam nichts mehr zu Ralf-Jochen herüber. Interessanter erschien ihm die Schilderung des Abschieds von seiner Mutter. *Immer wenn ich die Stadtgrenzen von B. verließ, überfiel mich eine unerklärliche Müdigkeit.* Das war geheimnisvoll und ausbaufähig, aber auch wahr und viel zu persönlich, um es auch nur in Gefahr zu bringen, von jemandem gelesen zu werden.

Einen besonders langen Absatz hatte er der Tatsache gewidmet, dass er vor seiner Abreise nach Brasilien dem Bundesamt für Zivildienst mitgeteilt hatte, dass er von jetzt an im Kriegsfall in Brasilien zu erreichen sei. Minutiös schilderte er die Entstehung des Briefes, in dem er den Jargon der Behörde nachahmend betonte, dass er als guter Staatsbürger seiner Meldepflicht nachkommen wolle. Offensichtlich war er seinerzeit sehr stolz auf die Idee gewesen, jetzt sagten ihm diese Zeilen nichts mehr. Nur die Erinnerungen an die sterbenden alten Leute kamen wieder hoch und - was noch schlimmer war - an die Krankenpflegerinnen, die ihn schikanierten ohne dass ihm jemals eine passende Erwiderung eingefallen war.

Ralf-Jochen blätterte und suchte verzweifelt ein paar Zeilen, an denen er anknüpfen konnte. Vergebens. Es führte kein Weg daran vorbei: Auch diese Seiten mussten vernichtet werden. Ralf-Jochen legte das Manuskript in die erkaltende Glut des Ofens, die gerade noch ausreichte, um das Papier zum Aufflammen zu bringen. Wie ein schwarzer Mantel legten sich die verkohlten Seiten auf die Glut und erstickten sie bald, so wie Ralf-Jochens kreatives Feuer erstickte, das der Ausblick auf sein Schriftstellerdasein in ihm entfacht zu haben schien. Auch die leeren Blätter, die er sich zurechtgelegt hatte, wanderten ins Feuer, er würde sie nicht mehr brauchen, zumindest nicht zu dem Zweck, für den er sie vorgesehen hatte und daran würden sie ihn ständig erinnern. Ihm fiel die Diskette ein, auf der er den „Roman" gespeichert hatte. Die von den verkohlten Resten des Ausdruckes überdeckte schwache Glut würde nicht mehr ausreichen, um sie zu verbrennen, er legte sie deshalb in das Laufwerk des Computers, der sich mit einem schwarzen Bildschirm meldete, tippte „format a:" ein und drückte die Enter-Taste. Formatierung. Format hatten diese Aufzeichnungen nicht gehabt. Dann schon lieber die logisch durchorganisierte Leere von geometrisch berechneten „Sektoren" wie sie sich Ralf-Jochen bei einer leeren Diskette vorstellte.

Ein tiefer Schlaf führte ihn durch unbefahrene Straßen mit Kopfsteinpflaster. Er begann, einen etwas größeren Satz zu machen, federte mit dem anderen Bein ab und machte einen weiteren Satz.

Seine Schritte wurden immer länger. Jetzt sprang er mit jedem Satz bereits einige Meter weit. Er flog an den anderen Passanten vorbei, spürte einen angenehmen Luftzug im Gesicht. Warum sagten alle nur, man könne im Traum nichts spüren? Er hatte schon viel Schmerz geträumt. Aber jetzt fühlte er nur Freude. Er sprang und sprang, bis plötzlich der Rhythmus der Sprünge unterbrochen wurde. Das zum erneuten Absprung angezogene Bein bekam keinen Boden unter den Fuß. Als Ralf-Jochen nach unten sah, war alles so klein und sofort wurde ihm klar, dass er zu hoch gesprungen war und niemals lebend nach unten kommen konnte. Aufwachen.

Ralf-Jochen erinnerte sich an seinen Traum. Er erinnerte sich immer an seine Träume. Wie konnte nur dieser eine Schreckensmoment am Ende des ansonsten fröhlichen Traums dafür gesorgt haben, dass er völlig nassgeschwitzt war? Er fühlte sich krank, wahrscheinlich wieder dieses Fieber. Irgendetwas schabte von außen an der Wand. Ralf-Jochen wollte gerade auf dem Balkon nachsehen, da fielen ihm graubraune Putzbrocken vor die Füße und zersprangen zu Pulver. Wie jedes Jahr wurde der vom Frost gelöste Putz von der maroden Fassade entfernt. Dazu hatte man den Gehweg mit einem weißroten Plastikband abgesperrt und ein Mann bewegte sich in einem Leiterwagen an der Fassade entlang und kratzte mit dem Spaten alles Lose herunter. Wieder prasselten die Brocken auf Ralf-Jochens Balkon. Bald würde der Mann vor seinem gardinenlosen Fenster auftauchen und einen Blick in seine Wohnung riskieren. War hier irgendetwas Verdächtiges zu sehen? Eigentlich nicht. Trotzdem musste Ralf-Jochen etwas tun. Er hängte notdürftig eine Decke vor das gardinenlose Fenster und legte sich wieder auf seien Matratze, so dass ihn von außen niemand sehen konnte. Er durfte sich allerdings nicht von dort wegbewegen, da die Decke nur eines der zwei Fenster bedeckte und das andere den Blick auf den Rest des Zimmers freigab. Ralf-Jochen döste in den Halbschlaf hinein und wurde vom lauterwerdende Aufschlagen der Putzbrocken wieder geweckt.

Wie lange dauerte das denn? Die Gedanken im dröhnenden Kopf beschäftigten sich unwillkürlich mit der Aussätzigen. Sein Hass wurde dabei so unbändig, dass er sich trotz der ausweglosen Situation und der Lethargie, die seinen Körper fesselte, von der Matratze aufsetzte und mit den Fäusten gegen die Wand zu schlagen begann. Es war die Außenwand, von der der Lärm ausging der ihn geweckt hatte, aber die Schläge richteten sich nicht gegen die unerträgliche Ruhestörung. Es waren langsame aber harte Hiebe, nicht das Trommeln von Wut, die schnell verdampfte. Er spürte den Schmerz in seinen Händen stärker werden, aber erst als er sie gar nicht mehr spürte, hörte er mit dem Hämmern auf. Die Hände waren zu unförmigen Klumpen geschwollen und pochten mit dem Herzschlag. Das Poltern der Putzbrocken hatte aufgehört. Er sah vorsichtig aus dem Fenster; der Hubwagen und der Mann mit dem Spaten waren bereits weg.

Ralf-Jochen erinnerte sich, dass er seit mehr als zwei Tagen nichts gegessen hatte. Zwar spürte er kein Hungergefühl, aber etwas Äußeres sagte ihm, dass er essen müsse. Er sah in den Kühlschrank, in dem sich erwartungsgemäß nur Ketschup und Senf und ein paar Flaschen mit Getränken befanden. Etwas grünes, was einmal ein Stück Wurst gewesen sein musste, warf er in den Ofen. Auf dem Wohnzimmertisch lag noch ein halber Döner, er hatte keine Ahnung, wann er den gekauft hatte. Er nahm ihn in die Hand und wollte ihn ebenfalls in den Ofen werfen, als er bemerkte, dass die extreme Raumhitze ihn völlig getrocknet hatte, noch bevor er schlecht werden konnte. Er aß ein paar Fleischstreifen, die sich im Mund wie Kartoffelchips anfühlten. Das Brot war steinhart und ungenießbar, die feinen Kohlstreifen erinnerten an trockenes Heu. Er brauchte noch etwas anderes. Es war wieder nicht Hunger, der ihn auf die Straße trieb, mehr das Gefühl, er müsse jetzt etwas ordentliches essen. Er zog sich eine Jeans über die Jogginghose, die ihm als Schlafanzug diente und eine Jacke über sein weißes T-Shirt. Im Treppenhaus begegnete ihm der Mann aus dem vierten Stock, der auf der Parkbank gelegen hatte. War das gestern? Egal. Er wollte nur schnell weg. Aber der Mann sprach ihn an.

„Hallo Langer. Siehste, die Weiber wollen immer nur fressen.", er zeigte auf seinen Beutel, in dem er einen Blumenkohl und etwas anderes Gemüse transportierte. Es sah alles ziemlich verwelkt aus, wahrscheinlich hatte er es sich vom Müll des Supermarktes geholt. Im anderen Beutel sah Ralf-Jochen mehrere Flaschen mit goldenem Schraubverschluss und klarem Inhalt. Jetzt wehte ihm auch wieder der Fuselgeruch zu, den er schon in der Nähe der Parkbank wahrgenommen hatte. Hier im Treppenhaus war er unerträglich. Obwohl er selbst auch schon den einen oder anderen Schnaps zuviel getrunken hatte, musste sich Ralf-Jochen fast übergeben. Ohne etwas zu sagen stürzte er hinaus auf die Straße. Trockener Staub stieg ihm in die Lungen. Der Gehweg war voll von durch den Aufprall zermahlenem Putz, der nur oberflächlich weggefegt worden war. Das erste Mal seit er hier wohnte, freute sich Ralf-Jochen über diese Schweinerei, denn der Staub vermischte sich mit der Asche, die Ralf-Jochens Vergangenheit produziert hatte. Gemeinsam würden sie jetzt ohne Spuren aufgefegt und entsorgt werden. Man konnte kaum die Übergänge identifizieren, nur an einigen Stellen, schimmerte die etwas weißgrauere Asche unter dem eher gelbgrauen Putzstaub hervor. Welche Richtung einschlagen? An der Ecke gab es einen Bäcker, aber zu dem konnte er nicht mehr gehen. Die Verkäuferin hatte ihm einmal ein altes DDR-Fünfmarkstück herausgegeben. Als er es im Herausgehen bemerkte, traute er sich nicht, sich umzudrehen und sich zu beschweren. Er ging einfach weiter und warf die Münze in einen Gulli, während er darüber nachdachte, wie er sich an der Verkäuferin rächen konnte. Ihm war nichts eingefallen. Den Bäcker hatte er aber nie wieder betreten. Auch jetzt würde er es nicht tun.

Irgendwie trieb er zur S-Bahn-Station. Um diese Zeit waren die Bahnen einigermaßen leer und etwas auf die vorbeiziehenden Häuser zu sehen konnte nicht schaden. Er ging die Betonstufen hinunter zum Bahnsteig, der durch ein in der Mitte von vernieteten Trägern gehaltenes Wellblechdach überspannt wurde. Das Dach war relativ niedrig und auf einer Seite fuhr gerade eine S-Bahn ein und der Bahnsteig verdunkelte sich etwas. Ralf-Jochen wollte in die andere Richtung fahren, heraus aus der Stadt, wo es weniger Menschen gab. Er blieb an der Bahnsteigkante stehen und sah dem kommenden Zug entgegen. Plötzlich hörte er neben sich eine ihm bekannte aggressive Fistelstimme, die schon beim ersten Wort sein Herz veranlasste, sich derartig zusammenzuziehen, dass alles Blut aus sämtlichen Kammern herausgedrückt worden sein musste. Er spürte, wie es ihm von dort aus in den Kopf hinaufschoss.

„Du bist ja immer noch in Berlin weißes T-Shirt.", hörte er hinter dem Rauschen, dass das unter Druck zirkulierende Blut in seinen Ohren erzeugte.

Ralf-Jochen schleuderte herum, merkte wie er auf Widerstand stieß, wie sich etwas an seinem Arm festhielt, wie er es wegschubste. Er sah nur noch eine schlecht ausgeführte blaue Tätowierung auf einer blassen pickligen Schulter. Im nächsten Moment hörte er das Rasseln der S-Bahn, ihr Hupen ihr Bremsen. Er taumelte zur anderen Bahnsteigseite und durch die sich gerade schließende Tür des dort stehenden Wagens. Der Zug fuhr an, Ralf-Jochen sah auf den Bahnsteig. Die andere S-Bahn war kurz vor der eigentlichen Halteposition zum Stehen gekommen, kein Mensch zu sehen. Ralf-Jochen sah sich um. Der Wagen, in den er eingestiegen war, war fast leer. Nur ein älterer Mann las Zeitung. Er schien nichts bemerkt zu haben. Der Zug ratterte Richtung Innenstadt. Das Rauschen in Ralf-Jochens Kopf vermischte sich nur wenn sich an einer der zentralen Stationen die Türen öffneten mit dem Dröhnen der Geschäftigkeit auf den Bahnsteigen. In dem Moment, in dem sich die Gummiwülste ineinander fügten, gewann das Strömungsgeräusch seines Blutes wieder die Oberhand über sein Gehör. Er versuchte nachzudenken, aber immer liefen nur die gerade gesehenen Bilder von am S-Bahn-Fenster vorbeiströmenden Menschen erneut vor ihm ab. An einer der ruhigeren Stationen stieg er aus und lief schnellen Schrittes weiter.

Er ging ohne auf den Weg zu achten und die Gedanken pochten in seinem Kopf. Was war da geschehen? Das Pochen lieferte kein Ergebnis. Aber es trieb ihn voran. Er musste laufen, konnte nichts anderes tun. Er lief, bis es Abend wurde. Indem er so dahintrieb festigte sich einer seiner Gedanken und blieb immer mehr als Gewissheit in seinem Gehirn hängen: Er hatte es doch gekonnt! Und das ohne es wirklich vorgehabt zu haben, zumindest in diesem Moment, denn gewollt hatte er es in gewisser Weise schon. Sicher, der Zufall hatte ihm die Hand geführt, oder so etwas wie Schicksal, egal wie man es auch nennen wollte: Er konnte es und er könnte es wieder tun. Ein gutes Gefühl begleitete diesen Gedanken, ein abenteuerliches Gefühl von Sicherheit, Freiheit und Macht.

Er hatte keine Ahnung, wo er war. Eine Häuserschlucht, wie sie in den letzten Stunden zu Hunderten an ihm vorbeigezogen waren. Er orientierte sich am weit entfernten Fernsehturm, auf den er zulief, bis er wieder eine ihm bekannte Gegend erreichte. Er konnte jetzt kein Fahrzeug besteigen. Sein Schritt verlangsamte sich unwillkürlich, je näher er seiner Wohnung kam. Er ging einmal auf der anderen Straßenseite am Haus vorbei. Maletzkis Fenster waren hell beleuchtet, während seine Balkontür daneben, wie ein großes schwarzes Loch erschien. Noch nicht einmal Gardinen hatte er.

Er sah nach oben. Das war das Haus, in dem die Unbekannte wohnte, deren Schatten ihn in den Nächten mit seinem Nicken bestätigt hatte. Die

Haustür stand offen. Er machte kein Licht, während er die Treppen hinaufging. Trotzdem war zu erkennen, dass die mit Ölfarbe gestrichenen Wände von zahlreichen Graffitis verziert waren. Die Jugendlichen steckten mit diesen Zeichen ihr Revier ab, wie die Hunde es mit ihren Marken an den Laternenpfählen taten. Auch Ralf-Jochen hatte das als Kind getan. Aber nicht, um sich vor den anderen groß zu tun, es gab gar keine anderen, die das gleiche taten. Er wollte einfach Spuren hinterlassen, einen Beweis, dass er dagewesen war, dass er gelebt hatte. Spraydosen und wasserfeste Stifte hatte es allerdings in der DDR nicht gegeben. Er schnitzte seine Initialen deshalb in die Rinde von Bäumen und schrieb sie mit Mutters Lippenstift, den sie ohnehin nie benutzte, an Kellerwände.

Das Treppenhaus roch irgendwie nach Bohnerwachs, auch wenn die mit braunem Linoleum ausgelegten Holzstufen im Halbdunkel nicht so aussahen, als wären sie in letzter Zeit gereinigt worden. Das musste die Tür sein. Ralf-Jochen drehte sich mit dem Rücken in die Richtung, die sein Körper hatte, wenn er bei sich am Fenster stand, um sich von der Richtigkeit der von ihm ausgemachten Lage der Wohnung zu überzeugen. Sein Herz raste. Es überschlug sich, ganz deutlich konnte er wahrnehmen, wie immer wieder ein beunruhigender Zwischenschlag das Hämmern der Muskel unterbrach. In der Tür befand sich etwa zwanzig Zentimeter über dem Schloss ein rundes Loch. Hier musste sich eines der zusätzlichen Schlösser befunden haben, welche die Leute hier anbauten, weil ihnen die alten Kastenschlösser, die in den hohen Türen eingebaut waren, nicht sicher genug erschienen. An Ralf-Jochens Wohnungstür befanden sich gleich drei solcher Schlösser, von denen er aber nur zu einem einen Schlüssel hatte. Er hatte es selbst angebaut.

Er sah durch das Loch und nahm durch eine offene Tür das Schimmern der Straßenbeleuchtung auf der anderen Seite wahr. Es war ein gelbliches Licht, das irgendwie nach Herbst aussah, obwohl gerade der Frühling begann. Als Ralf-Jochen sein Auge gegen die Öffnung presste, öffnete sich mit leichtem Widerstand die Tür. Seine Hände begannen zu zittern, die Beine fühlte er gar nicht mehr und hielt sich deshalb mit beiden Armen am Treppengeländer fest, um nicht das Gleichgewicht zu verklieren. Er ging eine Treppe hinunter und drückte sich mit dem Rücken gegen die Wand. Er musste wieder nach oben. Er hatte das Gefühl, dass er dort die Antwort auf die Frage nach seinem heutigen Erlebnis bekommen müsste. Seine Beine schlotterten genauso wie seine Hände zitterten. Sein gesamter Körper bewegte sich wie ein Berg Götterspeise beim Servieren. Trotzdem trugen die Beine ihn wieder nach oben. Vorsichtig stieß er die Tür auf. Er musste an den Keller seiner Mutter denken, in den sie ihn immer geschickt hatte, um Kartoffeln aus der Regal zu holen, die dort im Winter lagerten. Schrumplig lagen sie dort im Regal und begannen ihre verkrüppelten weißen Keime nach außen zu stoßen, die sie wie monströse Fratzen aussehen ließen. In seinen Träumen war der Kellergang immer länger geworden, der Betonboden ging in Sand über und die Decke wurde noch niedriger als sie ohnehin schon war, bis der Gang zu einem Tunnel geworden war, an dessen Ende er nach einer gewissen Strecke auf eine Halle zuführte, in der Ralf-Jochen stöhnenden Gestalten begegnete, denen Beine und Arme fehlten, bevor er verschwitzt aufwachte.

Wie damals, wenn er die Kellertür öffnete, kniff er kurz die Augen zu und trat in die unbekannte Wohnung. Sie ähnelte seiner eigenen: Rechts lag die große Küche und geradezu das einzige Zimmer. Die mit dunkler Lackfarbe gestrichenen Holzbohlen ächzten unter Ralf-Jochen, als müssten sie den Aufprall eines Meteoriten abfedern. Die Wohnung war weitgehend leer, nur eine Menge leere Flaschen standen weiträumig um eine auf dem Boden liegende Matratze herum. Ralf-Jochen sah aus dem Fenster auf seine Wohnung, die einen ebenso leeren Eindruck machte, wie er ihn hier fühlte. Er setzte sich auf die Matratze, eine schwere Müdigkeit stieg von seiner Brust auf. Als er aufwachte, sah er neben sich einen großen schwarzen Hund sitzen. Die Wohnungstür stand immer noch halb offen, es herrschte Stille, nur ab und zu war das Rauschen eines vorbeifahrenden Autos zu vernehmen.

Langsam stand Ralf-Jochen auf und schlich sich mit dem Rücken zur Wand seitlich in Richtung der Tür. Das Tier bewegte sich nicht, starrte nur mit glasigen Augen vor sich hin. Ralf-Jochen konnte sich nicht erinnern, wie er in seine eigene Wohnung gekommen war. Plötzlich war er hier. Aber er konnte nicht bleiben. Er packte ein paar Sachen zusammen, einen Stapel weiße T-Shirts, Unterhosen, Socken, sonst hatte er fast nichts mehr. Er zog die Tür zu und sah auf sein Namensschild. Es bestand aus einem Diskettenaufkleber, auf den er mit einem Filzstift seinen Nachnamen geschrieben hatte. Jetzt kratzte er es mit den Fingernägeln von der Tür. Eine Stimme aus dem Nichts ließ ihn erstarren.

„Ziehen sie aus?", fragte Maletzki der gerade in seinem Blaumann mit zwei Eimern Kohlen in den Händen das Treppenhaus hinaufkam, das permanent nach Pisse stank, weil sich die Leute, die an der Bushaltestelle vor der Tür warteten, hier entleerten. Heute roch Ralf-Jochen nichts.

„Ja, nach Brasilien.", er hatte in diesem Moment kein Ahnung, warum er das sagte.

„Oh, das ist ne ganz schöne Strecke.", erwiderte Maletzki.

Ralf-Jochen nickte zustimmend, lächelte und drückte dem Nachbarn von ganzem Herzen die Hand. Er hatte das Gefühl, in diesem kleinen runden Mann eine Art Leidensgenossen zu haben, der sein Schicksal in seiner Einfachheit würdevoller ertrug, als er imstande war, es zu tun. Maletzki lächelte verunsichert zurück, nahm einen Zug an seiner Zigarre, die er ständig im Mund hatte, hob seine Kohleeimer wieder hoch und verschwand in seine Wohnung.

Ralf-Jochen wollte zum Bahnhof. Nein nicht mit der S-Bahn. Dort konnte er jetzt nicht hin. Das Morgengrauen setzte ein. Er lief durch die Straßen, löste in der Schalterhalle am Automaten eine Fahrkarte und setzte sich in den Zug, der zwischen Berlin und der Heimat pendelte. Das Signal der Regionalbahn ahmte das krächzende Pfeifen des Dampfes nach, so wie es geklungen hatte als der Vapor noch die Maschinen und Signalhörner antrieb. Ralf-Jochen konnte sich erinnern, schon einmal mit einem Dampfzug gefahren zu sein. Noch intensiver aber war bei ihm der Eindruck, den die nicht mehr vorhandenen mit Schiebetüren zu öffnenden

Abteile mit den braunen Kunstledersitzen bei ihm hinterlassen hatten. Er spürte ein Stück Kindheit, als er sich diese Erinnerung wachrief. Er konnte jetzt wieder das rhythmische Klackern der Räder in den Dehnungslücken der Schienen hören, das auf dieser Strecke in Wahrheit schon lange nicht mehr ertönte. Noch bevor der Zug Berlin verließ, schläferte ihn eine säuselnde Frauenstimme vom Band ein. Die Heimat empfing ihn in der Gastalt der Schaffnerin, die unsanft an seiner Schulter rüttelte und ihn zum Aussteigen aufforderte. Sie sah ihn angewidert an, er musste schlimm aussehen und wahrscheinlich noch schlimmer riechen. Er erinnerte sich an die sterile Stimme aus den Lautsprechern, die jetzt das Gebrabbel und Gebrülle der Zugführer und des Bahnsteigpersonals ersetzte und plötzlich erschien ihm diese Entwicklung, die er vor kurzem noch als Entfremdung klassiert hätte, weniger betrauernswert.

Auf dem Weg zu seiner Mutter dachte er über seine spontane Antwort auf Maletzkis Frage nach. Es musste ein unbewusstes Bedürfnis aus ihm gesprochen haben. Ja, er musste nach Brasilien, um Roberta sehen. Sie war die einzige, außer seiner Mutter, die ihn jemals verstanden hatte. Ganz anders als Mutter, aber doch wieder ganz ähnlich. Er konnte es nicht beschreiben. Sie hatte ihn einmal gefragt, warum er sich ausgerechnet mit ihr eingelassen habe, wo sie doch so hässlich sei. Sie war nicht die schönste Frau, der er je begegnet war, aber ihre weichen Züge entsprachen angenehm ihrem Wesen. Er hatte ihr erklärt, dass sie verrückt sein müsse, worauf sie nur antwortete, er müsse sich nicht so anstrengen, sie habe einen großen Spiegel zuhause. Sie musste unbeschreibliche

Enttäuschungen erlebt haben und was hatte er getan? Gleich morgen würde er die Reise organisieren.

Er hatte einiges gespart, weil er nie aus seiner billigen Studentenbude ausgezogen war und sich eigentlich auch nie etwas gekauft hatte. Seine spartanische Einrichtung bestand bis zuletzt aus den Möbeln, die ihm seine Verwandten in seiner Studentenzeit aufgedrängt hatten, weil sie selbst sie nicht mehr haben wollten und seiner Musikanlage, die einen zentralen Platz in seinem Wohnzimmer eingenommen hatte. Er hatte sie kurz nach dem Einzug von den tausendachthundert Mark gekauft, die man als „Abfindung" nach seinem Zivildienst überwiesen bekam. Seitdem gab es keine größeren Anschaffungen mehr. Einen alten Kühlschrank hatte er wie die Möbel geschenkt bekommen und mit seiner Wäsche ging er in einen Waschsalon, brauchte sich also keine Waschmaschine zu kaufen. Eigentlich konnte man gar nicht sagen, dass er etwas gespart hätte, das Geld sammelte sich vielmehr von selbst auf seinem Konto an, weil er es nicht ausgab.

Drei Jahre lang hatte er jetzt nichts von Roberta gehört. Anfangs schrieb sie noch, jeden Tag. Dann von einem auf den anderen Tag nicht mehr. Er hatte eine zeitlang mit dem Gedanken gespielt, sie zu überreden, nach Deutschland mitzukommen und eine spießige kleine Familie zu gründen. Ein Bekannter hatte ihm das ausgeredet. Es wäre doch viel praktischer, dort jemanden zu haben. Was auch immer der sich dabei vorstellte, Ralf-Jochen fand es seinerzeit ziemlich berechnend, so zu denken. Im Zivildienst hatten sie ihm gesagt, er sei berechnend, weil er sich genau so lange hatte

krankschreiben lassen, bis sein Resturlaub ausreichte, damit er dort nicht mehr hinmusste. Aber
was wussten die schon. Warum hatte er also nicht
auch einmal berechnend sein sollen? Eigentlich war
es gar keine Berechnung, sondern Trägheit, die ihn
alles so beibehalten ließ, wie es war. Aber dann
schrieb Roberta nicht mehr.

Ralf-Jochens Mutter sah ihn besorgt an, als
sie die Tür öffnete und schloss ihn lange in die Arme. Sie begann sofort, Rühreier zu braten und
Weißbrot zu toasten.

„Ich mache Dir schon mal Dein Bett fertig",
sagte sie.

Sein altes Zimmer war praktisch unverändert
geblieben. Er legte sich in das Badewasser, das
Mutter ihm kommentarlos eingelassen hatte. Im
großen Spiegel sah er, dass er kräftig abgenommen
hatte. Er war immer ein schmächtiger Junge gewesen. Wegen diesem Husten, sagte Mutter. In den
letzen Jahren war er etwas rundlicher geworden,
besonders in der Bauchgegend. Aber jetzt zeichnete
sich wieder jede einzelne Rippe ab. Als er sich abgetrocknet hatte, überlegte er, wo er die Tasche mit
seinen Sachen hingestellt hatte. Nach einer Weile
wurde ihm klar, dass er sie gar nicht mitgebracht
hatte, er musste sie im Zug liegen lassen haben, als
er noch vom Schlaf benebelt den „Aussteigen!"-
Befehl der Schaffnerin ausführte. Sein Herz zog
sich wieder ruckartig zusammen. In den Albträumen vor jeder seiner Reisen war ihm das passiert,
entweder das oder er hatte sein Flugzeug verpasst
und stand ohne Orientierung in der Schalterhalle
und sein Herz schmerzte so wie jetzt, wenn er aufwachte.

Er sah die Hemden seines Vaters durch, die immer noch genauso in seiner Hälfte des großen Kleiderschrankes hingen wie vor zwanzig Jahren. Sie waren zu kurz und zu breit und an der linken Achsel war bei allen der Stoff ganz dünngeschubbert. Ralf-Jochen konnte sich jetzt erinnern. Er sah, wie sein Vater jeden Tag nach der Arbeit auf dem Sofa lag, die Finger der rechten Hand unter die linke Achsel gesteckt, und sich mit dem Handballen die Herzgegend massierend. Er fand ein geringeltes Polohemd, dass ihm einigermaßen passte und eine graue Jogginghose, die sein Vater sich immer gleich nach dem Nachhausekommen angezogen hatte. Er zog auch ein Paar der dicken grauen Wollstrümpfe über, die sein Vater sogar im Bett getragen hatte. Er aß Rührei und Toast. Komisch, Rührei konnte man immer essen, auch wenn der Magen verkrampft war oder schon übervoll oder gereizt nach einer durchzechten Nacht.

Ralf-Jochen schlief den ganzen Tag und die ganze Nacht. Immer wenn er aufwachte, saß seine Mutter auf der Bettkante, sah ihn mit ihren warmen Augen an und wischte ihm den kalten Schweiß von der Stirn. Am Morgen des nächsten Tages stand Mutter schon wieder in der Küche und machte Rühreier. Ralf-Jochen nahm seinen zerfledderten alten Atlas aus dem Regal. Immer hatte er sich als Kind ausgemalt, dieses Land bei der ersten Gelegenheit zu verlassen, hatte die verschiedenen deutschsprachigen Ziele gegeneinander abgewogen und sich für die Schweiz entschieden, weil ihm das Gebirge angenehmer war als die See, wo nur Sand und Wasser zu finden waren, also noch weniger als die heimische Provinz zu bieten hatte. Außerdem entsprangen dort die Flüsse meist im eigenen Land und kamen nicht schon verseucht aus dem Süden daher. Die Notwendigkeit zur Flucht wurde ihm allerdings von der Politik oder dem Zufall abgenommen. Als die Mauer fiel, war er sechzehn Jahre alt und nie in die Verlegenheit gekommen, seine Pläne konkretisieren zu müssen.

Jetzt war es soweit. Er musste weg, diesmal ohne festgemachten Rückflug und ohne organisiertes Studienprogramm. Ralf-Jochen besuchte das einzige Internetcafé des Ortes. Seine Sachen hatte Mutter gewaschen, getrocknet und gebügelt und über den Stuhl neben seinem Bett gehängt.

„Wo willst Du denn hin?", fragte sie als er sich seine Jacke überstreifte.

„Ich muss nach Brasilien."

Mutter nahm seine Hand und legte sie an ihre Wange. Er spürte, wie Tränen warm über seine Finger liefen.

Durch das Fenster des Cafés sah er einen alten Bekannten am Computer sitzen. Er war mit ihm zur Schule gegangen, entweder war er auch zu Besuch hier, oder er war einer der wenigen, die wirklich noch nicht weggegangen waren. Er konnte ihn jetzt nicht treffen. Er konnte keine Freude über das Wiedersehen heucheln, das doch nur ein einmaliges bleiben würde und so belanglos wie anstrengend. Er ging am Schaufenster vorbei und tat, als sähe er sich im Laufen die Renovierungsarbeiten am Haus auf der anderen Straßenseite an. Er ließ sich weiter treiben, kam zu der Stelle, wo sie einst gewohnt hatten. Dort war eine verwilderte Sandfläche zu sehen, der Plattenbau, in dem sich ihre Wohnung befunden hatte, war vor ein paar Jahren abgerissen worden.

Ralf-Jochen fand, dass er in diesem Moment eigentlich etwas spüren sollte. Er wusste nicht was, aber es fühlte sich jedenfalls falsch an, dass er jetzt gar nichts empfand, als stände er am Fenster seines Büros. Er musste weiter. Er kam am Sportplatz vorbei. Die Scheiben der Umkleidekabinen waren eingeworfen und die Wände mit Sprühdosen bemalt, ohne Motiv. Er konnte sich gar nicht erinnern, dass dieses Gebäude Fenster gehabt hatte. Als er näher herantrat, sah er, dass die in den Rahmen verbliebenen Splitter dick mit Farbe bedeckt waren, nicht von einer Sprühdose, sondern mit einem groben Pinsel aufgetragen, man konnte noch die Schlieren erkennen, die die einzelnen Borsten hinterlassen hatten. Er erinnerte sich jetzt wieder, dass es hier zwar immer ein Fenster gegeben hatte, da dieses aber kein Licht nach innen ließ, ständig eine Neonröhre ihr flackerndes kopfschmerzauslösendes Licht auf die blanken Betonwände werfen musste, an denen die Bretter angeschraubt waren, an die man seine Sachen hängen musste, nachdem man sie gegen die Sportuniform getauscht hatte, die aus einer kurzen schwarzen Hose und einem ärmellosen blauen Hemd bestehen musste, das seine blassen schmalen Oberarme für jedermann enthüllte.

Sofort stieg ihm der sauer-muffige Geruch alter Sportschuhe in die Nase, obwohl er sich sagte, dass der längst verdunstet sein müsse. Fast jedes Mal war er der letzte gewesen, der seine Sachen auf einen der Haken hängen konnte, die aus in Bretter geschlagenen Nägeln bestanden, weil er beim Umziehen immer penibel darauf achtete, nicht mit dem Fuß den Boden zu berühren, sondern immer irgendwie in den Schuhen zu stehen. Er konnte es nicht ertragen, diesen körnigen Betonboden unter den Füßen zu fühlen, den schon so viele andere nackte Füße berührt hatten. Wenn er dann alleine im Raum zurückblieb und der Sportlehrer draußen bereits tobte, weil die Klasse noch nicht angetreten war, dann kamen sie zurück. Sie berührten ihn, sie schlugen ihn, sie bespuckten und zwangen ihn, es mit der Hand abzuwischen und er konnte nichts tun, als zu tun, was sie wollten.

Ralf-Jochen hatte sich unbemerkt am Fensterrahmen festgekrallt und sich die darin steckenden Scherben durch die Hand gebohrt. Ihm wurde kalt. Er überlegte, kam aber zu dem Schluss, dass diese Wunde nicht ausreichen konnte, um zu verbluten. Hier wäre ein guter Platz dafür gewesen. Er dachte daran, wie man ihm, wenn er als Kind einmal barfuss laufen wollte, erzählt hatte, dass eine eingetretene Scherbe bis hinauf zum Herzen wandern könne. Unwillkürlich fasste er sich mit der rechten Hand in die linke Achselhöhle, so wie Vater es immer getan hatte. Ihm wurde schlecht und er musste sich hinsetzen.

Auf der anderen Seite des Sandweges lag die Schonung, die er seinerzeit in Brand gesteckt hatte. Ein Wunder, dass auf diesem Boden überhaupt etwas wuchs. Es sah aus, als hätte man grüne überdimensionale Zweige in einen Sandkasten gesteckt. Die Bahnstrecke, die auf der anderen Seite entlanglief, war längst stillgelegt. Ralf-Jochens Vater hatte ihm hier gezeigt, wie ein Pfennig, den man auf die Schienen legte, von den weinroten Triebwägen, die hier fuhren, plattgewalzt wurde. Mutter war sehr traurig geworden, als er ihr stolz das blanke Stück Aluminium gezeigt hatte.

Er hatte gehofft, dass ihm hier wie so oft bei der Rückkehr an Orte, die man seit der Kindheit nicht mehr gesehen hatte, alles viel kleiner erscheinen würde als in der Erinnerung. Klein und bedeutungslos sollte es ihm vorkommen, damit er es vergessen konnte. Er wollte es sich nur noch ein letztes Mal ansehen, bevor er es aus dem Gedächtnis löschen könnte, so wie er seine Papiere noch einmal in die Hand nehmen musste, um sie zu verbrennen. Es funktionierte nicht. Die Kiefern waren kräftig gewachsen und bildeten nun ein düsteres undurchdringliches Gestrüpp und auch die Ruine des Umkleidegebäudes wirkte nicht weniger bedrohlich als damals das noch intakte Gebäude. An der wand der Eisenbahnunterführung war immer noch der Spruch „Punk's not dead" zu lesen, der dort schon in den achtziger Jahren mit unbeholfenen Pinselstrichen aufgebracht wurde. Wenn man es nicht wusste, konnte man es kaum noch lesen, denn von allen Seiten wurde der Schriftzug angegriffen von anderen Schriftzügen, die mit Sprühdosen aufgetragen und von vornherein nicht lesbar waren. Ralf-Jochen hatte sich den Spruch mit „Punker sterben nie" übersetzt und in der Klasse erzählten sie, das darüber stehende „Popper-Tod" bedeutete, dass ein Mitschüler aus der Neunten gestorben sei, den sie alle Popper genannt hatten. Ralf-Jochen wurde bewusst, dass er nie die wirkliche Bedeutung begriffen hatte. Andere Situationen, in denen er sich in ähnlicher Weise durch Unwissen blamiert hatte, drängten in seine Gedanken. Wahrscheinlich hatte Rothe wirklich Recht gehabt: Er war ein netter Kerl, sonst nichts.

An seiner alten Schule vorbei, versuchte er vor den Gedanken zu flüchten. Die weiß gestrichenen Metallfahnenmasten zeigten braune Roststellen. Jeden Montag Morgen hatte Ralf-Jochen sich auf diesem Platz aufstellen müssen. Als er daran dachte, fühlte er sich sofort wieder in diese Zeit zurückversetzt. Der gleiche unangenehme Druck in de Brust stellte sich ein, wie zu einem der Morgen, an denen sich die jungen Pioniere in reih und Glied drängelten und unedndlich scheinende Momente nicht vergehen wollte, bis DDR- und Pionierfahne gehisst worden und die Direktorin die immergleichen Worte gesprochen hatte. Ralf-Jochen musste die Augen zusammenkneifen, als die Erinnerung an diejenigen Fahnenappelle in ihm zurückkam, an denen die Auszeichnungen für gutes Lernen verteilt wurden. Obwohl er nie lernte, musste er dann jedes Mal nach vorne treten, wobei er mehr geschubst wurde, als er laufen konnte. wenn er sich aus den Reihen befreit hatte, ging er wackeligen Schrittes zur Direktorin und musste ihr die Hand schütteln, wobei er förmlich die Blicke der Aussätzigen in seinem Nacken spürte, die sagten: Dafür wirst Du bezahlen."

Ralf-Jochen musste schnellstens zurück zum Internetcafé. Tatsächlich hatte er Glück und es war jetzt leer. Er setzte sich in eine Ecke, in der ihn vom Schaufenster aus niemand sehen konnte und wo auch der Kassierer hinter seinem Tresen keinen Einblick hatte. Die Wände waren in einem unangenehmen Orange gestrichen und Ralf-Jochen beeilte sich, eine Flugverbindung zu finden. In den nächsten Tagen schien alles ausgebucht zu sein. Nur noch einen Flug nach Salvador gab es, das etwa tausend Kilometer südlich seines eigentlichen Zieles lag. Außerdem führte die Route über das noch einmal über tausend Kilometer südlicher liegende

68

Rio de Janeiro, ein gewaltiger Umweg. Zusätzlich würde er in Brüssel und Lissabon umsteigen müssen. Er suchte noch etwas herum und buchte dann doch diese Verbindung, denn alles günstigere war erst in mehreren Wochen möglich. Solange konnte er nicht warten. Übermorgen würde er also von Berlin aus abfliegen.

Hektisch nahm seine Mutter seinen Kopf zwischen ihre Hände, zog ihn herunter auf ihre Höhe und küsste ihn. Wieder rannen ihr die Tränen an den Wangen herunter und sie beeilte sich, die Tür aufzumachen und Ralf-Jochen aus der Wohnung zu schieben. Er ging ohne zurückzusehen, er spürte, wie sie ihm hinter der Gardine stehend nachsah. Der Zug nach Berlin war fast leer, nur morgens fuhren hier einige Pendler zu ihren Jobs in der Großstadt und kamen abends erschöpft zurück. Jetzt war es später Vormittag und die Sonne schien über die frisch bestellten Felder. Herrlich leuchtete der gelbe Raps bis an den Horizont. Der Anblick ließ Ralf-Jochen fast euphorisch werden, er malte sich seine Zukunft in Brasilien aus, bis ihm wieder die Bilder von Rothe und der Aussätzigen in den Sinn kamen und ihn in einen tiefen Abgrund stürzten. Vom Bahnhof aus fuhr er direkt zum Flugplatz. Er musste sein Ticket an einem Expressschalter abholen, weil die Zeit nicht mehr zum Zuschicken gereicht hatte.

## II

Durch ein lautes Klatschen, das von allen Seiten auf ihn einprasselte, wurde Ralf-Jochen geweckt. Die Brasilianer gaben damit ihrer Freude Ausdruck, wieder heil auf heimatlichem Boden gelandet zu sein. Er konnte nicht mehr sagen, wie oft er das Flugzeug gewechselt hatte. Auch wie spät es war, entzog sich seiner Kenntnis. Er wusste nur, dass er in Rio de Janeiro angekommen sein musste. In den langen Gängen sah er verschiedene Schilder: Eines, was er mit *Ankunft* übersetzte und eines, was *Weiterflug* heißen musste. In der Richtung der Ankunft gab es lange Schlangen an den Passkontrollen. Die längste davon war für Nichtbrasilianer vorgesehen, eine weniger lange brasilianischen Staatsbürgern vorbehalten, eine weitere war extra für US-Bürger eingerichtet worden, nachdem die Regierung der Vereinigten Staaten unter anderem für Brasilianer verschärfte Kontrollen bei der Einreise verhängt hatte. Als Revanche mussten nun auch die Nordamerikaner hier bei jeder Einreise ihre Fingerabdrücke hinterlassen, wonach sie mit druckerschwärzeverschmierten Händen ins Land entlassen wurden.

Ralf-Jochen bewegte sich automatisch in Richtung des Ganges, in den das Schild, das für ihn *Weiterreise* bedeutete, gezeigt hatte. Er setzte sich in einen Gang und sah auf sein Flugticket. Es war jetzt sechs Uhr morgens und sein Flug nach Salvador ging erst um acht Uhr. Er schlummerte etwas vor sich hin und zwang sich um sieben wieder auf die Füße, um den Abflugsteig zu suchen. Aber die Richtung, die er eingeschlagen hatte, führte ihn wieder zurück zu der Stelle an der er gesessen hatte.. Er nahm einen anderen Weg und fand wieder nichts. Langsam begann er, unruhig zu werden. Er rannte jetzt fast durch die verwinkelten Gänge, über Rolltreppen eine Etage nach oben, auf der anderen Seite mit dem Fahrstuhl wieder herunter. Nichts. Seine Unruhe näherte sich der Panik, die er in seinen Träumen in den Nächten vor einer Flugreise immer in dem Moment erlebte, wenn er sein Ticket durchblätterte und feststellte, dass er den Flug längst verpasst hatte und es sich anfühlte, als habe sich der Unglücksreaktor von Tschernobyl nicht in den sowjetischen Boden, sondern durch seinen Brustkorb gefressen.

Er suchte widerwillig nach einem Flughafenangestellten, den er schließlich in einer dunkelblau uniformierten Brasilianerin fand. Er konnte nicht reden, nicht weil er des brasilianischen Portugiesisch nicht mächtig gewesen wäre, sondern weil der Herzschlag im Hals pochte und ihm die Kehle abschnürte. Stattdessen zeigte er mit zittrigen Händen sein Ticket vor und zuckte mit den Schultern. Die Brasilianerin lächelte milde. Diese Verrückten, kommen hierher ohne ein Wort Portugiesisch zu sprechen, mochte sie gedacht haben. Sie öffnete mit ihrem Schlüssel mehrere Glastüren, die oberflächlich betrachtet gar nicht als Türen zu identifizieren gewesen waren, sondern wie feste Teile einer schwarz getönten Glaswand aussahen und schleuste Ralf-Jochen hindurch. Irgendwann zeigte sie in Richtung eines Schalters, an dem eine Schlange von Leuten stand, die bereits abgefertigt wurden. Salvador stand auf dem über dem Eingang angebrachten Fernsehmonitor. Ralf-Jochen entspannte sich etwas und konnte sich gerade so ein „Obrigado", die brasilianische Dankesformel, herauspressen. Die Flughafenangestellte lächelte anerkennend ob der nun doch vorhandenen Sprachkenntnisse und verschwand.

Im Flugzeug schlief Ralf-Jochen sofort wieder ein. Im Halbschlaf lehnte er das in einer Assiette angebotene Essen ab. Als er aufwachte, befanden sie sich schon im Landeanflug. Er hatte einen unglaublich widerwärtigen Geschmack im Mund. So musste die Pest gerochen haben. Die beengt um ihn Herumsitzenden sahen ihn mitleidig an, wahrscheinlich hatte er im Schlaf gesprochen. Er sprach immer im Schlaf, oft schrie er auch. Er starrte noch eine Weile aus dem Fenster, um keine Gesichter sehen zu müssen und stand erst auf, als sich alle Reihen hinter ihm geleert hatten und er als letzter und unbedrängt aus dem Flugzeug steigen konnte. Er packte vorsorglich seinen Pass aus, denn normalerweise bekam er einen Stempel hineingedrückt, aber hier gab es keine Zollstation mehr. Sein Herz überschlug sich einige Male, aber nur leicht. Wenigstens eine Angst bräuchte er diesmal nicht auszustehen: Sein Gepäck konnte nicht verlorengegangen sein, da er nur mit Handgepäck reiste.

Die Flughäfen waren auf der ganzen Strecke kaum zu unterscheiden gewesen: Beton, Glas Metall, Lärm, Leute, Hektik. Aber hier in Salvador merkte Ralf-Jochen unmittelbar nach der Ankunft, dass er sich in einer anderen Welt war. Alles war da, die Schalter der Fluggesellschaften mit ihren futuristischen Firmenlogos, uniformierte Angestellte, der Jet-Set mit seinen Statussymbolen. Aber irgend etwas stimmte nicht. Es fehlte die Perfektion. Aus der Wand hängende Drähte in der Schalterhalle, schiefe Kacheln und Sitzgruppen, die mit ihrem Siebziger-Jahre-Design in braunem Kunstleder und fettigen Kopfpostern mitten in der Glitzerwelt von Geschäften und Bank-Büros wie ein Relikt aus einer anderen Zeit wirkten, weil sie einfach nicht hierher gehörten. Ralf-Jochen empfand sofort eine tiefe Sympathie für das imperfekte Ambiente, vielleicht konnte ein Gescheiterter wie er hier seine Heimat finden.

Der erste Bus fuhr ohne anzuhalten vorbei, weil Ralf-Jochen vergessen hatte, dass er hier möglichst wild gestikulierend seinen Mitfahrwunsch anzeigen musste, um den Busfahrer zum Halten zu bringen. Solche Extrovertiertheit lag ihm überhaupt nicht und seine Hoffnung geriet ins Wanken. Der zweite Bus mit der Aufschrift „Executivo", der Ralf-Jochen zur Stadtmitte brachte, war im Gegensatz zum Flughafengebäude perfekt, nur passte er nicht zu seiner Umgebung. Die Klimaanlage kühlte die Luft auf trockene achtzehn Grad herunter, was schockierend wirkte, wenn man aus der feuchten fünfunddreißig Grad heißen Außenluft hier hineinstieg. Moderne Polstersitze und Plastikverkleidungen. Sogar der Kassierer verrichtete seine Arbeit mit maschinenhafter Perfektion: Keine Emotion, Sitz für Sitz wurde mit geübten Handgriffen abgearbeitet. Er erinnerte Ralf-Jochen an die Gestalten aus einer Großraumdiskothek, die mit zu Masken erstarrten Gesichtern so etwas wie die Negation von Kommunikation zu verkörpern schienen. Er wusste aber, dass der Mann, der etwa in seinem Alter war, einen der schlechtbezahltesten Jobs im Lande verrichtete, was hier bedeutete, in den Favelas, den riesigen Elendssiedlungen aus Lehmhütten zu wohnen, teilweise ohne Wasser und Strom und von der Drogenmafia kontrolliert, die hier die Polizei ersetzte, Ruhe und Ordnung garantierte und dafür unbehelligt ihren Handel treiben konnte.

Die Fahrt schien schier endlos. Nachdem sie die Favelas rund um den Flughafen hinter sich gelassen hatten, fuhren sie eine zweispurige Straße entlang, an der sich Werkstätten aller Art aufreihten. Die hohen Rolltore waren aufgezogen und man sah schwarz verschmierte Menschen an Autos schrauben, andere hobelten und sägten umringt von Tischen, Stühlen und Bettgestellen. Der Bus zog auf die linke Spur, um eine Reihe von Lastwagen zu überholen. Sie hatten verschiedene Ballen auf ihren Ladeflächen, einer transportierte zusammengeschnürte Bündel Zuckerrohr, auf manchen fuhren Menschen mit, die sich in Fahrtrichtung sehend am Führerhaus festhielten. Die Holzaufbauten der Gefährte waren meist mit bunten Strukturen bemalt und am Heck gaben die Fahrer ihrem Vertrauen in Jesus kindlichen Schriftzügen Ausdruck. Jesus war ihr Beschützer, Segensbringer oder einfach nur die Liebe. Nach einer scharfen Rechtskurve, in der der Bus fast auf die Seite zu kippen schien, offenbarte sich der Strand, der sich bis ins Zentrum hinzog.

Ralf-Jochen schmierte sich mit einer Faktor-Dreißig-Sonnencreme ein, um nicht unvermittelt vom winterlichen Weiß ins Krebsrote überzugehen. Er hasste den Sonnenbrand. Mutter hatte ihm dann immer Panthenol auf den Rücken gesprüht, wenn er zu lange am Ostseestrand gesessen hatte. Das kühlte ein wenig. Aber nachts half es nicht mehr, wenn man mit Schmerzen aufwachte. Und je häufiger man aufwachte, desto schlimmer wurden die Träume und desto besser konnte man sich an sie erinnern.

Von der Altstadt mit ihren portugiesischen Barockbauten zog es Ralf-Jochen schnell zurück zum Meer. Er stellte sich auf eine Plattform an der Stelle, wo der dort angebrachten Tafel nach angeblich vor fast fünfhundert Jahren die ersten Portugiesen angekommen waren. Er schloss die Augen. Der Rhythmus des Wellenrauschens ließ ihn sich vorstellen, er stünde am Bug des Frontschiffes der Erobererflotte. Sogar das gleichmäßige Schwanken konnte er spüren, der plumpe Beton unter seinen Füßen hatte sich in knarrende Holzbohlen verwandelt und als er die Augen öffnete, sah er im gegenüberliegenden Itaparica-Eiland die Neue Welt mit unbekannten Pflanzen und Tieren, die es zu entdecken und unglaublichen Reichtümern, die es zu erobern galt. Sein Herz hatte sich an den Rhythmus des Meeres angepasst. Ein guter Rhythmus. Alles würde gut werden.

Mit diesem Gefühl bewegte er sich zurück in den Großstadtdschungel, der ihm mit seinem chaotischen Verkehr, unheimlichen Lärm, Müll, bezaubernder Schönheit und abstoßender Hässlichkeit, Hektik und Lethargie, seinem unglaublichen Reichtum und seiner skandalösen Armut genauso fremd vorkam, wie es die Neue Welt für die ankommenden europäischen Siedler gewesen sein musste.

Er suchte sich ein Hotel in der Altstadt. Die neu sanierten Häuser verlangten europäische Preise, noch nie hatte er sich so etwas geleistet und obwohl er es sich hätte leisten können, zog er weiter durch die Straßen, bis er ein Hotel fand, in dessen Eingang ein Schild stand, auf dem der Zimmerpreis mit umgerechnet zehn Euro ausgezeichnet war. In ehemals weißen, jetzt geblichen Plastikbuchstaben war der Preis auf eine schwarze Rillentafel aufgesteckt, wie sie sonst meist von Imbissbuden als zentrale Speisekarte verwendet wurden.

Am Tresen der Rezeption stand ein stämmiger Mann mit einem stark vernarbten Gesicht. Neben unzähligen Pockennarben mussten einige von Schnittverletzungen stammen, deren größte von der Stirn über das rechte Auge bis in den Mundwinkel hinunterging. Er schielte, das Auge unter der Narbe konnte nur aus Glas sein, denn es wirkte tot und ließ seinen Besitzer brutal aussehen. Er hob nur kurz auffordernd den Kopf ohne etwas zu sagen. Als Ralf-Jochen klarmachte, dass er ein Zimmer brauchte, schob der Narbige ihm einen Schlüssel an einem Stück Holz herüber, auf das mit Filzstift eine 10 geschrieben stand. Es war ein alter Bartschlüssel, wie ihn Ralf-Jochen auch für das Kastenschloss seiner Wohnung gehabt hatte, das sich mit einem Dietrich öffnen ließ. Wo war sein Wohnungsschlüssel eigentlich geblieben? Hatte er ihn überhaupt mitgenommen und dann in der Tasche im Zug liegen lassen? Seinen Pass hatte er in der Innentasche der Jacke zusammen mit seiner Brieftasche gehabt. Das war auch jetzt fast alles, was er dabeihatte, abgesehen von ein paar Sachen, die seine Mutter ihm gekauft und in eine kleine graugrüne Reisetasche gesteckt hatte.

Angesichts dieser Besitzlosigkeit beunruhigte sich Ralf-Jochen nicht über die mangelnde Sicherheit des Zimmerschlosses. Ein verwinkelter Gang, in dessen Richtung ihm der Narbige ohne Kommentar gedeutet hatte, führte ihn auf einen kleinen

Hof, auf dem mehrere Baracken standen. Er suchte die Tür mit der 10, die aus von einem Metallstreifen zusammengehaltenen Längsbrettern bestand. Dahinter befand sich ein Loch, zu dem drei Treppenstufen hinuntergingen und in dem ein Bett stand. Hinter einer weiteren Türöffnung, in der es keine Tür gab, befand sich das Bad, das aus einer brillenlosen Kloschüssel bestand, daneben ein Abfluss, direkt darüber ein Duschkopf, der kaltes Wasser ausspie.

Ralf-Jochen schloss die Tür wieder ab und nahm sich ein Taxi zum Busbahnhof. Der Fahrer stellte den Taxameter auf den Tarif 2 ein, der nur am Wochenende und nachts galt. Beides war jetzt nicht der Fall, aber Ralf-Jochen hatte keine Lust, den Taxifahrer darauf anzusprechen und sich dessen Ausreden anzuhören. Anstandslos zahlte er den sicher um die Hälfte überhöhten Fahrpreis. Der Busbahnhof war ein riesiges Gebäude aus Betonbögen, die von einem Wellblechdach überspannt wurden. Die Busse an den offenen Ausgängen ließen die Motoren laufen, damit ihre Klimaanlagen weiter funktionierten und sie sich nicht in Saunen verwandelten, während die Passagiere auf die Abfahrt warteten. In der Halle roch es nach Diesel und dicken Qualm. Ralf-Jochen reihte sich in eine lange Schlange an einem der Schalter ein, die nach dem Reiseziel getrennt waren. Die Busse in seiner Richtung fuhren jeden Abend um 22.00 Uhr. Er überlegte, ob er sich vorher eine Nacht ausschlafen sollte, denn nach dem, was er im Bus zusammengerechnet hatte, war er seit über dreißig Stunden unterwegs. Er dachte an sein Hotel und kaufte eine Fahrkarte noch für denselben Abend.

Nachdem er sich ein paar Stunden hingelegt hatte, stellte er sich unter die kalte Dusche. Er hatte trotz seiner Übermüdung nicht schlafen können. Eigentlich wollte er auch gar nicht schlafen. Als er sich unter der Dusche umdrehte, kam er aus Versehen mit dem Bein an die braun verkrustete Kloschüssel, was er eigentlich unbedingt zu vermeiden gesucht hatte. Er schreckte zurück, verlor das Gleichgewicht und stützte sich auf dem in Hüfthöhe angebrachten Spülkasten ab. Der war nicht weiter befestigt und wurde nur von den Rohren gehalten, die unter Ralf-Jochens Gewicht mit einem kurzen Krachen barsten. Das Wasser spritzte in einem kräftigen Strahl an die gegenüberliegende Wand. Ralf-Jochen musste an den Aussätzigen an der Rezeption denken und sein Herz verengte sich wieder zu einem Knäuel mit minimalem Volumen, wobei die Masse noch spürbarer im Brustkorb lastete wie ein gefräßiges schwarzes Loch. Schnell zog er sich an, ohne sich mit dem stinkenden Handtuch abgetrocknet zu haben.

Zwei Sprünge über hüfthohe Mauern brachten ihn auf die Straße. Seine Anspannung ließ erst nach, als der komfortable Doppelstockbus rückwärts anfuhr, die Parkbucht und endlich auch die Stadt verließ. Am Ausgang sah er noch die Freifläche, auf der die Highway-Polizei die von ihr eingesammelten verunfallten Schrottfahrzeuge abstellte. Jetzt in der Dunkelheit schien diese Halde kein Ende zu haben. Dann schlief Ralf-Jochen, quer über seinem und dem glücklicherweise leergebliebenen Nachbarsitz liegend. Als er aufwachte, hatte die Morgendämmerung eingesetzt. Wie ein grüner Schleier zog die Landschaft an seinen Augen vorbei.

Vom Busbahnhof fuhr er direkt zur Universität. Hier hatte er Roberta zum ersten Mal getroffen. Sie zeigte in der ersten Zeit wenig Interesse an ihm, aber er hatte mit schüchterner Hartnäckigkeit immer wieder in ihren Raum hineingesehen und ihr sein „Olá" entgegengeworfen. Er streifte über das weitläufige Gelände. Nichts hatte sich verändert, nur die Gesichter. Dort war sein Unterrichtsraum gewesen. Anfangs hatte er wenig verstanden von den Theorien, die ihm in portugiesischer Sprache vorgetragen wurden. Irgendwann fühlte er sich dann befähigt, in die Diskussion einzusteigen und wehrte sich mit Händen und Füßen gegen eine Darstellung eines Studenten über den sowjetischen Staatssozialismus. Das klang ihm alles viel zu romantisch und er erzählte von seinen eigenen Erfahrungen mit diesem System. Ihm wurde entgegengehalten, dass seine persönlichen Eindrücke nicht für eine wissenschaftliche Diskussion taugten. Aber er war doch schließlich dabei gewesen, das konnte man doch nicht so stehen lassen. Als der vortragende Student nach Ende der Stunde seinen Professor fragend ansah, warf der ihm einen väterlichen Blick zu und machte eine abwertende Handbewegung in Ralf-Jochens Richtung. Seitdem ging er nicht mehr zu den Seminaren, zumal auch Roberta jetzt mehr Zeit mit ihm verbrachte.

Die ersten Monate nach seiner ersten Ankunft hatte er in einer Republica gewohnt. Diese Wohngemeinschaften waren nach den portugiesischen Studentenwohnungen aus der Zeit der Nelkenrevolution benannt, in denen man wie in einer Familie aufgenommen wurde und wo man lebenslanges Wohnrecht hatte und immer ein großes Fest veranstaltet wurde, wenn einer der ehemaligen Bewohner zu Besuch kam. Sollte Ralf-Jochen in seiner alten Wohnung vorbeischauen? Nein, schließlich waren sie hier nicht in Portugal, die Rolle des ultimativen Refugiums erfüllte hier immer noch die Familie. Niemand von den alten Bewohnern würde mehr dort sein und die neuen würden ihn misstrauisch beäugen und zu viele Fragen stellen, die er nicht beantworten konnte. Außer der Universität gab es hier wenig Beschäftigungsmöglichkeiten und sobald man sein Studium abgeschlossen hatte, ging man weg. Genau wie zuhause, nur dass man da schon nach der Schule die Stadt verließ, dachte Ralf-Jochen.

Er schlich durch die Straßen, hoffte jemanden zu treffen, der ihm weiterhelfen konnte und hatte doch Angst, einem Bekannten zu begegnen. Was sollte er nur tun? Die Wohnung in der er mit Roberta gewohnt hatte, stand leer. Er versuchte, von außen durch die Ritzen der lamellenartigen Fenster zu sehen. Es war kaum etwas zu erkennen. Trotzdem schossen die Erinnerungen durch seinen Kopf. Es waren ausnahmslos schöne Erinnerungen und trotzdem brachten sie eine tiefe Traurigkeit mit sich, weil in ihnen die Angst steckte, nie wieder so glücklich sein zu können. Sein Herz hatte sich in Schlagposition zusammengezogen und verharrte. Der gute Rhythmus war verschwunden. Er musste zurück ans Meer.

Ralf-Jochen lief zurück zum Busbahnhof und fuhr Richtung Küste. Dieser Bus war weniger komfortabel als die bisherigen. Es gab keine Klimaanlage, die Schiebefenster waren geöffnet und die braunen Gardinen flatterten im heißen Luftzug, der ihn fiebrig werden ließ. Für diesen krankmachenden Zug gab es im Portugiesisch Brasiliens gar kein

Wort. Alles war „Vento", einfach Wind, und der war immer im Sinne einer kühlenden Brise positiv besetzt. Überhaupt war dieses Portugiesisch eine seltsame Sprache. Es hatte sich so weit vom Idiom des „Mutterlandes" entfernt, dass Brasilianer und Portugiesen Schwierigkeiten hatten, sich zu verstehen. Die Aussprache hatte sich den afrikanischen und indianischen Einflüssen Brasiliens angepasst und das harte Zischen der Ursprungssprache wurde abgeschliffen und in eine weiche Melodie verwandelt, in der ein Wort ins andere überging. Auch die Grammatik wurde vereinfacht. Das Förmliche „Sie" fand keine Anwendung mehr, nur Mutter und Vater wurden noch mit „Senhor" und „Senhora" angeredet.

Am Meer angekommen spazierte Ralf-Jochen ein paar hundert Meter am idyllischen Palmenstrand entlang. Dann kam ihm der Sonnenbrand in den Sinn, er musste daran denken, wie diese heißen Stahlen in seinem Nacken seine Haut mutierten, bis der schwarze Krebs aus ihr herauswachsen würde und suchte sich eine kleine Pension. Er zeigte seine Kreditkarte vor, worauf die Angestellte, die mit einer strahlendweißen Kittelschürze und einem ebenso weißen Häubchen auf dem Kopf bekleidet war, was einen schönen Kontrast zu ihrer dunkelbraunen Haut erzeugte, in einem Hinterzimmer verschwand.

„Natürlich nehmen wir Ihre Kreditkarte", erklang eine männliche Stimme, noch bevor Ralf-Jochen den Sprecher zu Gesicht bekam. Der schweizerische Pensionsbesitzer war sichtlich erfreut, sein Deutsch praktizieren zu können. Er bat Ralf-Jochen an einen Tisch und stellte eilig viele Fragen zur Situation in Deutschland im Allgemeinen und zu der seines Gastes im Besonderen. Was sollte er darauf antworten? Ja, nein, es geht so. Auf die Strategie der Gegenfragen, die dem Schweizer Gelegenheit gegeben hätten zu erzählen, während Ralf-Jochen hätte nachdenken können, konnte er nicht ausweichen. Die einzigen Fragen, die ihm jetzt in den Sinn kamen, konnte der Schweizer ihm nicht beantworten. Keiner konnte das. Vielleicht eine.

Der Schweizer zog sich nach einigen vergeblichen Anstrengungen, ein wenig Kommunikationsfluss zu erzeugen, konsterniert zurück. Ralf-Jochen aß gebratene Hühnchenstücken und trank ein brasilianisches Bier, das immer kurz über dem Gefrierpunkt serviert wurde, manchmal sogar schon mit Eisstücken darin. Die Dosen wurden oft im Gefrierschrank eingefroren und dann nach dem Herausnehmen kurz ins warme Wasser gelegt, damit sich ihr Inhalt herausgießen ließ. Zwei Pinguine zierten standesgemäß die Dose, Ralf-Jochen in einem Zug leerte. Wie lange hatte er wohl nichts getrunken? Die Kälte stieg von seinem Gaumen direkt ins Gehirn auf, was zuerst lähmend drückte, dann aber eine angenehme Betäubung hinterließ. Auch der Alkohol begann schnell zu wirken.

Seit seinem fünfzehnten Lebensjahr war Ralf-Jochen es gewohnt, ein bis zwei Liter Bier zu trinken, ohne sich betrunken zu fühlen und auch ohne auf andere einen betrunkenen Eindruck zu machen. Einmal hatte er in einer vollen Kneipe, nachdem er in wenigen Stunden zehn halbe Liter in sich hineingeschüttet hatte, unter die Theke kotzen müssen und als offensichtlich niemand etwas davon bemerkt hatte, einfach weitergetrunken. Er war unauffällig geworden. Wenn er begann zu reden, wurde er oft unterbrochen, als wäre er nicht im Raum. Niemand nahm Notiz von ihm. Das war ein Vorteil. So konnten ihn die Aussätzigen seltener finden. In seiner Studentenzeit hatte sich Ralf-Jochen eigentlich angewöhnt, Rotwein zu trinken. Aber der war hier sehr teuer, oder es handelte sich um einen süßen mit Zuckerrohralkohol angereicherten Traubensaft, der wahrscheinlich mit chemischen Konservierungsstoffen versetzt wurde, damit er nicht gärte. Wenn er Rotwein trank, hatte er den Eindruck zu genießen und sich nicht nur betrunken zu machen. Aber nach der ersten Flasche verspürte er immer das dringende Bedürfnis eine zweite zu öffnen, die er dann meist auch leertrank.

Jetzt fühlte er sich bereits nach der zweiten Drittelliterdose Bier benebelt, was ihn nicht daran hindere, noch eine weitere zu bestellen. Das Bier hatte fast keinen Eigengeschmack, was durch die Kälte zusätzlich verstärkt wurde, aber nicht unangenehm war. Ralf-Jochen trank nicht, um zu schmecken. Er trank mit Durst. Sein Körper gierte nach Flüssigkeit. Die Kellnerin warf die leeren Dosen einfach unter den Tisch, um sie bei der Rechnungsstellung durchzuzählen. Dort hatte sich bereits ein ziemlicher Haufen angesammelt, als Ralf-Jochen beschloss, auf sein Zimmer zu gehen. Das Haus bestand aus Holz und war mit Palmfasern gedeckt. Die Fenster waren klein und das Holz dunkel gebeizt, weshalb es in den von ihm bewohnten Räumen bereits in der Abenddämmerung fast völlig finster war. Er legte sich aufs Bett und fiel sofort in tiefen Schlaf.

In seinem Traum war er wieder in der Heimat. Er ging durch die Regalreihen der „Kaufhalle", es musste noch zu Zeiten der DDR sein, denn die Auslagen waren gefüllt mit Produkten, die es inzwischen nicht mehr gab. Eine Verkäuferin räumte Butter ins Kühlregal, ein Rentner hob Bierflaschen einzeln aus dem Kasten, hielt sie mit dem Hals nach unten über sein Gesicht und sah durch sie hindurch, um festzustellen, ob sich Hefe am Boden abgesetzt hatte, bevor er sie in seinen Einkaufswagen stellte. Plötzlich wurde es still. Alle sahen zur Fensterfront, wo ein Blitz aufzuckte. Ralf-Jochen spürte, wie etwas durch ihn hindurch ging. Es war etwas Warmes, aber nichts angenehmes, mehr wie eine Vibration, die von einer Seite zur anderen den Körper durchdrang und den Rhythmus seines Herzens auflöste, bis es nur noch wie Göttespeise vor sich hinzuckte. Er dachte an seine Schule, deren Essenraum sich im Keller befand, der mit schweren Stahltüren verschließbar war. In Notfallübungen hatten sämtliche Schüler und Lehrer hier herunterkommen müssen, bevor die Direktorin den Hebel herumdrehte und damit die Stahltür verriegelte. Ralf-Jochen hatte sich immer gewundert, was das bringen sollte, denn der Essenraum hatte Fenster. Zwar ließen sie wenig Licht hinein, denn ihnen gegenüber befanden sich schräggestellte Betonplatten, über denen sich der Schulhof erhob, aber was sollte bei einem wirklichen Notfall passieren? Er stellte sich immer vor, dass die Betonplatten vor die Fenster geklappt wurden, um den Raum zu versiegeln. Diese Vorstellung hatte sich so oft in seinem Gehirn abgespielt, dass er nicht mehr wusste, ob die Direktorin selbst in einer ihrer Ansprachen dieses Vorgehen geschildert hatte, oder ob es seiner Phantasie entsprungen war. Jetzt in der Kaufhalle stellte er sich wieder vor, wie sich die grauen Platten gegen die Fenster schlossen. Er konnte die Schule nicht mehr erreichen. Ein gleißendes Licht blendete ihn, bevor es endlich dunkel wurde. Aufwachen.

Als er acht Jahre alt war, saß Mutter wieder einmal tieftraurig auf dem Sofa, als er von der Schule nachhause kam. Sie hatte ihre Lieblingsschallplatte der Band Luv aufgelegt. Ralf-Jochen kuschelte sich an sie, weil er sie trösten wollte. Er wusste nicht, was passiert war, er hoffte nur, dass er nichts Schlimmes getan hatte. Mutter sah sich die Hülle an, auf der Frauen vor einem Propellerflugzeug zu sehen waren.

„Weißt Du, es gibt Bomben, die bringen alle um, egal wie weit sie weg sind."

Ralf-Jochen bekam Angst, so etwas hatte Mutter ihm noch nie erzählt. Das erste Mal kamen zum Druck in seinem Brustkorb kleine Nadelstiche hinzu. Er drückte sich fester an seine Mutter.

„Strahlung. Die Menschen brechen ihre eigenen Organe aus, wenn das passiert. Sie versuchen wegzurennen, aber keiner entkommt."

Sie weinten beide, was hatten sie nur getan, um dieses Leben zu verdienen?

Bis zu diesem Tag hatte Mutter ihn immer vor allem Bösen behütet. Die Wohnung war seine sichere Zuflucht vor den Aussätzigen, nur nachts in seinen Träumen gelang es ihnen, in diese Burg vorzudringen. Auch nach diesem Tag wurde es wieder so. Aber durfte man ein Kind tatsächlich vor allem behüten, in dieser Welt, in der es die Atombombe und Auschwitz gab? Wie sollte jemand, der vor all dem geschützt aufwuchs das auf einmal verkraften? Ralf-Jochen konnte seiner Mutter deshalb nicht böse sein. Was hätte sie denn machen sollen?

Sie war einfach gefangen in ihrer Warmherzigkeit. In der achten Klasse fuhren sie nach Sachsenhausen, als Vorbereitung auf die Jugendweihe. Seitdem war Ralf-Jochen die Bilder nicht mehr losgeworden und die Übelkeit. Mit Mutter konnte er darüber nicht reden und sie nicht mit ihm. Was hatten sie beide überhaupt damit zu tun, warum konnte man sie nicht damit in Ruhe lassen? Eine ohnmächtige Wut ließ Ralf-Jochens Adern pochen, wenn er daran dachte, wie die selbstgerechten Funktionäre diese Veranstaltungen anordneten ohne zu wissen, was sie damit auslösten. Wer gab ihnen das Recht, Unschuldigen Höllenqualen in die Träume zu pflanzen? Perfide, mit diesem verordneten Erinnern genau diejenigen zu malträtierten, denen die Gabe des Verdrängens nicht in die Wiege gelegt war.

Immer wenn Ralf-Jochen später die Musik von Luv hörte oder das Albumcover mit dem Flugzeug sah, legte sich dieser bekannte Druck auf seine Brust. Immer wieder spürte er in seinen Träumen die vibrierende Strahlung. Es war wie damals, wenn die Ärzte wieder seine Lunge röntgten, nur viel intensiver, so dass sich sein Herz eindrückte wie eine vertrocknete Maracuja. In der ersten Zeit hatte er noch versucht, diese Träume loszuwerden. Irgendetwas musste man doch tun können! Als der amerikanische Präsident mit seinem sowjetischen Pendant zum ersten „Gipfeltreffens" zusammentraf, dichtete er zum „Fest der deutschen Sprache", das jedes Jahr an allen Schulen stattfand, den Pathos des sozialistischen Realismus kopierend:

> *Es treffen sich zwei Männer,*
> *Die wichtigsten der Welt.*
> *Ihr Treffen ist so wichtig,*

*viel wichtiger als Geld.*
*Reagan und Gorbatschow heißen die Männer.*

Es gab noch zwei weitere Strophen, an die sich Ralf-Jochen nicht mehr erinnern konnte. Er wusste nur, dass so etwas wie Hoffnung aus ihnen gesprochen hatte. Zunächst wurde er für sein Gedicht sehr gelobt, auch wenn sein Vortrag immer etwas stockend und steif daherkam. Er müsse mehr aus dem machen, was er da geschrieben habe, hatte seine Klassenlehrerein immer gesagt. Tatsächlich hatte er eine Zeit lang geglaubt, durch sein Gedicht die mit den klebrigen Klängen von Luv in seinem Kopf fixierten Schreckensszenarien loszuwerden. Die Lehrerin hatte ihn dafür nominiert, seine Schule beim Kreisfest der deutschen Sprache zu vertreten. Auch die Direktorin hatte dem zunächst zugestimmt. Als die Proben bereits in vollem Gange waren und Ralf-Jochens Aufregung stieg, bestellte die Schulleiterin ihn mitten in der Stunde zu sich. Sie hatte ihre grauen Haare in einen Hauch von Lila gehüllt, wie es auch ihre oberste Vorgesetzte und Frau des Staatsoberhauptes zu tun pflegte.

Sie erklärte Ralf-Jochen, dass sein Gedicht sehr schön sei, aber die „Kreisebene" sie auf einige Mängel aufmerksam gemacht habe. Zunächst werde der Kurs des Genossen Gorbatschow von der DDR-Führung durchaus nicht in allen Punkten unterstützt, was in seinem Gedicht unerwähnt bleibe. Außerdem habe er aus unerfindlichen Gründen den amerikanischen Präsidenten vor dem Staatsoberhaupt des sozialistischen Bruderstaates genannt. Das hatte er natürlich aus Gründen des Sprachrhythmus getan, aber wie immer in solchen Situationen war er bereits aus dem Zimmer bugsiert worden, ehe er diese Erwiderung in Worte gekleidet hatte. Ralf-Jochen verbrannte das inzwischen abgegriffene Blatt, in das er sein Gedicht mit Mutters großer schwarzer Schreibmaschine hineingehackt hatte. Zum Kreisfest der deutschen Sprache fuhr ein Junge aus der Parallelklasse mit einer kurzweiligen Geschichte aus dem DDR-Alltag, die sein Vater an einem Sonntag Nachmittag in seinem Kleingarten verfasst hatte.

Morgen. Ralf-Jochen fühlte sich fürchterlich. Seine Mundhöhle war völlig ausgetrocknet und glatt wie Seidenpapier und seine ebenfalls Trockene aber raue Zunge fühlte sich darin an wie ein Hartgummiball. Es kam ihm vor, als wäre sämtliche Flüssigkeit aus seinem Körper entwichen und das verbliebene Blut presste sich quietschend in der Konsistenz von Stärkepulver durch die Adern. Trotzdem verspürte er keinen Durst. Ein paar Trauben könnte er jetzt essen, vielleicht würden die sein Mundgefühl ins Angenehme verändern. Flüssigkeiten würden dagegen nur über die vertrockneten Schleimhäute rinnen wie über eine Granitwand.

Draußen schien bereits wieder die Sonne. Ralf-Jochen blieb noch lange im dunklen Zimmer liegen. Er ging herunter zum Frühstücksbuffet. Es gab Cuscuz, eine gekochte trockene Masse auf Maisflocken. Das bekam er jetzt unmöglich herunter. Auf einem Extratisch entdeckte er verschiedene Früchte, bereits geschält und zerteilt und zum Schutz vor Fliegen jeweils mit einer Siebhaube abgedeckt. Trauben konnte er nicht finden, aber immerhin Papaya, Ananas, Wasser- und Honigmelone. Er aß ein paar Stücken Wassermelone. Danach streifte er noch einmal am Strand entlang. Überall wurden neuerdings Liegen und Sonnenschirme aufgestellt. Als Ralf-Jochen in Richtung des Wassers ging, wurde er gleich von mehreren Aufstellern bedrängt, sich doch einen Platz zu mieten. Er schüttelte nur den Kopf, ging eilig in Bögen weiter, so dass er den aufdringlichen Vermietern nicht zu nahe kam und setzte sich direkt an die Wasserkante, wo die herannahenden Wellen ab und an seine Füße benetzten und er das Treiben im Hintergrund nicht sehen musste, wo Bierkästen herangeschleppt wurden, um die Mieter der Sonnenliegen mit Getränken versorgen zu können. Das Wasser zog sich langsam zurück. Der nasse Sand bildete immer größere Flächen vor Ralf-Jochen, die in der Sonne glitzerten. Aber der gute Rhythmus des Meeres wollte nicht wieder auf ihn überspringen. Als er sich zum Weggehen erhob wurden unverzüglich ein Sonnenschirm und eine Liege an den Platz gestellt, wo er gesessen hatte.

Er stieg in den nächsten Bus ein, der am kleinen improvisierten Busbahnhof ankam. Schalter gab es hier nicht, man konnte seine Fahrkarte direkt beim Beifahrer kaufen. Endlose Zuckerrohrfelder zogen an ihm vorbei, teils standen sie in Brand und dicke gelbe Rauchschwaden waberten durch die heiße Luft. An manchen Stellen musste der Bus die Geschwindigkeit drosseln, wenn der Rauch über die Straße getrieben wurde und man keine zehn Meter weit mehr sehen konnte. Durch das Inbrandstecken der Felder beseitigte man unnützes Laub von den Zuckerrohrstangen, die für die Produktion von Industriealkohol vorgesehen waren, und vertrieb oder vernichtete gleichzeitig die Schlangen, die den bald einrückenden Erntetrupps hätten gefährlich werden können.

Ralf-Jochen gefiel der Anblick, auch wenn er wusste, dass mit dieser Technik der ohnehin wenig fruchtbare Boden zusätzlich ausgelaugt und der Verwitterung freigegeben wurde. Auch wenn kein Zuckerrohr geerntet wurde, brannte es hier ständig an beiden Seiten der Straße. Altes Laub schwelte zusammen mit dem Müll, den die Autofahrer aus dem Fenster warfen, auf Holzkohlegrills brieten Maiskolben und auf Holzspießen aufgereihte kleine Fleischstückchen, die wegen der zweifelhaften Herkunft „Katzenschaschlik" genannt wurden. Ralf-Jochen liebte das Feuer. Er liebte es nicht nur, in die Flammen zu sehen, er liebte auch seine verschiedenartigen Gerüche, die einem in diesem Land sofort in die Lungen zogen, wenn man auf die Flugzeugtreppe hinausstieg.

An der Endstation stieg er gleich in den nächsten Bus. Er hatte sich immer über die Bustouristen lustig gemacht, die seiner Vorstellung nach bei ihren Pauschalreisen nichts als ihren Sitznachbarn kennen lernten. Jetzt fraß er selbst die Kilometer ohne an den Endstationen auch nur den Busbahnhof zu verlassen. Während er wieder auf den nächsten Bus wartete, kaufte er sich Coxinhas, was soviel wie Schenkelchen hieß. Die tropfenförmigen panierten Teiggebilde waren mit zerfasertem Hühnerfleisch gefüllt und erinnerten damit sowohl in Aussehen als auch Geschmack tatsächlich entfernt an einen Hähnchenschenkel. Durch die Weichheit der fettigen Teigmasse, die das wenige Fleisch umhüllte, konnte Ralf-Jochen mehrere der Coxinhas essen, obwohl er wie immer in letzter Zeit keinen Appetit verspürte.

Jetzt bekam er Durst. Er bestellte einen Zukkerrohrsaft, das war das einzige, was der Verkäufer außer den Coxinhas, die in einem kleinen Glaskasten auf dem Handwagen lagen, im Angebot hatte. Der alte Mann holte eine Zuckerrohrstange, die gelblich-grün aussah und nicht schwarz verkohlt wie die in den Bündeln, die die Arbeiter von den abgebrannten Feldern auf die Lastwägen luden. Er warf eine verrostete dieselbetriebene Maschine an, die neben Motor und Getriebe nur aus mehreren kleinen und großen - in jedem Fall aber großzackigen - Zahnrädern bestand. Dann schob er das Zuckerrohr zwischen die sich nun drehenden Räder, die es zermalmten und den Saft in einen Auffangbehälter fließen ließen. Auf der anderen Seite nahm der Mann das zerquetschte Zuckerrohr wieder heraus und steckte es erneut in die Maschine, wobei er die jetzt losgelösten Fasern vom Ende her verdrehte, nachdem sich der Anfang zwischen den Zahnrädern festgefressen hatte. So entlockte er dem Rohr den letzten Saft. Aus dem Auffangbehälter goss er ihn Ralf-Jochen in einen weißen geriffelten Plastikbecher. Er schmeckte erwartungsgemäß süß und hatte das Aroma von frischem Gras, wie man es roch, wenn eine Wiese gemäht worden war.

Es wurde langsam Abend und er musste sich entscheiden, ob er sich eine Pension suchte, oder nach Salvador fuhr, wohin es nur noch zwei Stunden waren, um dort wieder den Nachtbus in Richtung Roberta zu nehmen. Er hatte immer noch keine Idee, wie er sie finden sollte und noch schlimmer, was er tun sollte, wenn er sie tatsächlich finden würde. Aber er dachte auch an die Pension des geschwätzigen Schweizers und die Freiheit von allen Notwendigkeiten des Redens und des Entscheidens, die das sinnlosen Busfahrens erzeugte und entschied sich für letztere Möglichkeit.

Es wurde dunkel, während der kurze toilettenlose Kleinstadtbus über die hügeligen Straßen schaukelte. Das fast endlos scheinende Grün der Landschaft wich dem endlosen Schwarz, das nur selten durch einzelne leuchtende Punkte unterbrochen wurde, viel weniger als sie jetzt am Himmel hinter dem Flimmern der sich abmildernden Hitze auftauchten. In Berlin hatte Ralf-Jochen seit Jahren keinen Sternenhimmel mehr gesehen. Einzelne Sterne, ja, aber die vermochten es nicht, den Blick auf sich zu ziehen und dort zu bannen wie hier, wo sie unzählbar waren und kaum ein irdisches Licht ihre klare Leuchtkraft trübte.

Müsste er bei diesem Anblick nicht an Roberta denken? An das Ziel seiner Reise, oder wenigstens an die schönen Zeiten, die sein Herz mit Freude gefüllt hatten? Warum konnte er das nicht? Warum kamen ihm selbst im Moment, in dem er in das Erhabenste hineinsah, was man sich vorstellen konnte, nur die alten Gedanken an die Peiniger und die Peinlichkeiten, die so weit hinter ihm lagen? Wie hatten sie ihr Gift in seine Adern gebracht?

Er versuchte, sich zu erinnern, wie Roberta das erste Mal versucht hatte, seinen Namen auszusprechen und dabei am harten Ch des zweiten Teils kläglich gescheitert war. Wie alle Brasilianer. Aber bei ihr hatte es anders geklungen. Es war etwas darin, was ihn sich nachts an sie klammern ließ, als hätte er Angst, sie würde ihm einfach so davonlaufen. Der Versuch des Erinnerns brachte nur Bilder und Texte in sein Gehirn, aber keine Gefühle. Wie konnte man sich nur an Gefühle erinnern? Warum kamen sie nicht zurück mit den Details einer Situation, die man aus dem Vergangenen zusammenrief? Und warum kamen diejenigen Gefühle immer wieder, deren Details man längst aus sich verbannt hatte?

Hinter den Hügeln lag unter einer gelbrot schimmernden Glocke die Stadt. Die Schlangen an den Schaltern waren noch länger als sonst. Es war Freitagabend. Der Abend, an dem das Leben von neuem begann und die Gefühle zu ihrem kurzen Feuer aufflammten, das bereits in den Morgenstunden des Sonntags verglühte. So hatte es Ralf-Jochen jedenfalls gefühlt, solange er noch arbeitete. Jetzt hatte er nur erfahren, dass es überhaupt Freitag war, weil er zufällig die Unterhaltung zweier Brasilianer, die vor ihm in der Reihe standen, mithörte. Sie sprachen über Familie, Freunde und Feste. Das alles kam ihm fremd vor. So wie sie es schilderten, hatte er noch nie eine Feier erlebt. Wahrscheinlich war er gar nicht fähig, irgendeinen Moment zu genießen. Wenn er zu einer Party ging, musste er sich gleich am Anfang betrinken, um seine nervöse Freude auf das Abenteuer nicht zu verlieren, die ihn freitags stets begleitet hatte. Immer endete das im Exzess, den er bis zum Letzten ausleben musste, bis der Letzte vor ihm ging, bevor er wenig später mit diesem Druck im Brustkorb aufwachte, weil in der Erinnerung nichts von der aufregenden Abenteuerlichkeit geblieben war, sondern nur Peinlichkeiten, die man schnell aus dem Gedächtnis verbannen musste. Man musste sie tief in seinem Herzen einkapseln.

Mit kurzer Fassungslosigkeit nahm Ralf-Jochen zur Kenntnis, dass es keine Karten mehr für den heutigen Bus gab, während der Verkäufer sich auf dem Stuhl in seinem Glaskasten bereits zur Seite lehnte, um an Ralf-Jochen vorbei den nächsten Wartenden zu sich heranwinken zu können. Er fuhr mit dem Stadtbus ins Zentrum, machte aber einen weiten Bogen, um das sogenannte Hotel, indem er vor ein paar Tagen abgestiegen war. Wohin sollte er jetzt gehen? Die Läden machten dicht, die Straßen leerten sich, denn in dieser Gegend gab es kaum Wohnungen.

Er stand an einer Bushaltestelle. Von weitem war ein nahender Bus zu sehen und er überlegte, ob er mitfahren sollte. Er war in letzter Zeit wieder viel mit Bussen unterwegs gewesen, hatte aber nach Möglichkeit die normalen Stadtbusse gemieden und war nur mit den komfortablen Überlandbussen oder den mit „Executivo" gekennzeichneten teureren Stadtbussen gefahren. Während er so überlegte sah er, wie ein Mann mit einem Aktenkoffer vor ihm in den Bus sprang, der sofort die Türen schloss und losfuhr. Er sah noch kurz den roten Lichtern hinterher, bevor er sich umdrehte, um sich weiter durch die Stadt treiben zu lassen.

In diesem Moment stand ein zerzauster Jugendlicher, vielleicht fünfzehn Jahre alt, auf einem Fahrrad vor ihm, das nur aus Rahmen, Rädern und Lenker bestand. Er zog einen Revolver aus seiner weiten Jacke und legte ihn sich auf den Oberschenkel, wobei er „Dinheiro" sagte. Ralf-Jochen stutzte einen Moment, bevor er die Situation verstand. Neben dem Jungen stand noch ein zweites Kind, vielleicht sieben Jahre alt, das so verdreckt war, dass man nicht erkennen konnte, ob es Junge oder ein Mädchen war. Der größere Junge forderte jetzt bereits zum zweiten Mal und mit schärfer gepresster Stimme Ralf-Jochens Geld. „Sim sim", sagte der und nickte dabei mit dem Kopf um zu zeigen, dass er alles tun würde, was ihm geheißen wurde. Er hatte die Hände über den Kopf genom-

94

men und der Ältere schickte das Kind in seine Richtung, um ihm die Hosentaschen zu entleeren.

Er hatte dort bei seinen Reisen immer etwa zwanzig Euro in Landeswährung deponiert, während er Kreditkarte und größere Geldbeträge in einem kleinen weißen Stoffbeutel aufbewahrte, den er mit einer Sicherheitsnadel befestigt innerhalb der Hose trug, so dass ein Räuber ihm hätte in den Schritt fassen müssen, um ihn zu finden. Das war den meist männlichen Räubern zumal wenn sie zu mehreren auftauchten dann doch zu peinlich und auch das Kind tat es nicht, es schien mit den kleinen zusammengeknüllten Scheinen, die es in Ralf-Jochens Hosentaschen fand, recht zufrieden zu sein. Auch eine Zigaretten und das Feuerzeug steckte es ein. Der Überfallene stand starr und hielt die Hände steif in die Luft. Das Kind öffnete jetzt seine Tasche, warf die Wäsche auf die Straßen, blättere umständlich den Reisepass durch und warf ihn ebenfalls weg. Es ging zurück, überreichte dem Älteren das Geld und beide zogen gemächlich davon.

Ralf-Jochen stand noch eine ganze Weile mit den Armen über dem Kopf da und hoffte, dass sie ihn im Weggehen nicht doch noch erschossen. In Deutschland schlugen sie ihn immer und spuckten ihn an, um ihre Spuren an seinem Körper zu hinterlassen, hier taten sie das vielleicht mittels einer Patrone. Aber es gab keinen Knall und nachdem soviel Zeit vergangen war, dass die beiden außer Sichtweite sein mussten, nahm er die Hände herunter und drehte sich nach allen Seiten um. Nichts und niemand war zu sehen. Nur am Ende der Straße stand ein Auto und als Ralf-Jochen noch einmal hinsah, erkannte er auf der anderen Seite des Wagens einen Mann der mit den Ellenbogen aufs Dach gestützt hämisch zu ihm herüber lachte. Die Peiniger und die Peinlichkeit, das musste wohl zusammengehören. Ralf-Jochen steckte sich nur seinen Pass in die Hosentasche und ließ die Klamotten liegen, die die Aussätzigen angefasst hatten und die außerdem teilweise im Rinnstein lagen, durch den hier immer noch die Abwässer vieler Häuser seifig grau und mit dem Geruch von Fäkalien dem Meer entgegenflossen.

Ralf-Jochen hatte Herzstechen. Während des Überfalls hatte er nichts gespürt, aber sein Herz musste unglaublich gerast sein, denn selbst jetzt, als es sich bereits etwas beruhigte, konnte er die Schläge gar nicht so schnell zählen, wie sie sich überschlugen. Der nächste Bus kam und er streckte den Arm heraus, damit der Fahrer anhielt. Mit zittrigen Händen fingerte er einen kleinen Schein aus seinem Geheimbeutel hervor und bezahlte beim Kassierer, der über einem Drehkreuz saß, dass so eng war, dass Übergewichtige sich regelrecht hineinquetschen mussten. Ralf-Jochen hatte einmal gesehen, wie andere Fahrgäste eine Frau mit großem Gesäß auf der anderen Seite aus der Konstruktion aus Aluminiumrohren herausziehen mussten, weil sie sich aus eigener Kraft nicht mehr befreien konnte.

Er stieg zwei Stationen weiter wieder aus, weil er einen Taxistand gesehen hatte. Er wusste nicht, wohin dieser Bus fuhr, außerdem hatte er sich beim Herausholen seiner Geldreserven aus dem kleinen weißen Beutel beobachtet gefühlt. Er sah sich beim Aussteigen um, damit er sicher sein konnte, dass niemand mit ihm zusammen hinausging. Vom Stand aus ließ er sich zu einer der Touristenkneipen in der Altstadt fahren, in dem Viertel, wo Militärpolizisten pattroulierten und wo die Räume klimatisiert waren, denn obwohl es sich nachts ein paar Grad abkühlte, fühlte er jetzt eine unglaubliche Hitze. Er bestellte Bier und Caipirinha, die hier wie in Deutschland mit braunem Zukker gemacht wurde, wahrscheinlich hatten sich andere Touristen beschwert, denn sonst hatte er noch nirgends in Brasilien gesehen, dass nicht der normale weiße Rohrzucker für die Zubereitung verwendet worden war.

Es spielte eine Band, die ausschließlich U2-Songs im Repertoire und die nicht einmal einen eigenen Namen hatte, sondern einfach mit „U2-Coverband" angekündigt war. Wieder kamen die Tötungsgedanken in Ralf-Jochens Kopf. Aber was sollte man gegen jemanden machen, der eine Waffe hatte? Schließlich wusste man hier nie, ob der Revolver echt war. So unwahrscheinlich war das in diesem Land gar nicht, wo die Drogenmafia in den Favelas die Kinder rekrutierte und mit Schießeisen ausstattete. Früher hatten Todesschwadronen aus Militärpolizisten und oft überfallenen Ladenbesitzern einfach alle Straßenkinder abgeknallt, die sie finden konnten. Diese Methode, die Ralf-Jochen früher abstoßend gefunden hatte, kam ihm jetzt plausibel vor, umso mehr, je mehr Caipirinha er bestellte. In der Situation des Überfallenwerdens konnte man sich nicht wehren. Wenn die Waffe auf einen gerichtet war, was sollte man da machen? Man konnte den Helden spielen und das Risiko eingehen, selbst draufzugehen. Man musste also später wiederkommen und es tun, so wie er es in Berlin getan hatte. Hier würde er natürlich nichts tun können, die Jungen würde er nie wieder treffen und selbst wenn würden sie immer noch eine Waffe haben und er nicht. Auch hielten sich seine Rachegelüste dieses Mal in Grenzen, wahrscheinlich weil sie ihn nicht angespuckt hatten. Sie hatten sich nur etwas genommen, von dem er mehr als genug hatte, damit hatten sie ihn nicht erniedrigt. Das war etwas anderes, als er es zuvor mit den Aussätzigen erlebt hatte.

Die Hitze wollte nicht aus seinem Körper weichen. Sein T-Shirt war immer noch nassgeschwitzt, was ihm jedes Mal einen kalten Schauer durch den Körper jagte, wenn er sich bewegte und dabei der von der Klimaanlage heruntergekühlte nasse Stoff und seine heiße Haut an einer Stelle zusammenkamen, an der sie sich vorher nicht berührt hatten. Die Band spielte fast bewegungslos bis in die Mimik hinein jeden einzelnen Ton ihres Vorbilds exakt nach und wirkte damit ebenso kalt wie das ganze Ambiente. Nur Ralf-Jochen glühte. Er hatte das Gefühl, zu dampfen, wie ein Arbeiter, der von außen in ein Kühlhaus kommt. Er stellte sich vor, wie seine Körperfeuchtigkeit in der Klimaanlage kondensierte und irgendwo in den Rinnstein lief. In Rio war er einmal im Geschäftsviertel spazierengegangen. Er hatte gedacht, es würde leicht regnen, aber als er auf einen freien Platz kam, verebbte der Niederschlag schlagartig. Als er sich umsah, bemerkte er, dass an jedem Fenster des letzten Hochhauses eine kastenförmige Klimaanlage angebracht war, deren Kondenswasser über wenige Zentimeter lange Stutzen in den Wind entlassen wurde, der zwischen den engen Schluchten der Hochhäuser hindurchwehte und die Tropfen wie einen Nieselregen verteilte.

Ralf-Jochen ging auf die Toilette, um sich kaltes Wasser über die Arme laufen zu lassen. Im Gegensatz zur chicen Einrichtung des Kneipenraums war das hier ein erbärmlicher Anblick. Eine metallenen Pinkelrinne, die von braunen Urinstein verkrustet war und einen entsprechenden Geruch aussendete, zierte den Vorraum. Gleich daneben war das kleine schwarz verschmierte Waschbecken angebracht, das aussah, als hätten sich hier mehrere Automechaniker nach einem langen Arbeitstag die Hände gewaschen und das Wasser wäre nicht abgelaufen, sondern nur langsam versickert oder verdunstet, so dass es eine Kruste aus Dreck in eingetrockneten Seifenbläschen hinterlassen hatte. Wenn jemand anderes an der Rinne stand, musste man aufpassen, dass einem beim Händewaschen nicht seine Pisse ans Bein spritzte. Die Klos, die in einem hinteren Raum untergebracht waren, sah sich Ralf-Jochen lieber gar nicht an. An der Tür zu diesem Raum, die um die Klinke herum ebenso schwarz war wie das Waschbecken, war ein Zettel angebracht auf dem stand „Bitte kein Papier in die Toiletten werfen".

Solch einen Zettel hatte Ralf-Jochen schon einmal gesehen, als er das erste Mal in Brasilien angekommen war. Er hatte in der Jugendherberge gehangen, in der er damals übernachtete. Zuerst hatte er sich gewundert, wer hier Papier ins Klo werfen würde und dachte dabei an seine Vernichtungsaktionen, bei denen er als Kind diese Methode ausprobiert und so die heimische Toilette verstopft hatte, bevor er das Verbrennen für sich entdeckte. Dann wurde ihm klar, dass damit das Toilettenpapier gemeint war, das die Deutschen wie selbstverständlich in der Kloschüssel entsorgten, was die Rohrleitungen hier allerdings nicht verkrafteten.

Ralf-Jochen ließ sich das kalte Wasser über die Pulsadern laufen, die blau hervorstanden. Stechend wie eine Messerklinge traf es auf seine Haut. Nach einigen Sekunden wurde das Wasser unerträglich warm. Es kam jetzt nicht mehr aus den Leitungen im heruntergekühlten Innenraum, sondern aus einem Wasserbehälter auf dem Dach, der mit seinen zweitausend Litern Fassungsvermögen Lücken in der Wasserversorgung überbrücken sollte und den ganzen Tag von der Sonne aufgeheizt worden war. Ralf-Jochen ging zurück in die Kneipe. Das Konzert war zuende und der Raum leerte sich bedrohlich. Er musste ebenfalls weg, bevor es nachher kein Taxi mehr gab und er alleine in der Dunkelheit stand.

Der Taxifahrer brachte ihn zu einer Pension in der Nähe und soweit es Ralf-Jochen beurteilen konnte, war er keinen größeren Bogen gefahren, weshalb das Taxameter umgerechnet gerade mal einen Euro anzeigte, was ihm zuwenig vorkam. Er gab dem Fahrer einen Schein, der die dreifache Summe wert war und winkte entgegen seiner sonstigen Gewohnheit ab, als der das Wechselgeld hervorholen wollte. Der Mann begleitete ihn noch bis in den Eingangsbereich der Pension und trank dort einen kleinen Kaffee, der aus einer Thermoskanne auf dem Rezeptionstresen kam und so viel Zucker enthielt, dass er fast die Konsistenz eines Sirups hatte. Er besprach etwas mit der Wirtin, wahrscheinlich bekam er eine Provision dafür, dass er Ralf-Jochen hier abgesetzt hatte. Dann nahm er sich eine Visitenkarte des Hotels aus einem kleinen Ständer und strich umständlich den Namen aus, den er durch seinen eigenen ersetzte. Nachdem er auch die Telefonnummer des Hotels getilgt hatte, quetschte er seine Handynummer darunter. Aufgrund des Platzmangels wurde die ganze Sache etwas unleserlich, weshalb er auf der leeren Rückseite der Karte nochmals seine Daten notierte. Er überreichte Ralf-Jochen diese individuelle Visitenkarte, damit der ihn anrufen konnte, wenn er wieder abreiste. Das Zimmer, das er bekam, hatte wieder keine Fenster, war aber ordentlich verputzt und gestrichen und an der Wand gegenüber der Tür hing eine bunte Übergardine, als würde sich dahinter eine Öffnung befinden.

Als er eine Weile auf seinem Bett gelegen hatte, und die Gedanken durch sein alkoholgetränktes Gehirn schossen, klopfte es an der Tür. Ralf-Jochen blieb zunächst liegen, aber als es weiter klopfte, schloss er auf und die Pensionswirtin zog ihn aus dem Zimmert heraus. Sie war etwa fünfzig Jahre alt und trug ein langes Kleid, als wäre sie gerade aus der Oper zurückgekommen. Sie bedeutete ihm, dass sie ein Abendessen für ihn zubereitet hätte und zog ihn an einen aufwändig gedeckten Tisch. Ralf-Jochen war verwirrt, es musste weit nach Mitternacht sein und bei dem Preis, den er vorhin bei der Wirtin bezahlt hatte, konnte eigentlich kein Essen enthalten gewesen sein.

Sie sprach einen Mix aus Englisch und Portugiesisch, während sie die Namen von Getränken und Speisen auf Englisch in die ansonsten überwiegend portugiesischen Sätze einstreute, was es Ralf-Jochen schwerer machte, sie zu verstehen, als wenn sie nur Portugiesisch gesprochen hätte, zumal sie die englischen Wörter mit starkem portugiesischem Akzent aussprach. Sie hatte ihm Bier eingegossen und dabei erzählt, dass alle Deutschen Bier trinken würden, das wisse sie. Ein Bekannter von ihr sei in Deutschland gewesen und habe dort jeden Tag schon zum Frühstück deutsches Bier trinken müssen. Ralf-Jochen hatte noch nie Bier zum Frühstück getrunken. Er hatte allerdings auch seit mehr als zehn Jahren nicht mehr gefrühstückt. Vielleicht konnte er sich deshalb nicht an diesen Brauch erinnern, dachte er und lächelte dabei. Das nahm die Wirtin als Aufforderung, ihren Fuß aus ihrem Schuh zu ziehen und an sein Bein zu schieben. Ralf-Jochen trank das Glas hastig leer, worauf die Wirtin aufstehen musste, um ihm ein neues einzugießen.

Er sollte also verführt werden, das war auch Ralf-Jochen jetzt langsam klar, auch wenn es ihn ziemlich verwirrte. Noch nie hatte er sich in solch einer Situation befunden. Solche Momente selbst zu arrangieren hatte er bereits oft versucht, war dabei aber meist kläglich gescheitert. Diesen Gedanken spülte er mit dem neuen Glas Bier herunter, das die Wirtin ihm gebracht hatte. Er hätte aber großen Durst, freute sie sich, wobei sich die Falten um ihre Augen und Mundwinkel zu multiplizieren schienen. Ansonsten hat sie sich ja ganz gut gehalten, dachte Ralf-Jochen. Die Wirtin hatte ihm bereits wieder nachgegossen, sie hatte diesmal gleich mehrere Flaschen Bier in flaschenförmigen Styroporbehältern, die es kalt hielten, mit an den Tisch gebracht. Ralf-Jochen trank weiter während sie plapperte. Als ihr Fuß an seinem Bein hochgewandert war und in sensible Regionen vorzustoßen drohte, stand er ruckartig auf und meinte, er müsse mal zur Toilette.

Als er wiederkam, saß die Wirtin bereits auf einem Sofa gegenüber dem Tisch und bedeutete ihm, sich neben sie zu setzen. Er zündete sich eine Zigarette an, um etwas Distanz zu schaffen. Sie stand auf, holte ihm sein Bierglas vom Tisch und drückte es ihm in die Hand, so dass er sich, in einer Hand die Zigarette, in der anderen das Glas nicht mehr abstützen und aus dem tiefen Sofa aufstehen konnte. Sie habe zwar nie geraucht, aber es müsse ein fantastisches Gefühl sein, wenn der Rauch so tief in die Lungen eindringe, während sie diese Worte sprach, machte sie sich vor ihm kniend an seiner Hose zu schaffen. Ralf-Jochen sah auf das Bierglas und die Zigarette, wurde sich seiner ausweglosen Situation bewusst und ließ es geschehen.

Als es geschehen war, nahm ihm die Wirtin das Bier aus der Hand, warf seine Zigarette ins Glas, zog sich ihr Kleid hoch und setzte sich auf ihn. Fades Fleisch berührte seine Hände. Während er sich abkühlte, begann sie zu glühen, stöhnte ihm entgegen, er solle ihr jetzt wiedergeben, was sie ihm gegeben hätte und fing wild an, sich an ihm zu reiben. Irgendwie gelang es ihm, seine Hände aus ihrem Schoß zu befreien, er nahm sie an den Schulten und stieß sie rücklings auf das Sofa, wobei sie lustvoll aufstöhnte. Er löste sich von der Umklammerung ihrer Beine, stand auf und flüchtete Richtung Tür. Ein schriller Schrei ertönte hinter ihm, er könne jetzt nicht gehen, aber er drehte sich nicht um und hörte nur, wie sie das Geschirr mitsamt dem fast unangerührt gebliebenen Essen mit der Tischdecke zu Boden riss oder den ganzen Tisch umkippte. Ein Gegenstand schlug kurz hinter ihm in der Wand ein, dem dumpfen Geräusch nach musste sie ihm etwas ziemlich schweres hinterhergeworfen haben. Schnell ging er in sein Zimmer und drehte den Schlüssel herum, der immer noch von innen steckte.

Noch eine ganze Zeit lang hörte er es draußen toben, krachen und klirren. Er musste an Roberta denken und sein Herz krampfte sich zusammen. Er konnte jetzt mit der Suche nach ihr wirklich nicht länger warten, was machte er hier überhaupt? Er stellte sich lange unter die Dusche und legte sich dann wieder mit dem Rücken auf das Bett. Es war nichts mehr zu hören. Als es Morgen wurde, wartete er, bis sich der Frühstücksraum an der Rezeption mit Menschen gefüllt hatte und er der Wirtin nicht alleine begegnen konnte. Erst dann verließ er das Zimmer. Von der Wirtin war nichts zu sehen, nur eine Angestellte tauschte den leeren Cuscuz-Behälter gegen einen neuen aus. Ralf-Jochen schlich sich schnell davon.

Er musste gleich zum Busbahnhof, um für heute noch eine Fahrkarte zu bekommen. Er war gestern so überrascht gewesen, dass es keine freien Plätze gegeben hatte, dass er unverrichteter Dinge wieder abgezogen war und auch keine Karte für einen anderen Tag gekauft hatte. Er nahm sich ein Taxi zum Busbahnhof, das er auf der Straße heranwinkte. Den Fahrer von gestern anzurufen war ihm zu umständlich, außerdem kannte der die Wirtin und die wollte Ralf-Jochen so schnell wie möglich vergessen. Der Fahrer, den er jetzt angehalten hatte, fragte ihn, wo er hinwolle und meinte dann, da würde er wohl heute keine Fahrkarte mehr bekommen. Er bot ihm an, ihn in eine Stadt im Hinterland zu fahren, von wo aus ein Bus auf einer anderen Route fahren würde, in dem es immer freie Plätze gäbe. Ralf-Jochen, der sich matt und unfähig fühlte jetzt irgendetwas zu regeln, willigte ein.

Etwa siebzig Euro sollte die Fahrt umgerechnet kosten. Der Fahrer war ein ungepflegter grobschlächtig wirkender Kerl um die fünfzig, ganz im Gegensatz zu dem zuvorkommenden älteren Herren, der ihn gestern zur Pension gefahren hatte. Schon an der nächsten Tankstelle ließ er sich einen Vorschuss auf den Fahrtpreis geben, um das Benzin bezahlen zu können. Dann fiel ihm plötzlich ein, er müsse noch seiner Frau bescheid geben, dass er erst abends wiederkommen würde. Sie hätte einen kleinen Friseursalon, zu dem sie noch schnell heranfahren müssten. Wenn diese Geschichte stimmte, gehörte der Fahrer selbst jedenfalls nicht zu den Kunden seiner Frau. Sein letzter Haarschnitt lag mindestens ein Dreivierteljahr zurück und auch die letzte Haarwäsche musste bereits vor einem größeren Zeitabschnitt stattgefunden haben. Der Kerl nahm jetzt eine Plastikkarte mit seinem Bild, die ihn als Taxifahrer identifizierte und auf der er ganz anders aussah als in Wirklichkeit, vom Rückspiegel.

Ralf-Jochen gefiel das alles gar nicht. Nachdem der Fahrer in einem Haus verschwunden war und sie anschließend die Stadt verlassen hatten, hielt er an einer Dorfschänke, um eine Cachaça, den brasilianischen Zuckerrohrschnaps zu trinken und verschwand dort für einige Zeit. Ralf-Jochen überlegte, den steckenden Zündschlüssel umzudrehen und selbst nach Salvador zu fahren. Aber er war zu apathisch, um diese Idee umzusetzen. Als der Fahrer zurückkam, rollten sie über löchrige Sandstraßen und Ralf-Jochen wurde immer misstrauischer. Er plante die Überwältigung des Fahrers, wobei ihm zunächst das Herunterreißen dessen starker Brille als essentiell erschien. Dann könnte er ihn aus dem Auto stoßen und selbst weiterfahren. Aber sie fuhren jetzt wieder auf einer normal asphaltierten Straße und wurden immer schneller. Wenn der Gegenverkehr ohne Beachtung der Entgegenkommenden überholte – und das schien hier üblich zu sein – musste der Taxifahrer scharf abbremsen.

Sie fuhren in eine Bergkette ein und die Straßen wurden immer kurvenreicher, was den Fahrer nicht dazu veranlasste, seine Geschwindigkeit zu drosseln. Das ständige Auf und Ab drehte Ralf-Jochen den Magen um. Wieder fuhren die Lastwagen mit den Zuckerrohrstangen auf der Ladefläche. Der Fahrer überholte riskant und wich zusätzlich den von den Wagen heruntergefallenen einzelnen Stangen aus, die in unregelmäßigen Abständen auf der Straße lagen. Sie passierten jetzt ein brennendes Zuckerrohrfeld und eine Schwade des dicken gelben Rauches zog in das offenen Fenster. Ralf-Jochens Magen musste sich nun endgültig seines Inhaltes entledigen und er schaffte es nur noch, den Kopf aus dem Fenster zu halten und eine bittere grüne Flüssigkeit herauszuwürgen. Der Fahrer fragte nur kurz, ob alles o.k. wäre und fuhr weiter wie bisher.

Endlich kamen sie in Ralf-Jochen bekannte Gefilde. Der Rücken schmerzte ihm vom langen Hinundherschaukeln in dem durchgesessenen Autositz. Er ließ sich im Zentrum absetzen, wo reges Leben und große Hitze herrschten. Der Fahrer hatte ihm bei der Abfahrt einen Preis von hundertneunzig Real angeboten und bettelte jetzt, Ralf-Jochen solle ihm doch zweihundert geben, weil er noch etwas essen wolle. Kann er das von den hundertneunzig nicht? dachte Ralf-Jochen und gab ihm widerwillig vier der abgegriffenen braunen Fünfzig-Real-Noten, auf deren Rückseite ein gefleckter Panther abgebildet war. Er holte sich das Geld jetzt mit seiner Kreditkarte am Automaten. Früher hatte er immer Reiseschecks nach Brasilien mitgenommen, aber die konnte man nur bei der inzwischen privatisierten brasilianischen Staatsbank „Banco do Brasil" umtauschen, die einen schlechteren Kurs und zusätzlich für jede Transaktion fünfundzwanzig Euro Gebühren berechnete. Wenn man Glück hatte, spuckte der Automat die roten Zehner aus, die praktischer waren als die Fünfziger, weil es sich mit letzteren jedes Mal schwierig gestaltete, kleinere Rechnungen oder Einkäufe zu bezahlen, denn aus Angst vor Überfällen hatte kein kleines Geschäft ausreichendes Wechselgeld in der Kasse, alles wurde sofort zur Bank gebracht. Passierte es, dass man trotzdem mit einem Fünfzig-Real-Schein bezahlen musste, wurde meist ein Angestellter des Ladens losgeschickt, um den Schein irgendwo zu wechseln, was einige Zeit in Anspruch nehmen konnte.

Ralf-Jochen kam an dem Geschäft vorbei, in dem er sich gleich nach seiner ersten Ankunft einen Kassettenrekorder gekauft hatte. Wie er später erfuhr wurde das Kürzel der Marke seines neuen Gerätes von den Brasilianern mit „SFG - Schon falsch gekauft" verballhornt, was Ralf-Jochen später angesichts der Klangqualität nachvollziehen konnte. Ein Kassettendeckel löste sich nach kurzer Zeit vom Rest des Apparates, zum Glück gab es zwei davon. Ralf-Jochen hatte ein brasilianisches Produkt gekauft, weil er zu dieser Zeit meinte, er müsse als Konsument bewusst die einheimische Wirtschaft stützen. Außerdem – und das war für ihn eigentlich ausschlaggebend - machten hohe Einfuhrzölle auf elektronische Artikel ausländische Markengeräte teuer, um die brasilianische Produktion zu schützen. Nach dem ersten Klangtest wusste Ralf-Jochen auch, warum das nötig war. Aber das Gerät hatte sich beim Kauf unbewusst an seinen ersten Kassettenrekorder erinnert, den ihm seine Mutter zur Jugendweihe im „Intershop" gekauft hatte. Er war länglich, schwarz und eckig und die Boxen würfelförmig an den Seiten angebracht. Auch als Ralf-Jochen diese Ähnlichkeit später bewusst wurde, konnte er sich nicht eingestehen, dass auch sie ein Kaufgrund gewesen war. Er blieb dabei, seine Unterstützung der brasilianischen Wirtschaft in den Vordergrund zu schieben.

Nach dem Kauf des Gerätes kam er seinerzeit mit dem Karton unter dem Arm an einem fliegenden Händler vorbei, der ihn mit schelmischem Lächeln zu seinem Kauf beglückwünschte und ihm passende Kassetten mit raubkopierter brasilianischer Musik anbot. Da er vorgehabt hatte, sich möglichst vollständig auf die brasilianische Kultur einzulassen, schlug er zu, obwohl sich sein Musikgeschmack eigentlich auf wenige Künstler beschränkte, man bei ihm also auch was Musik betraf nicht von ausgeprägter Experimentierfreudigkeit sprechen konnte. Das Grinsen des Verkäufers verstand er dann ebenfalls beim Anschließen seines Kassettenrekorders und beim Hören der qualitativ dazu passenden Kassetten, was sowohl die Aufnahme als auch die Musik an sich betraf. Alles drehte sich um Herz und Schmerz, wenn seine Mutter hiergewesen wäre, hätte er wieder viel hu-

108

sten müssen. Er hatte sich nur wenige Kassetten von zuhause mitgebracht, mit Alben, von denen er dachte, er könne nicht ohne sie leben. Leonard Cohen, David Bowie und andere alte Männer sangen darauf für ihn.

Der Laden existierte auch jetzt noch und fünf Verkäufer warteten darin auf Kunden, die gleich wenn sie eintaten, regelrecht umschwärmt wurden, denn die Angestellten erhielten nur ein geringes Grundgehalt und mussten sich mit den Verkaufsprovisionen ihren eigentlichen Lebensunterhalt verdienen. Auch die fliegenden Händler waren noch da. Die meisten hatten eine große selbstgebaute Lautsprecherbox auf eine Sackkarre montiert und darauf einen Setzkasten mit ihrem CD-Angebot, das durch lautes Ertönen eines beispielhaften Titels aus der Sachkarrenbox angepriesen wurde. Überhaupt war es hier unheimlich laut. Autos, Motorräder und Busse röhrten mit ihren schlecht gewarteten Motoren und knatterten mit ihren durchgerosteten Auspuffen, Obsthändler schrien „Drei Kilo fünf Real!" und unzählige Passanten unterhielten sich im Gehen oder bei einem Becherchen Kaffee an der Ecke stehend in einer Lautstärke, die diese Kulisse noch zu übertönen versuchte.

Ralf-Jochen fuhr wieder zur Universität. Dort war es ruhig, nur in den Pausen kamen die Studenten aus ihren Räumen herausgeströmt und bevölkerten die schattigen Plätze auf dem weitläufigen Gelände. Jetzt aber war Unterrichtszeit. Kaum jemand war zu sehen. Ein Bücherhändler stand vor dem Computerkabinett, in dem Ralf-Jochen damals immer seine E-Mails nachhause geschrieben hatte. Mutter war allerdings mit seinem Computer, den er ihr gebracht und angeschlossen hatte, nicht zurechtgekommen und schrieb ihm fast täglich herzzerreißende Briefe, in dem sie ihn anflehte, doch wieder mit der normalen Post zu schreiben und öfter anzurufen. Er schickte noch einen Brief mit einer selbstverfassten Anleitung zur Benutzung des E-Mail-Programms, die mit „1. Computer einschalten" begann, aber es half nichts und er druckte seine langen Briefe nun wieder aus, steckte sie in eines der mit einem grün-gelben Streifen umrandeten Umschläge und gab sie im nahegelegenen Postamt ab, wo der Schalterangestellte stets mehrere Briefmarken mit der Zunge anleckte, das Kuvert damit vollklebte, es bestempelte und in eine Kiste warf, worauf die Briefe tatsächlich ein bis zwei Wochen später bei Mutter ankamen.

Jetzt winkte ihm der Buchhändler zu. Es war tatsächlich noch der gleiche. Ralf-Jochen hatte ihm seinerzeit ein paar Bücher abgekauft und immer wenn er aus dem Computerraum gekommen war freundlich Hallo gesagt. Offensichtlich erkannte er ihn jetzt auch wieder. Er begrüßte Ralf-Jochen herzlich und noch bevor der sich zurechtgelegt hatte, wie er seine Erkundigungen einziehen könnte, fragte der Händler ihn schon, wie lange er schon da sei und ob er Roberta getroffen habe. Er war nur etwas älter als die beiden, die in jenem Sommer fast jeden Tag händchenhaltend an ihm vorbeigelaufen waren. Ralf-Jochen verneinte leidvoll, worauf der Händler meinte, Roberta studiere auch schon lange nicht mehr, komme aber noch alle paar Wochen hier vorbeigelaufen und grüße ihn dann immer freundlich. Er solle doch mal an der Imbissbude am Eingang nachfragen, da arbeite eine Bekannte von ihr. Er erzählte noch von ein paar anderen Leuten, die Ralf-Jochen lange nicht mehr gesehen hatte und deren Namen er keine Gesichter mehr zuordnen konnte. Der verabschiedete sich deshalb hastig, aber herzlich und ging in Richtung des Imbiss', bog aber kurz davor ab und streifte noch einmal über das Gelände, um seine Gedanken sortieren zu können.

# III

Roberta war also noch in der Stadt, sein Herz klopfte schneller bei diesem Gedanken, aber ohne zu stechen und ohne sich zu überschlagen, bis er daran dachte, dass sie womöglich inzwischen verheiratet sein könnte. Dass sie aufgehört hatte zu schreiben, konnte doch eigentlich nichts anderes bedeuten, als dass es jemand anderes in ihrem Leben gab. Aber was, wenn sie aus irgendwelchen Gründen ihr E-Mail nicht mehr öffnen konnte und deshalb auch an seine E-Mail-Adresse nicht mehr herankam, sie war nicht sehr geschickt mit dem Computer und löschte immer irgendetwas aus Versehen. Aber selbst dann war es doch ziemlich unwahrscheinlich, dass sie sich die Adresse nicht woanders aufgeschrieben hatte.

Andererseits schrieb sie immer alles auf winzige abgerissene Zettel, die sie ständig verlor. Vielleicht war es alles nur Zufall und alles würde gut werden. Aber vielleicht war sie auch schon verheiratet. Millionen Male hatte er diese Gedanken seit seinem Entschluss nach Brasilien zu fliegen durchgespielt und war zu keinem Ergebnis gekommen. Aber jetzt war ein Detail zu seinen Überlegungen hinzugekommen: Sie lief alle paar Wochen den Weg, den sie beide immer gegangen waren. Dachte sie dabei an ihn? Er schritt den Weg durch das Bambuswäldchen noch einmal ab und versuchte etwas zu fühlen. Wieder war er sich nicht sicher, weder ob er überhaupt etwas fühlte oder sich nur wünschte etwas zu fühlen, noch ob es gut oder schlecht war.

Er ging wieder auf den Imbiss zu und wieder bog er kurz vorher ab. So war er auch um den Raum von Robertas Klasse gekreist, als er sie gerade kennengelernt hatte. Ihre Freundinnen gaben ihr Zeichen, wenn er wieder in der Nähe war und dann fing sie ihn an der Ecke ab und sie setzten sich auf die Bank im Bambuswäldchen. Ob die Bank noch dort stand? Ralf-Jochen überzeugte sich davon. Alles war wie es war. Diesmal ging er geraden Schrittes auf den Imbiss zu und bestellte sich eine Cola. Sie wurde in einer kleinen Glasflasche serviert, die es nur noch in der Werbung und an einigen Imbissen gab, in der Werbung halb beschlagen und halb glänzend, im Imbiss abgewetzt und blind vom häufigen Wiederverwenden.

Die Verkäuferin sah ihn misstrauisch an, als sie ihm die Flasche auf den Tresen stellte. Er setzte sich an einen der roten Plastiktische, die vom Colahersteller gestellt wurden und auf denen die üblichen Plastik-Spritzflaschen standen, eine rote mit Ketschup und eine beige mit Mayonnaise. Richtige Mayonnaise konnte das allerdings nicht sein, denn die Flaschen standen den ganzen Tag bei dreißig Grad hier herum und offensichtlich passierte selten etwas, denn die Gäste kamen immer wieder. Neben den Flaschen stand einer der quaderförmigen Spender voll Servietten, deren Papier so dünn und glatt war, dass man sich den Mund ebenso gut mit einem Stück Plastikfolie hätte abwischen können. Beim Zurückbringen der leeren Flasche würde Ralf-Jochen beiläufig nach Roberta fragen. Als er die Flasche auf den Tresen zurückstellte, fielen ihm die Worte, die er sich zurechtgelegt hatte, nicht schnell genug ein und er bestellte einfach noch eine Cola. Sein Herz begann noch mehr zu rasen, warum trank er eigentlich Cola, obwohl er wusste, dass er danach die ganze Nacht nicht schlafen können würde, auch wenn es jetzt erst früher Nachmittag war?

Jetzt musste er die Flasche auch austrinken, schließlich wollte er immer noch seinen Plan umsetzen, beim Zurückgeben die so dringend benötigte Information zu erfragen. Plötzlich wurde er aus seinen Gedanken gerissen, als die Verkäuferin sich an den Tisch setzte. Dazu zog sie sich gegenüber von Ralf-Jochen einen Stuhl von einem anderen Tisch heran, den sie nicht umdrehte und sich verkehrtherum in seine Richtung heraufsetzte. Sie stützte die Ellenbogen auf die Lehne und streckte einen Arm nach vorn, aus dessen Hand sie mit den Worten „Sag nicht, dass du es von mir hast." einen Zettel fallen ließ. Es war eine der glatten dünnen Servietten, die fast vom Wind weggeweht wurde und auf der in kindlicher Schrift mit einem Kugelschreiber eine Adresse mehr eingekratzt als heraufgeschrieben war. Die Verkäuferin war wieder hinter ihrem Tresen verschwunden noch ehe Ralf-Jochen die Situation realisiert hatte. Er faltete den Zettel zusammen und ging ohne seine Flasche abzugeben oder sich umzusehen davon.

Er wurde zunehmend nervöser, als er sich der Adresse von der Serviette näherte. Er konnte dort jetzt nicht so einfach vorbeilaufen. Was wenn Roberta ihn sah, wenn sie überhaupt dort wohnte. Er stieg in einen Bus und fuhr die breite Straße entlang an dem Haus mit der Nummer 1553 vorbei. Es wurden hier beim Nummerieren immer einige Zahlen ausgelassen, damit bei Zwischenbebauungen noch genügend Hausnummern zur Verfügung standen, während in diesem Fall in Deutschland ein Buchstabe an die Ziffern gehängt werden musste. Es war ein gelb gestrichenes Haus mit stumpfwinkligem Spitzdach, wie alle in dieser Gegend. Ralf-Jochen sah die „Área" den offenen Eingangsbereich des Hauses, der mit vielen verschiedenen Pflanzen vollgestellt war, zwischen denen weiße Plastikstühle standen. Vor dieser Freifläche war wie hier üblich eine großes weißen Gitter angebracht. Die dahinterliegende dunkelbraune Tropenholztür war verschlossen.

Ralf-Jochen stieg an der nächsten Station aus, seine Beine trugen ihn aber automatisch weiter in Fahrtrichtung des Busses. Er bog in die nächste Seitenstraße ein, dann wieder und wieder in die gleiche Richtung, bis er erneut auf die Straße kam, deren Name auf der Serviette stand. Auf der anderen Straßenseite ging er noch einmal an dem Haus vorbei. Der Blickwinkel war jetzt ein anderer als von oben aus dem Bus heraus, zu dessen Fahrgastraum man mehrere Stufen hinaufsteigen musste. Er sah nur eine mit Granitplatten verkleidete Mauer und darin, nicht ganz in der Mitte, ein weiß gestrichenes Tor. Die Mauer war über zwei Meter hoch, es konnte ihn also beim Vorbeigehen niemand sehen. Er kehrte nach einer ganzen Weile um, nachdem er die Straßenseite gewechselt hatte und ging wieder an dem Haus vorbei, diesmal in direkter Nähe. Es stand wie üblich kein Name an Klingel oder Briefkasten.

Ein Stück weiter fiel Ralf-Jochen ein halb verfallenes Haus auf, von denen es in dieser Straße neuerdings einige gab. Früher war es hier eine feine Gegend gewesen, wie man noch an der Großzügigkeit der meisten Häuser erkennen konnte. Wahrscheinlich zogen die Bessergestellten jetzt in die Hochhäuser, die am Stadtrand wuchsen und bei denen ein Sicherheitsdienst das Eindringen von

Unbekannten verhinderte. Hier versuchte man die Aussätzigen zusätzlich zur üblichen Vergitterung aller Öffnungen mit dünnen Elektrodrähten vom Grundstück fernzuhalten, von denen vier oder fünf im Abstand von jeweils zehn Zentimetern über der Mauer gespannt wurden. Ein alle zwei Meter auf einem gelben Plastikschild angebrachter roter Hochspannungsblitz warnte die potentiellen Eindringlinge zusätzlich.

Ralf-Jochen wechselte wieder die Straßenseite und bog hinter dem verlassenen Haus in eine Seitenstraße ein. Die Mauer um das Haus schien noch intakt zu sein, wenn auch nicht mit Elektrodraht versehen und keine zwei Meter hoch, sodass Ralf-Jochen in seinem hüpfenden Gang jedes Mal kurz hinübersehen konnte, wenn sich gerade mit einem Bein vom Boden abstieß. Das Grundstück schien wirklich verlassen zu sein. Er musste nachdenken. Einfach an der Tür des Hauses von der Serviette klingeln und abwarten was passiert, das konnte er nicht. Im verlassenen Haus wäre er wenigstens erst mal in der Nähe. Aber wie sollte er dort hineinkommen? Und was, wenn doch jemand auftauchte? Er beschloss, das ihm das erst mal egal sei. Er musste hinein, doch zuvor würde er erst einmal ein Stück gehen, um nachdenken zu können. Aber statt einen Plan zum Eindringen in das Haus zu entwickeln, brütete er im Gehen wieder darüber, ob Roberta bereits verheiratet sein könnte oder warum sie ihm sonst nicht mehr geschrieben hatte.

Als er aus dem Grübeln erwachte, nachdem er fast von einem wild hupenden Auto überfahren worden wäre, dessen Fahrer ihm immer noch wütend hinterherschrie, als er bereits gute dreißig

Meter entfernt war, wusste er nicht mehr, wo er sich befand. Er ging zurück in die Richtung, von der er meinte, dass er aus ihr gekommen wäre. Es wurde schon dunkel, als er erkannte, dass er den richtigen Weg nicht wiederfinden würde. Er hielt ein Taxi an und ließ sich in die Nähe des verlassenen Hauses bringen. Inzwischen war es völlig dunkel geworden, schnell und unerbittlich, wie es hier jeden Tag gegen sechs dunkel wurde und morgens um die gleiche Zeit wieder aufklarte.

Ralf-Jochen schlich wieder um das Haus. Ab und zu begegneten ihm Schulkinder, die in ihren Uniformen vom Nachmittagsturnus kamen. An einer Stelle der Mauer war auf Hüfthöhe ein Stein herausgebrochen. Ralf-Jochen ging noch einmal zur Ecke und sah niemanden. Seinen Blick in die andere Richtung gewandt, stellte er seinen rechten Fuß in das Loch und schleuderte das linke Bein hoch, um es, während er sich mit den Armen abstützte, von der anderen Seite gegen die Mauer zu drücken. Mit dem anderen Bein wäre es leichter gegangen, dachte er, während er von dem zu großen Schwung, den er in seine Bewegungen gebracht hatte, regerecht auf die andere Mauerseite geschleudert wurde, wo er wie ein nasser Sack zu Boden ging.

Er blieb einen Moment liegen, bis der Schmerz nachließ und er horchen konnte, ob sich auf der anderen Seite irgendetwas tat, weil jemand seinen Sprung beobachtet hatte. Aber es tat sich nichts. Im Hocken bewegte er sich einem rennenden Huhn ähnlich in Richtung Haus. Die Vordertür und die Fenster waren vergittert und mit großen Vorhängeschlössern gesichert. Das Gitter der hinteren Tür allerdings war aus der Mauer herausgestemmt und die Tür aufgebrochen worden. Vorsichtig trat er ein. Als sich seine Augen an das Dunkel gewöhnt hatten, erkannte er, dass er sich im Waschbereich befand. Ein großes Steinbecken, in dem das Waschbrett gleich mit ins Material eingearbeitet war, hing an der Wand. Der Abfluss führte direkt in den Hof, der Wasserhahn war abgeschraubt und sogar die Zuleitungsrohre herausgerissen und mitgenommen worden. Ralf-Jochen ging durch eine weitere Türöffnung und befand sich in einem Raum, der einmal eine Küche gewesen sein musste. Einige kaputte Hängeschränke befanden sich noch über dem Bereich, in dem einmal eine Spüle gestanden haben musste.

Links ging es zum Bad ab, welches das gleiche Bild abgab: Alles, was sich irgendwie wiederverwerten ließ, war abgeschraubt und mitgenommen worden. Es folgte ein großer Raum, auf dessen rechter Seite mehrere Türen in kleine Zimmer führten. Allerhand Unrat lag herum, zerknülltes Papier, Kartons, Dosen, Flaschen, Lumpen. Ralf-Jochen ging zur Vorderseite und sah aus dem Fenster, das nur noch aus einem von außen vergitterten Loch bestand, Rahmen und Scheiben waren ausgebaut worden. Obwohl das Haus auf einem Hügel etwas erhöht stand, konnte Ralf-Jochen nichts sehen. Die Mauer des Hauses selbst versperrte ihm die Sicht. Er ging den Blick nach oben gewandt zurück.

In der Decke der Waschküche befand sich ein riesiges Loch, wahrscheinlich hatte der ehemalige Besitzer seinen Wasserreservebehälter von Dach geholt und war dabei eingebrochen oder hatte die Decke einfach durchgestoßen. Ralf-Jochen stellte sich auf das steinerne Waschbecken und

118

versuchte in das Loch zu sehen. Es war zu dunkel. Nur direkt über sich sah er Äste, die auf die Mauer gestützt zum Mittelbalken des Daches verliefen und die mit waagerechten dünneren Ästen verflochten waren, auf denen wie Fischschuppen die halbrunden Ziegel lagen. Das Dach war relativ flach und zwischen Decke und höchster Stelle war nur etwa ein Meter Platz. Die Decke selbst bestand ebenfalls aus dickeren Ästen, die von einem Mittelbalken gestützt von Wand zu Wand verliefen und die mit dünneren Ästen und Stroh durchzogen und dann mit Lehm von unten zugeschmiert worden waren.

Ralf-Jochen sprang an den Mittelbalken und klammerte sich mit beiden Händen fest. Er schlug seine Beine darüber, fast wäre er mit den Händen abgerutscht. Solche Übungen waren nicht gerade seine Stärke. Im Sportunterricht hatte er im Winter immer an Barren und Reck turnen sollen, aber keine einzige Übung zustande bekommen. Bei der Sportprüfung, die er am Ende der zehnten Klasse ablegen musste, stieß er sich mit den Füßen an den Holmen des Barrens ab, um Schwung für eine Vorwärtsrolle zu bekommen, statt sich mit Körperspannung nach oben zu bewegen, die er nicht besaß. Dementsprechend klatschte er mit den Kniekehlen auf der anderen Seite wieder auf, bevor er seine Übung mit dem Herausschwingen beendete. Noch kläglicher versagte er am Reck, wo er es nicht einmal schaffte, mit dem Hüftaufschwung überhaupt auf das Gerät zu kommen. Zusammen mit dem Resultat des Bodenturnens, bei dem er immerhin eine Rolle und einen Kopfstand zustande brachte, hatte sein Sportlehrer ihm unter Kopfschütteln ein „Ausreichend" in sein Heft geschrieben.

Jetzt hing er wie ein erlegtes Wildschwein an der Stange zweier Jäger unter dem Mittelbalken des Hauses. Er versuchte, irgendwie auf den Balken heraufzukommen, schaffte es aber erst, nachdem er sich zum Ende des Loches gehangelt hatte, wo die ausgefaserte Decke wieder begann, an der er sich mit einem Fuß aufstützen und somit drehen konnte. Ralf-Jochen krabbelte jetzt auf dem Stützbalken über Küche und Zimmer hinweg zur vorderen Giebelwand. Es roch wie in seinem Keller in Berlin, als dort eine zeitlang eine tote Katze gelegen hatte, die dort verhungert sein musste, weil sie nicht wieder hinausgefunden hatte. Ein süßlicher Geruch, der die Bauchmuskeln unwillkürlich dazu brachte sich zusammenzuziehen und auf den Magen zu drükken, so dass der Kehlkopf ebenfalls begann nach oben zu steigen und man ihn wieder herunterwürgen musste.

Er sah bereits das Licht der Straßenbeleuchtung durch die Ritzen zwischen Ziegeln und Giebelmauern scheinen. Er musste einen der Ziegel leicht anheben, um etwas sehen zu können. Diesmal konnte er über die Mauer blicken und sah dort ein Stück des gegenüberliegenden Bürgersteigs und die Mauern der Häuser, auch das weiße Tor des Hauses mit der Adresse von der Serviette. Er beobachtete das Tor noch einige Stunden, aber es tat sich nichts. Irgendwann überwältigte ihn der Schlaf. Von einem lauten Prasseln wurde er geweckt. Es regnete in Strömen. Er hob einen der Ziegel leicht an und ließ das wie aus einem Hahn herunterfließende Wasser über sein Gesicht laufen. Es fühlte sich weich an und warm. Er ließ es sich in den Mund fließen. So trank er eine ganze Zeit, schon lange hatte er nicht mehr so viel getrunken.

120

Er fühlte sich, als würde er mit dem Wasser Energie aufnehmen, sich vollsaugen wie eine Zimmerpflanze, die kurz vor dem Vertrocknen doch endlich wieder gegossen wurde und die Zellen der halb verwelkten Blätter sich erneut mit Saft füllten, der sie sich prall nach oben strecken ließ.

Er spürte den Drang sich zu bewegen. Rückwärts krabbelte er zurück zum Loch in der Decke und ließ sich hinuntergleiten. Seine Sachen waren völlig verdreckt und zerrissen. Er ging hinaus in den Regen, streckte die Arme aus und stellte sich vor, wie mit dem äußeren auch der innere Schmutz abgewaschen wurde, wie die Erinnerungen aus ihm verschwanden und sich so etwas wie kindliche Unschuld in ihm ausbreitete. Er spürte, wie jahrelang angesammelte Gifte vom weichen Wasser aus seinem Körper herausgelöst wurden und stellte sich auf die Zehenspitzen, damit sie besser ablaufen konnten und nicht etwa durch die Fußsohlen wieder eindrangen. Er musste laufen, damit ihn die Erinnerungen nicht wieder einholten.

Er warf sich diesmal ein wenig geschickter über die Mauer. Kein Mensch war auf den Straßen, Ralf-Jochen sah, wie das Wasser in Bächen die Rinnsteine füllte, den Hügel hinunterstürzte und die monatelang angesammelten Schmutz-, Seifen- und Fäkalienreste mit sich riss. Er stellte sich vor, wie auch das von ihm abgewaschene Gift dort hinabfloss. Dieser Gedanke und der Anblick der schäumenden Bäche erzeugten in ihm ein Glücksgefühl, wie er es lange nicht mehr gespürt hatte. Er stellte sich mit dem Füßen in die Rinne, um das Abfließen nicht nur sehen, sondern auch spüren zu können. Dabei rutschte er die Füße voran auf dem schmierigen Untergrund weg und fiel längs auf den

Rücken in den Bach, der ihn ein Stück mit nach unten riss. Er jaulte und gurgelte vor Freude, als er zum Halten kam und das Wasser über ihn hinweglief, wie eine reinigende Flut.

Er konnte gerade noch durch die Nase atmen, die Ohren hingegen waren vollständig vom fließenden Wasser bedeckt. Ralf-Rochen genoss das wohlige Rauschen, das unter dem Wasserspiegel irgendwie fern und beruhigend klang, einige Sekunden mit geschlossenen Augen, bevor ihm in den Sinn kam, dass ihn jemand beobachten könnte. Schnell sprang er auf und sein Körper nahm wieder die übliche nervöse Spannung an, die ihn in den letzten Sekunden ein wenig losgelassen hatte. Es war immer noch niemand auf der Straße. Da öffnete sich das weiße Tor. Ralf-Jochen verzog sich schnell hinter der Ecke. Eine Gestalt kam heraus, deren Kopf vollständig unter ihrem großen Regenschirm verschwand. Aber es musste Roberta sein. Sein Herz raste und erzeugte einen solchen Druck, dass sein Hirn regelrecht zu kochen begann.

Er hatte die Wahl, rücklings an der Mauer zusammenzusinken oder einfach loszurennen. Er entschied sich für das zweite. Seine Schritte wurden immer größer und fast so schnell wie sein Herzschlag. Beinahe strauchelte er, als er kurz vor der Gestalt abbremste und sich mit offenem Mund schwer atmend zu ihr umdrehte. Es war Robertas Mutter, die in diesem Moment aufschrie und mit dem Regenschirm auf ihn losging. Der war noch aufgespannt und als Waffe ziemlich schwerfällig, trotzdem fügte die Metallsitze Ralf-Jochen einige schmerzende Stiche in der Bauchgegend zu, so dass er schnell die Flucht ergriff. Erst als er viele Haken geschlagen hatte und er sicher sein konnte, dass kein herbeigeholter Verfolger ihn finden würde, setzte er sich an einem kleinen Platz auf eine Bank, die es hier nur selten gab.

Er hatte Robertas Mutter schon ein paar Mal getroffen. Immer wurde er dabei misstrauisch beäugt. Ihr Vater war bereits verstorben und nun hatte die Mutter wohl dessen traditionelle Aufgabe übernehmen müssen, die Bewerber um die Tochter kritisch abzuschätzen und in der Frage zu verunsichern, ob sie denn auch die richtigen für das Kind und ihre Absichten ehrenhaft seien. Hatte sie Ralf-Jochen jetzt gar nicht wiedererkannt? Er hatte sich seit Wochen nicht rasiert und einen langen zauseligen Vollbart bekommen. Auch die Haare waren schon fast schulterlang gewachsen. Er war in ausgefranste Sachen gehüllt, bis auf die Knochen abgemagert und völlig durchnässt. Er musste wahrlich grauenerregend aussehen. Erst jetzt wurde ihm das bewusst. So konnte er Roberta nicht gegenübertreten. Aber seine Entdeckung, dass sie offensichtlich wieder mit ihrer Mutter zusammenwohnte, gab ihm neue Hoffnung. Bestimmt war sie noch nicht verheiratet.

Es wurde Morgen, der Regen ließ langsam nach und Ralf-Jochen lief durch die Straßen, bis er einigermaßen trocken war. Er kaufte sich ein paar weiße T-Shirts und ein zwei Shorts. Jeans fand er hier nicht in seiner Länge. Er hätte sich etwas schneidern lassen können, das war hier vergleichsweise billig, aber dafür hatte er jetzt weder Zeit noch Nerven. In einem anderen Geschäft besorgte er sich ein paar Kosmetika. In Deutschland wäre er jetzt in ein öffentliches Schwimmbad gegangen, hätte ausgiebig heiß geduscht und sich die neuen Sachen angezogen. So hatte er es in Berlin immer gemacht, denn in seiner Wohnung existierten weder Badewanne noch Dusche, nur die Spüle in der Küche, wo er sich mit einem Seifenlappen wusch.

Hier aber gab es kein öffentliches Schwimmbad. Dieser Luxus war den Wohlhabenden in ihren Sportclubs vorbehalten, in die nur Mitglieder Zutritt hatten. Ihn hätte man in diesem Zustand nicht einmal in die Nähe des Eingangs gelassen. Auch Seen gab es nicht, nur den großen Trinkwasserspeicher außerhalb der Stadt. Darin konnte er sich schlecht abseifen, außerdem wusste er nicht, wie er dort hinkommen sollte. Er ging noch eine Weile durch die Stadt, bis er an einem Friseur vorbeikam. Er gab sich einen Ruck, trat einen Schritt hinein und noch bevor er vor den vielen Spiegeln, mit denen die Wände hier vertäfelt waren, wieder hinausflüchten könnte, wurde er bereits auf einen der Friseursessel geschoben und sein Nacken in ein Waschbecken gelegt.

Ralf-Jochen schloss die Augen. Er sah sich als Kind, wie er nach dem Friseurbesuch den immergleichen Spruch zu hören bekam: Na, da ist wohl einer die Treppe runtergefallen! Was sollte dieser Mist eigentlich bedeuten? Nicht genug damit, dass man von seltsam aufgedrehten Frauen Befehle entgegennehmen musste und wenn man sie nicht schnell genug befolgte rabiat den Kopf in alle möglichen Richtungen verdreht bekam. An die piekenden Härchen in seinem Kragen wollte Ralf-Jochen gar nicht denken. Aber diese Treppenspruch im Anschluss an die Torturen war das Schlimmste. Ralf-Jochen ging immer zu Anfang der Ferien zum Friseur, um sich das dumme Gequatsche nicht auch noch von seinen Lehrern und Mitschülern anhören zu müssen. Aber trotzdem fand sich immer jemand, der den Spruch in den Mund nahm und wenn es Mutter war. Irgendwann ließ er die Haare einfach wachsen.

Er rechtfertigte das damit, dass er Heavy-Metal-Fan geworden sei, obwohl er eigentlich nur Rias Zwei hörte die anderen Anhänger dieser Musik ihn ängstigten, auch wenn er eine gewisse Faszination für sie empfand. Sie waren so unangepasst. Einer von ihnen trug ein umgedrehtes Kreuz an der Jacke, das von einer getrockneten Hühnerkralle gehalten wurde. Viele Male ging er abends an dem Jugendclub vorbei, in dem sich diese Leute trafen und sog die verrauchte Luft ein, die aus den immer offenstehenden Fenstern drang. Er traute sich aber nie, einen Schritt hineinzusetzen.

Erst Roberta überredete ihn sanft, sich seine Matte abschneiden zu lassen, die inzwischen verfilzt war und selbst wenn Ralf-Jochen sie morgens wusch am Abend schon fettig glänzte, als hätte er eine handvoll Margarine hineinmassiert. Sie sagte ihm immer wieder, dass es in Brasilien doch viel zu heiß für so lange Haare sei und diesem Argument konnte er sich anschließen, obwohl Roberta auch lange Haare trug und Mutter es jahrelang mit logischeren Argumenten versucht hatte, ihn zum Friseur zu locken. Er hatte schon wieder einen Klos im Hals, als er so an Roberta dachte und daran, wie sie im Schlag die Nägel schnitt, damit sie ihn nicht lange dazu überreden musste.

Das kalte Wasser perlte zunächst von seinen fettigen störrischen Haaren ab. Der Friseur nahm eine handvoll Shampoo und rieb sie in den wilden Busch, aber es wollte sich kein Schaum bilden. Er spülte es wieder ab, wobei Ralf-Jochen merkte, dass das Wasser jetzt angenehm kühl bis auf seine

Kopfhaut vordrang. Eine weitere Ladung Shampoo wurde in seine Haare massiert, wobei es diesmal kräftig schäumte. Der Friseur knetete eine ganze Weile in den Haaren herum, bevor er den Schaum wieder abwusch.

Unter einem Turban aus dem nassen Handtuch, das der Friseur zum Abtrocknen der Haare benutzt hatte, wurde Ralf-Jochen an einen Platz vor einem Spiegel gefahren. Sein Bart erschien ihm noch größer, als er ihn sich vorgestellt hatte. Mit seinen tiefliegenden Augen und der dadurch hervorstehenden Nase sah er aus wie einer der von den Amerikanern erfolglos gejagten Terroristen, wie sie regelmäßig in vom Fernsehen ausgestrahlten Videobotschaften präsentiert wurden. Er bestätigte dem Friseur, dass er ordentlich etwas abschneiden könne. Der öffnete den Turban und kämmte zunächst den Haarbusch durch, wozu er stellenweise einige Zugkraft aufwendete, weshalb Ralf-Jochen seinen Nacken in die andere Richtung entgegendrücken musste. Es sah aus wie beim Armdrücken, wenn sich zwei gleich starke Gegner gegenübersaßen und der eine seine ganze Kraft zusammennahm, den Arm des anderen ein Stück herunterdrückte, dann aber nachließ und über den Nullpunkt ein Stück in seine eigene Richtung gedrückt wurde, bis sich der Angriff wieder abschwächte und das Ganze von neuem begann. Mit einer unauffälligen aber doch etwas zu affektierten Geste rief der Friseur einen Kollegen heran. Sie bezogen an beiden Seiten von Ralf-Jochen Stellung und bürsteten ihm den Filz aus der Matte, so dass sein Kopf nun ohne eigenen Kraftaufwand von einer Seite zur anderen gezogen wurde.

Schließlich setzte der Friseur die Schere an und lange brüchige Strähnen fielen auf den Plastikumhang und rutschten von dort aus auf den Boden. Jetzt kamen seine Ohren wieder zum Vorschein. Er hatte sie sich seit langem nicht mehr ordentlich geputzt, allerdings hatte der Friseur beim Abtrocknen seine Zeigefinger unter dem Handtuch hineingesteckt und mit drehenden Bewegungen zumindest den gröbsten Schmutz beseitigt. Es hatte irgendetwas befreiendes, die Haare dort fallen zu sehen. Als der Friseur fragte, ob er auch den Bart abnehmen dürfe stimmte Ralf-Jochen deshalb spontan zu, obwohl er überrascht war, dass diese Dienstleistung hier überhaupt noch angeboten wurde. Der Barbier schnitt mit der Schere einen großen Teil des Bartes ab, schäumte den Rest mit einem kurzen buschigen Pinsel ein und holte dann zu Ralf-Jochens Erschrecken ein Rasiermesser aus der Schublade, wie er es nur aus alten Western kannte, die er sich als Kind immer angesehen hatte.

Der Friseur schob seinen Kopf nach hinten, was ihm sehr lieb war, denn jetzt sah er nur noch die Decke und nicht mehr die Klinge, die bereits an einem Lederstreifen gewetzt wurde. Erstaunlich schnell wurde sein Kopf wieder nach vorne geschoben, wobei der Friseur mit dem Handtuch, das vorhin sein Turban gewesen war, die Schaum- und Haarreste von seinem Gesicht rubbelte. Ralf-Jochen hatte die Augen geschlossen. Als er sie jetzt wieder öffnete, erkannte er sich im Spiegel nicht wieder. Er sah alt aus. Es konnte doch unmöglich so viel Zeit vergangen sein. Er versuchte, sich ein Bild von der Spanne zu machen, die er bereits in Brasilien war, aber es gelang ihm nicht. Der Friseur ließ ihn kurz alleine, bevor er ihm die restlichen Haare von Nacken und Schultern pinselte und schwungvoll den Umhang abzog.

Ralf-Jochen konnte nur mit Mühe wider i den Spiegel sehen, aber er konnte es auch nicht lassen. Genauso schwer fiel es ihm, seinen Blick wieder von seinem Spiegelbild lösen. Erst jetzt sah er, wie dünn er wirklich war. Er musste unbedingt etwas essen, auch wenn er keinen Hunger verspürte. Nachdem er den Friseur bezahlt hatte, der ihm einen liebevollen Blick hinterherwarf, mochte es sein, weil er Ralf-Jochen attraktiv fand oder weil er so zufrieden mit seiner eigenen Arbeit war, ging Ralf-Jochen zu einem „Self-Service"-Restaurant. So wurden hier Gaststätten bezeichnet, die ein Buffet mit allerlei kalten und warmen Speisen vorhielten, von denen sich der Gast selbst bediente, anschließend seinen Teller auf eine Waage stellte und dem angezeigten Gewicht nach bezahlte. Es war heiß und Tausende Schweißperlen stachen sich brennend durch jede einzelne von Ralf-Jochens Poren, die das Rasiermesser zuvor gründlich verschlossen zu haben schien. Das Restaurant hieß „Toca do Cajú", die Höhle der Cajúfrucht, die in Europa nur durch ihre auf dem Fruchtkörper wachsenden Kerne bekannt war, die dort geröstet als „Cashewnüsse" verkauft wurden. Hier wurde auch der Cajú-Saft gerne getrunken. Ralf-Jochen mochte ihn nicht, weil er ein raues Gefühl auf seiner Zunge und Gaumen hinterließ.

Der langgezogene dunkle Buffet-Raum erinnerte tatsächlich an eine Höhle, nur die Auslagen mit den Speisen waren beleuchtet. Ralf-Jochen nahm sich einen der naturgemäß großen Teller und schritt die Reihe der mit Essen gefüllten Glaskästen ab. Zunächst waren da verschiedene Gemüse, an denen die Brasilianer meist geflissentlich vorbeiliefen, von denen sich Ralf-Jochen aber reichlich auftat. Besonders die Rote Bete hatte es ihm angetan, die hier wie in Deutschland in kleine Würfel geschnitten und in Essig eingelegt wurde und von der er einen großen Berg an den Rand des Tellers löffelte. Aber auch den kalten bissfest gekochten Blumenkohl verschmähte er nicht, ebenso wie die Karottenschnitzel und die Tomatenscheiben. Aus dem Reis formte er mit dem Löffel eine kleine Burg, in deren Mitte er eine große Kelle Feijoada schöpfte, den Eintopf aus schwarzen Bohnen und viel fettem Fleisch, den früher die aus Afrika entführten Sklaven vorgesetzt bekamen, damit sie die schwere Arbeit auf den Zuckerrohrfeldern aushielten. Nahe der Burg platzierte er einen Graben aus dem relativ flüssigen Kartoffelpüree. Auch einen Felsen aus Pommes Frites errichtete er, an den er ein Plateau aus gebratenen Rindfleischscheiben aufschichtete.

Die Waage zeigte mehr als ein Kilogramm Essen an und der Mann, der das Gewicht ablas und auf einen Zettel schrieb, nickte Ralf-Jochen anerkennend zu. Der bewegte durch das schlauchförmige Restaurant an einigen Nischen mit Tischen vorbei zu einem Lichtschein am Ende des Tunnels. Dort erreichte er eine Terrasse mit an Bäumen hängenden Vogelkäfigen und einem darunterliegenden Swimmingpool, wo er sich in einen der weißen Plastiksessel setzte. Ralf-Jochen aß in der gleichen Reihenfolge, wie er das Essen vorgefunden und wie er es sich auf den Teller gelegt hatte. Schon so lange er sich erinnern konnte aß er alles einzeln nacheinander in genau dieser Reihenfolge, auch als er noch gar nichts von den Buffets der

Self-Service-Restaurants ahnte und noch nicht einmal wusste, wo Brasilien lag. Außer Reis und Feijoada wurde nichts vermischt und kein Bissen von etwas anderem genommen, bevor das eine nicht zuende war. Vom Buffet holte er sich einige Stücken Wassermelone. Er dachte daran, wie Mutter ihm eingebleut hatte, jeden Kern sorgfältig auszuspucken, weil sie sich sonst im Blinddarm ansammeln, sich aufblähen und ihn zum Platzen bringen würden. Er schüttelte liebevoll den Kopf über diese behütende Naivität während er mit der Messerspitze sorgfältig sämtliche Kerne aus dem Stück Melone auf seiner Gabel pulte, bevor er es in den Mund schob.

Früher hatte es in den Restaurants immer den gleichen Salat aus geschnetzelten Möhren, Weißkohl und Rotkohl gegeben. Er hatte ihn gerne gegessen und sich immer besonders gefreut, wenn seine Mutter mit ihm ins Hotelrestaurant ging, wo man sich an der sogenannten Salatbar reichlich vom Drei-Komponenten-Salat auftun konnte und nicht nur in mikroskopischen Mengen bereits auf dem Teller serviert bekam. Danach hatte er jedes Mal ein mit Würzfleisch überbackenes Schweinesteak gegessen, das „Ou Four" genannt wurde. Dazu gab es Pommes Frites, die er immer nach dem Salat und vor dem Fleisch aß. Die Pommes waren eigentlich das Wichtigste am Essengehen, denn zuhause oder am Imbiss gab es sie nicht.

So in Gedanken hatte er mechanisch den ganzen Teller leergegessen. Er war fast ein bisschen stolz auf sich, als sein Magen sich plötzlich zusammenzog. Er schaffte es gerade noch auf die Toilette, die glücklicherweise auch von der Hofterrasse abging. Er hockte sich vor die brillenlose stinkende Keramik und noch in dieser Bewegung überschlug sich etwas unterhalb seines Kehlkopfes, von dem er nur in diesen Momenten wusste, dass es existierte und er erbrach das ganze Essen. Als er noch nach Luft schnappte und sein Rachen bitter zu brennen begann, fiel ihm auf, dass die ganze Kloschüssel voller Blutstropfen war und sich in der Mulde eine regelrechte Blutlache angesammelt hatte. Panik umklammerte ihn. Konnte das dunkelrote Blut schon vorher hier gewesen sein und er es in seiner Eile nicht bemerkt haben? Er spuckte noch einmal aus und nahm erbleichend zur Kenntnis, dass das Blut aus seinem Mund kam. War jetzt der Krebs durchgebrochen, von dem er seit Jahren vermutete, dass er sich in seinen Eingeweiden ausbreitete? Er wischte sich die verträntnen Augen ab und sah jetzt in seinem Blut einige Stückchen Rote Bete schwimmen, die beruhigenderweise die gleiche Farbe hatten.

Der Krebs hatte ihn also doch noch einmal verschont. Aber das ganze Essen war wieder ausgebrochen, das er doch nur gegessen hatte, um etwas zuzunehmen für die Begegnung mit Roberta! Er musste sich etwas Neues zu essen holen, legte das Besteck auf eine Serviette und ging mit seinem Teller noch einmal zum Anfang des Buffets. Die Rote Bete und die anderen Gemüse ließ er diesmal links liegen und nahm sich stattdessen etwas von dem trockenen Kartoffelsalat, weil er das Gefühl hatte, dieser würde sich leichter im Magen halten lassen. Dazu nahm er ein großes Stück Carne do Sol das getrocknete „Sonnenfleisch". Er streute sich noch einige Löffel Farofa dazu, ein geröstetes Maniokmehl, denn er war der Ansicht, das Essen besser verdauen zu können, je trockener es war. Der runzlige Mann hinter der Waage sah Ralf-Jochen ungläubig an, als er ihm zum zweiten Mal denselben Zettel reichte, auf dem bereits über tausend Gramm notiert waren, zu denen jetzt noch einmal mehr als sechshundert addiert werden mussten.

Wieder aß Ralf-Jochen zuerst das, was er zuerst gefunden hatte, den Kartoffelsalat. Er hatte kaum einen Eigengeschmack. Dagegen war das Fleisch sehr salzig und das Maniokmehl erschien ihm jetzt doch zu trocken und er ließ es auf dem Teller. Sein Magen rumorte zwar ziemlich, schien aber diesmal seine Last für sich zu behalten. Ralf-Jochen sah auf den Swimming-Pool und dachte daran, dass er dringend duschen musste. Der Pool gehörte zur Pension, zu der auch das Restaurant gehörte und die den gleichen Namen trug und dementsprechend mit Bildern und bunten Plastiken der Cajú-Frucht ausgeschmückt war. Er schaute nach oben zu den Fenstern der Zimmer. Es sah alles irgendwie beengt aus, aber ordentlich und er ging, nachdem er das Essen bezahlt hatte, zur Rezeption und ließ sich eines der Zimmer zeigen, das er gleich anmietete.

Es war tatsächlich klein, aber aufgeräumt und hatte ein Fenster, von dem aus er auf den Pool blicken konnte, was kein Nachteil sein würde, denn mit lärmenden Badenden war nicht zu rechnen, da die Hotelpools hier nur Prestigeobjekte waren und es zum Prestige gehörte, dass man zwar ein Hotel mit Pool buchte, diesen aber auf keinen Fall benutzte. Ralf-Jochen stellte sich unter die Dusche. Dass er das Zimmer ohne weiter zu grübeln gleich genommen hatte, lag vor allem daran, dass es hier warmes Wasser gab und er schon seit Ewigkeiten nicht mehr heiß geduscht hatte. Er drehte den

Wasserhahn auf, aber das Wasser blieb kalt. Der elektrische Wasserboiler war wie überall im Lande direkt in den Duschkopf eingebaut, der auf Ralf-Jochens Kopfhöhe angebracht war. „4500 Watt" war darauf zu lesen und es gab einen Schiebeschalter mit je einer Position für Aus, Sommer und Winter, der in der Sommerposition stand, was hier hieß, dass es draußen zwei bis drei Grad kälter war als im sogenannten Winter, der bereits vor der Tür stand und sich mit Regenschauern ankündigte. Die aus der Wand kommenden Drähte waren mit denen des Boilers zusammengezwirbelt und das Ganze mit schwarzem Klebeband provisorisch isoliert worden. Das beunruhigte Ralf-Jochen nicht weiter, denn er hatte auch schon unter Duschen gestanden, bei deren Installation man auch auf das Klebeband verzichtet hatte und die blanken Leitungen über seinem Kopf den Strom führten, der sein Duschwasser aufheizte.

Er stellte den Schiebeschalter auf Winter, was hieß, dass das Wasser wärmer werden würde als in der Sommerposition und suchte den Hauptschalter, der sich irgendwo an der Wand befinden musste. Als er ihn gefunden hatte und betätigte, begann wie üblich das Licht in dem fensterlosen Bad kurz zu flackern, bevor das Wasser heiß wurde. Ralf-Jochen war es nicht heiß genug. Er drehte den Hahn wieder etwas zu, was die Wassermenge verringerte, die dadurch noch stärker aufgeheizt wurde. Er seifte sich zunächst den Kopf ab. Wie beim Essen hatte er auch beim Duschen eine Reihenfolge, die er immer einhielt und die sich von oben nach unten bewegte. Zwischen den einzelnen Waschschritten ließ er sich lange mit geschlossenen Augen das heiße Wasser ins Gesicht und von dort aus über den Körper laufen. Seine alten Sachen warf er direkt in den im Bad stehenden Mülleimer. Mit seinen Schuhen konnte er das nicht machen, obwohl ihm jetzt, da er geduscht hatte erst auffiel, wie stark sie stanken und er sie gerne in den Müll befördert hätte. Aber er trug Schuhgröße 49, die war schon in Deutschland nur in speziellen Läden oder über den Versand zu bekommen, hier war das völlig aussichtslos. Er ging noch einmal unter die Dusche, diesmal mit seinen Schuhen, die er gründlich mit seinem Shampoo abwusch. Immer wieder ließ er sie voll Wasser laufen und kippte es wieder aus. Dann seifte er sie erneut ein und spülte wieder ausgiebig, so wie es der Friseur mit seinen inzwischen nicht mehr vorhandenen Haaren getan hatte. Zwar rochen die braunen Lederhalbschuhe nach dieser Prozedur immer noch unangenehm, aber nicht mehr so penetrant wie zuvor und außerdem sahen sie erstaunlicherweise fast wie neu aus. Er stellte sie zum Trocknen in die Sonne auf den Fenstersims, der so schmal war, dass er das Fenster offen stehen lassen und mit einem stück Pappe fixieren musste, damit sie nicht herunter in den Pool fielen.

Er legte sich auf das Bett, dessen Matratze noch nicht durchgelegen, sondern eher etwas zu hart war, aber das erschien Ralf-Jochen nach den letzten Nächten geradezu paradiesisch. Er schlief sofort ein und konnte sich diesmal nicht genau an seine Träume erinnern, als er aufwachte. Trotzdem wusste er, dass es keine guten Träume gewesen waren. Nur ein Traumfetzen war noch in seinem Gedächtnis und blieb es auch noch eine ganze Weile. Darin befanden er und sein Vater sich in seiner Schule. Sie hatten sich gestritten und sein

Vater ging in einen hinteren Raum, wo die Schulsachen und Jacken an in Reihe an einem Brett befestigten Haken aufgehängt waren. Ralf-Jochen wusste, dass sein Vater sich an seinen Sachen zuschaffen machen würde. Als der wieder herauskam war er nackt und hatte einen durchsichtigen Plastikbeutel mit Ralf-Jochens Portemonnaie in der Hand. Ralf-Jochen entriss ihm den Beutel, spürte aber, dass etwas fehlte. Er riss seinen Vater zu Boden und entdeckte an seinen Oberschenkeln eine fleischfarbene Schürze unter der er weitere Sachen versteckt hatte. Sein Pass und seine Kreditkarte kamen zum Vorschein, an mehr konnte er sich nicht erinnern, er spürte nur eine tiefe Abneigung, die er noch nie gegen seinen Vater empfunden hatte.

Es war Abend und Ralf-Jochen ging wieder ins Restaurant herunter. Das Buffet stand hier den ganzen Tag und wurde immer wieder neu bestückt. Er hatte ein neues T-Shirt und neue Shorts an und war barfuß, weil seine Schuhe noch nass waren. Da er diesmal von der anderen Seite kam, musste er zunächst am Waagenmann vorbei, der immer noch derselbe war wie zu Mittag und der ihn noch ungläubiger ansah als vorhin. Er beugte sich über das Aluminiumtablett, auf das man die Teller stellen musste, um zu sehen, ob Ralf-Jochen sich wirklich wieder etwas zu essen holen würde. Der nahm sich einen Teller, diesmal nicht nur, weil er sich eingeredet hatte, er müsse etwas essen, sondern weil er wirklich seit langem wieder etwas Appetit verspürte.

Wieder erregten die Speisen Abscheu in ihm, die er zuvor ausgebrochen hatte. Er nahm sich zwei Scheiben Inhame, eine armdicke weiße Wurzel, die in Salzwasser gekocht wurde und legte zwei große Stücken Carne do Sol dazu. Wieder zeigte die Waage etwas über sechshundert Gramm und der runzlige Mann reichte ihm fast ehrfürchtig den Zettel, auf den er das Gewicht eingetragen hatte. Irgendwie war Ralf-Jochens Appetit beim Anblick des vielen Essens geschwunden. Er saß eine Weile vor seinem Teller und holte sich dann am Tresen einen Zuckerrohrschnaps. Er wurde etwas abwertend angesehen, als er bestätigte, dass er ihn pur haben wolle, denn das war hier verpönt, weil der reine Schnaps als Getränk der Armen verschrien war. Dass die Touristen literweise Caipirinha in sich hineinschütteten, daran hatte man sich schon gewöhnt, aber dass sie die Cachaça jetzt auch pur bestellten, das war neu. Die Einheimischen tranken lieber den einheimischen Whiskey, der in Qualität und Geschmack längst nicht mit einem guten Zuckerrohrschnaps mithalten konnte.

Ralf-Jochen trank den Schnaps in einem Zug aus, obwohl das kleine Brauseglas, in dem er ohne Messbecher eingegossen und serviert worden war, sicher mehr als zwei Doppelte enthielt. Im Mund hatte er sich wie ein Schluck Wasser angefühlt, aber jetzt brannte er sich die Speiseröhre hinunter, bis in den Magen, wo er schon etwas weniger heiß zu spüren war. Damit war der Weg für das Essen geebnet. Ralf-Jochen leerte ohne Probleme seinen Teller und hätte sich fast eine zweite Portion geholt, dachte aber an seinen unfreiwilligen mittäglichen Toilettenbesuch und außerdem wollte er nicht schon wieder in die beobachtenden Augen des runzligen Wagenmannes sehen. Er ging stattdessen zur Theke und bestellte sich einen weiteren Schnaps. Der Barmann kippte das kleine Glas diesmal ganz voll, so dass Ralf-Jochen mit seinen zittrigen Händen aufpassen musste, nichts zu verschütten. Der Mann sah ihn verächtlich an als wolle er sagen: Nimm es nur, wenn du es brauchst, ich schenke dir auch noch einen ein. Ralf-Jochen trank das Glas wieder in einem Zug leer, obwohl er das diesmal eigentlich nicht vorgehabt hatte, aber er wollte es nicht noch einmal ansetzen müssen und damit dem Barmann einen weiteren Blick auf sein Händezittern gewähren.

Dieses Zittern kam nicht von Ralf-Jochens latenter Alkoholabhängigkeit, das konnte er mit Bestimmtheit sagen, denn er hatte es bereits in seinen ersten Schuljahren bemerkt. Im Werkunterricht der vierten Klasse lernten sie gerade das Messen mit der Schieblehre. Ralf-Jochen war gut in Mathematik, hatte das Prinzip sofort verstanden und wurde ausgiebig von der Lehrerin gelobt. Als er dann aber nach vorne gebeten wurde, um auf dem Messschieber ein vorgegebenes Maß einzustellen und der Klasse das Prinzip zu erklären, versagten seine Hände. Sie zitterten so sehr, dass er auch nachdem er sich mit den Handgelenken auf dem Lehrertisch abgestützt hatte, nicht in der Lage war, auch nur millimetergenau etwas einzustellen, geschweige denn auf das Zehntel genau, wie es der Sinn dieses Gerätes war. Natürlich lachten die Aussätzigen ihm hämisch ins Gesicht und die, die es nicht schon zuvor getan hatten, erkannten jetzt seine Schwäche und wurden zu Peinigern.

Er musste wieder an seine Kündigung denken. Hatte sie auch etwas mit dem Zittern zu tun? Hatte Rothe es bemerkt und vermutet, dass er Alkoholiker sei und ihn deshalb abgeschoben. Er versuchte sich zu erinnern, ob Rothe ihn auf dem letzten „Teamabend" beobachtet hatte. Er bildete sich jetzt ein, dass Rothe seine Getränke mitgezählt hatte, es waren sicher sieben oder acht halbe Liter gewesen, die Ralf-Jochen hinuntergeschüttet hatte, um die gähnende Leere zu überwinden, die ihn trotz der Anwesenheit der Kollegen umgab.

Trotz dieser Erinnerung und der abschätzigen Behandlung durch den Barmann fühlte sich Ralf-Jochen jetzt nicht schlecht. Er spürte förmlich, wie das Händezittern nachließ, denn auch wenn es nicht durch das Fehlen von Alkohol im Blut ausgelöst wurde, so milderte es sich doch bei seiner Anwesenheit im Kreislauf deutlich ab. Er bestellte sich noch ein Glas Schnaps und trank es diesmal mit ruhiger Hand in kleinen Schlucken, was den Barmann natürlich in seiner Vermutung bestätigen musste, einen schweren Alkoholiker vor sich zu haben, der jetzt gerade seinen Mindestalkoholpegel erreicht hatte. Aber das war Ralf-Jochen egal. Er bemerkte, dass immer noch die gleiche CD lief wie am Mittag. Tristesa não tem fim, felizidade sim, tönte es aus den ungeschickt angebrachten Boxen. Traurigkeit kennt kein Ende, Glücklichkeit schon, wie wahr und wie schön im Portugiesischen, dachte Ralf-Jochen, während er überlegte, wie man den Satz auch im Deutschen etwas schöner formulieren könnte, ohne dass er seinen Sinn vollends verlor. Ihm fiel kein angemessener Text ein.

Was bedeutete es eigentlich, dieses Glücklichsein, nach dem sich alle sehnten? Dumm zu sein und Arbeit zu haben, hatte ein Zyniker mal gesagt. Das war wohl auch wahr, aber schön konnte es Ralf-Jochen nicht finden. Arbeit konnte man sich machen, er selbst hatte sich eine Zeit lang viel davon aufgehalst und tatsächlich, die Gedanken waren weniger geworden. Wenn man keine Zeit mehr zum Nachdenken hatte, war da auch keine Zeit, unglücklich zu sein. Aber das bedeutete doch nicht, glücklich zu sein, oder musste man schon die Abwesenheit von Traurigkeit als Glück betrachten? Vielleicht fehlte ihm auch ein Stück Dummheit zum Glücklichsein. Man sagte, Alkohol würde die Gehirnzellen unwiederbringlich abtöten. Ralf-Jochen bestellte sich noch einen Schnaps. Er hatte fast die halbe Literflasche der Cachaça von mittlerer Qualität getrunken, die hierzulande im Geschäft weniger als das Äquivalent von zwei Euro kostete und für die man ihm auch an dieser Bar nicht mehr als das Doppelte berechnen würde, während man in Deutschland in Restaurants meist das Zehnfache des Einkaufspreises bezahlen musste.

Langsam wurde das Buffet abgebaut, es war Abend geworden und Ralf-Jochen beglich seine Essensrechnung. In sein Zimmer konnte er jetzt nicht gehen, es war zu eng, um sich dort aufzuhalten, wenn man nicht gerade schlief. Aber er hatte keine Schuhe an und konnte so auch schlecht auf die Straße gehen. Es hatte ihn schon Überwindung gekostet, sein Zimmer überhaupt barfuß zu verlassen, dann aber hatte er sich gesagt, er würde in seinen Shorts so aussehen, als käme er gerade vom Swimmingpool und nicht weiter auffallen. Der Pool, ja dort konnte er jetzt hingehen, sich auf eine der weißen Plastikliegen legen und in den Himmel sehen. Er bezahlte nun auch an der Bar und gab ein großzügiges Trinkgeld, um dem Barmann zu zeigen, dass er nicht zu denen gehörte, bei denen er ihn vermutet hatte, nahm sein Glas mit und ging zum Pool.

Er dachte noch einmal an die Begegnung mit Robertas Mutter. Sie musste ihn wirklich nicht wiedererkannt haben. Das war gut so. So konnte sie Roberta nicht erzählen, wie er ausgesehen hatte. Aber ihre Freundin vom Imbiss würde ihr sicher erzählen, dass er dort gewesen war. Oder vielleicht auch nicht. Sie wollte schließlich auch nicht, dass er ihr davon erzählte, dass sie ihm ihre Adresse gegeben hatte. Vielleicht würde sie auch nichts sagen. Warum hatte sie ihm überhaupt den Zettel mit der Anschrift gegeben? Hatte Roberta sich nach ihm gesehnt und ihrer Freundin davon erzählt? Aber warum dann diese Geheimniskrämerei? Ralf-Jochen konnte sich die Situation nicht erklären. Er musste Roberta wohl unvorbereitet treffen und hoffen, dass sich alles zum Guten wenden würde, auch ohne dass er spontane Entscheidungen treffen musste, denn wenn es darauf ankäme, dann war er verloren.

Das hatten ihm schon alle seine Zeugnisse bescheinigt und auch Rothe, als er ihm seine Entlassung verkündete. Aber vielleicht stimmte das alles gar nicht? Bevor er es verbrannte, hatte er sich noch einmal seine alten Schulzeugnisse angesehen. Sie waren in einem braunen Weichplastikbuch eingesteckt, auf das in abblätternder Goldfarbe das Wappen der DDR mit Hammer und Zirkel im Ährenkranz aufgedruckt war. Auf der einen Seite der dort eingesteckten Blätter standen jeweils seine Zensuren, auf der anderen eine handgeschriebene Beurteilung. Außer im Sport hatte er bis zur zehnten Klasse nur Einsen auf den Zeugnissen, obwohl er nie größere Lernanstrengungen unternommen hatte. Einzig im Sport hatte er versucht, durch Training seine Leistungen zu verbessern und war dabei gescheitert. Er war durch den Wald gerannt, bis die Herzstiche ihn zu Boden rissen, hatte Torschüsse geübt, bis sein Fußgelenk verstaucht war und war immer wieder über den See geschwommen, bis er fast nicht mehr zum Ufer gekommen wäre. Es hatte nichts geholfen und seine Zensuren im Sport blieben schlecht. Wenn die Sachen so naturgegeben waren, warum sollte er also für die anderen Fächer lernen, wo er ohnehin immer die besten Zensuren bekam?

Genauso wie im Sport war es auch mit seiner fehlenden Spontaneität gewesen. Er hatte sich bereits in der ersten Klasse über seine Beurteilung geärgert, in der stand, er wäre zu zurückhaltend und könne mehr aus seinen hervorragenden Leistungen machen. Das war zu dieser Zeit der einzige negative Punkt in seinem Zeugnis gewesen, denn sogar in Sport hatte er in diesem Jahr unerklärlicherweise eine Eins bekommen, während er sich später anstrengen musste, um auch nur eine Drei zu schaffen. Er hatte sich im Anschluss tatsächlich bemüht, spontaner zu sein, den Lehrern mehr zu zeigen was er konnte. Aber im nächsten Zeugnis stand wieder der gleiche Satz, nur ein klein wenig umformuliert. Was die Lehrer bei ihren Schülern streng ahndeten, taten sie beim Zeugnisschreiben selbst, die schrieben einfach ab! Bis zur zehnten Klasse verfolgte ihn dieser Satz und hatte sich so in sein Gehirn gebrannt, dass er nichts besseres zu tun gehabt hatte, als ihn auch noch Rothe direkt beim Vorstellungsgespräch zu servieren, so dass der ihn auch wieder in sein Arbeitszeugnis hätte schreiben können, wenn Ralf-Jochen denn überhaupt eines verlangt hätte.

Vielleicht war er gar nicht so spontaneitätslos, wie alle sagten und voneinander abgeschrieben hatten. Er dachte über die Situationen nach, die er erlebt hatte. Jetzt nachdem er die Zeugnisse verbrannt hatte fühlte er sich gewissermaßen von der fortgeschriebenen Etikettierung befreit. Er kam zu dem Schluss, dass es inzwischen wirklich so war, wie es in den Zeugnissen gestanden hatte. Ob nun die bloße Zuschreibung über die Jahre hinweg in ihm Wirklichkeit geworden, oder er tatsächlich schon immer so gewesen war, es ließ sich nicht leugnen, er konnte einfach nicht spontan auf irgendetwas reagieren. So war er auch nicht in der Lage, ein normales Gespräch zu führen und fügte jedes Mal nur Satzfetzen zusammen, die er irgendwo gehört oder gelesen hatte. Immer hatte er danach das Gefühl, er hätte seinem Gegenüber wieder das Gleiche erzählt, wie bereits bei einem vergangenen Treffen. Diese ständige Wiederholung, das musste natürlich auffallen. Deshalb wendeten sich wahrscheinlich auch alle nach einer gewissen Zeit von ihm ab. Was er in solchen Gesprächen wirklich hätte sagen sollen, das fiel ihm immer erst später ein, zu spät.

Ralf-Jochen hasste es deshalb zu telefonieren. Zusätzlich zu den Schwierigkeiten des normalen Gesprächs hatte er hierbei oft das Problem, sein nicht sichtbares Gegenüber teilweise akustisch nicht zu verstehen. Vielleicht lag das daran, dass er viel auf Mimik und Gestik achtete, um die Langsamkeit seiner Informationsverarbeitung zu überbrücken, wobei er das Gehörte mit dem Gesehenen zu einem Bild zusammenfügte, das beim Telefonieren zwangsläufig unvollständig bleiben musste. Lieber schrieb er schon E-Mails. Da konnte man in

Ruhe formulieren und die Antworten zur Not auch zweimal lesen, um den wahren Gehalt herauszufiltern. Aber jedes Mal wenn Ralf-Jochen die Kommunikation mit jemandem auf E-Mail umstellte, sah es zunächst so aus, als würde sich ein reger Austausch daraus entwickeln, dann aber blieb sein elektronisches Postfach wieder leer und es kam doch wieder ein Anruf, der ihn dann noch mehr als sonst aus dem Konzept brachte, oder der Kontakt brach gänzlich ab.

Er hatte seinen Mangel an Spontaneität in vielen Situationen dadurch überbrückt, dass er sich vor einem Gespräch ausführlich ausmalte, in welche Richtungen es sich wenden könnte und sich für jede mögliche Wendung die passende Formulierung zurechtlegte. Wenn er am nächsten Tag ein wichtiges Zusammentreffen hatte, grübelte er manchmal die ganze Nacht darüber und spielte alle Eventualitäten immer wieder durch, um nicht plötzlich sprachlos dazustehen. Das hatte meistens ganz gut funktioniert, auch wenn er dann immer etwas gekünstelt oder sogar arrogant wirkte. Die Anstrengung des nächtlichen Grübelns laugte ihn aber auch verdammt aus. Er hatte regelmäßige Herzstiche bekommen und sein linkes Auge zuckte unaufhörlich, was ihm peinlich war, weil er dachte, andere könnten es sehen und danach fragen, ein Gedanke, der die Herzstiche noch intensiver werden ließ.

Jetzt war das permanente Stechen verschwunden. Nur wenn er an Roberta dachte und was wohl aus ihnen werden würde, kam es wieder zurück. Vielleicht schob er deswegen auch jede Entscheidung, die mit dem eigentlich ersehnten Wiedertreffen in Zusammenhang stand, so weit wie möglich hinaus. Auch jetzt war er wieder nicht in der Lage, irgendeinen Plan zu schmieden. Es gab einfach zu viele unbekannte Faktoren und seine Technik der gezielten Vorbereitung von auf jede eventuelle Situation abgestimmten Handlungsmöglichkeiten funktionierte nicht. Es gab zu viele Eventualitäten, von denen er keine Vorstellung hatte. Wo könnte er nur mehr erfahren? Die Imbissverkäuferin würde ihm nichts sagen. Auch weitere Beobachtungen vom verlassenen Haus aus würden zu nichts führen. Bestenfalls würde er Roberta hinausgehen und zurückkommen sehen. Hinuntereilen um sie zu verfolgen oder anzusprechen konnte er vom Dachboden aus ohnehin nicht schnell genug. Um sie anzusprechen könnte er außerdem einfach klingeln, aber das konnte er eben gerade nicht. Sie zu verfolgen kam ihm irgendwie unsittlich vor, außerdem sah er sich dazu auch nervlich nicht in der Lage, ihr vielleicht ganze Tage hinterherschleichen zu müssen, wahrscheinlich ohne etwas interessantes zu erfahren.

Sein Ausweichen vom Telefonieren zum E-Mail kam ihm wieder in den Sinn. Was, wenn er ihr einfach einen Brief schrieb? Wahrscheinlich würde sie nicht antworten. Aber vielleicht doch, wenn wirklich alles nur ein Missverständnis, ein technischer Fehler gewesen war? Was sprach dagegen? Eigentlich nichts. Nur das quälende Warten auf eine Antwort, das ewig dauern konnte, wenn keine Antwort kam. Aber er konnte dann immer noch zu ihr gehen. Immerhin war sie in diesem Fall vorbereitet, wusste was er dachte und er musste nicht mehr über seine Gefühle reden, sie war am Zug. Ja, er musste einen Brief schreiben, aber er musste sich auch eine Frist setzen, wann er das Warten auf eine Antwort abbrach und die persönliche Konfrontation suchte. Er müsste genau den Tag festlegen, sonst würde er es nie tun und im Warten wahnsinnig werden. Gleich morgen würde er diesen Brief schreiben. Jetzt sah er noch eine Weile in die Sterne.

Ralf-Jochen konnte in dieser Nacht nicht schlafen. Wahrscheinlich lag es daran, dass er nachmittags geschlafen hatte. Außerdem schossen ihm verschiedene Formulierungen für seinen Brief durch den Kopf, Informationen die er hineinbringen musste, manche verpackt, manche unverblümt. Er dachte daran, dass er viel Papier für Entwürfe brauchen würde. Gleich morgen musste er welches besorgen. Im Morgengrauen schlich er um die Geschäfte und als das erste seine Türen öffnete, kaufte er einen großen Stapel weißes Papier, Umschläge und einen Füllfederhalter. Er hatte schon seit Ewigkeiten nichts mehr außer seiner Unterschrift mit der Hand geschrieben und die war mehr zu einem Symbol geworden, das nichts mehr mit der Schriftsprache gemein hatte, die er nur noch mit den beiden Zeigefingern in seine Tastatur hackte. Deshalb dachte er, mit dem Benutzen des Federhalters würde er vielleicht die Schönschrift aus seiner Schulzeit wieder in sich aufnehmen. Tatsächlich schrieb er in kindlicher Schrift mit ausladenden Rundungen:

*Roberta, erst als ich nichts mehr von Dir hörte, wurde mir so richtig klar, was Du mir bedeutest. Alles. Bitte komm mit mir.*

Er stockte. War das alles? Es musste doch nach den ganzen Jahren noch mehr geben, was er ihr schreiben konnte. Aber alles, was er sich nachts an Ausreden und Schilderungen zurechtgelegt hatte, kam ihm jetzt so banal und verlogen vor. Das konnte er nicht aufschreiben. Nicht nach diesen Sätzen. Sollte er vielleicht ganz anders anfangen? War dieser Anfang nicht viel zu pathetisch, als dass darauf noch irgendetwas folgen konnte? Stimmte das was da auf dem Papier stand überhaupt, war er nicht erst wieder zu Roberta gekommen, als alles andere in Scherben gegangen war? Nein, er fühlte, dass diese Worte, die er ohne nachzudenken aufgeschrieben hatte, genau das ausdrückten, was tief in ihm war. Er hatte einmal etwas spontan aus sich herausgelassen, mochte es auch noch so kitschig klingen, es musste stehen bleiben. Roberta kannte ihn. Sie würde es verstehen, dass er nicht weiter ausschweifend wurde, sie würde wissen, dass es ihm ernst war.

Er verschickte seinen Brief ohne Absender auf dem Kuvert mit der Post. Die Marken waren jetzt selbstklebend und wurden ihm von der Schalterbeamten hinübergeschoben, damit er sie selbst auf seinen Brief pappte. Der Alte, der die Marken noch eigenhändig angeleckt und aufgeklebt hatte, war sicher längst in Rente gegangen oder an der schleichenden Vergiftung durch den Briefmarkenleim gestorben. Gut dass der nicht mehr da war, denn er hätte ihn sicher gleich nach dem fehlenden Absender gefragt. Ralf-Jochen hatte sich extra ein Postfach eingerichtet, das er unter seine Zeilen auf das Papier schrieb, denn er wollte nicht die Pension Cajú als Absender angeben, weil er Angst hatte, Roberta könnte plötzlich unerwartet vor ihm stehen oder gar ihr Mann, um ihm zu sagen, er solle gefälligst seine Finger von ihr lassen. Über solche Szenen in schlechten Filmen hatte er immer gelacht, aber jetzt und hier hielt er es nicht für ausgeschlossen, dass ihm etwas ähnliches passierte.

Als er den Brief aus der Hand gab stellte sich Erleichterung ein. Als wäre er eine große Last losgeworden, fühlte sich Ralf-Jochen fast euphorisch. Er kaufte sich eine Klemmmappe, heftete im Hotel einen Stapel seines weißen Papiers ein und schrieb mit großen Buchstaben das Wort „Tagebuch" auf den Deckel. Irgendwie musste er festhalten, wie gut es ihm ging, denn in den letzten Wochen hatte er sich oft eingebildet, er sei nie in seinem Leben glücklich gewesen oder habe sich auch nur einigermaßen gut gefühlt. Aber wie konservierte man das gute Gefühl auf dem Papier? Direkt beschreiben konnte er es nicht. Nur die genaue Abfolge der Ereignisse würde ihm später erlauben, sich an diesen Moment zu erinnern. Aber unmöglich konnte er jetzt hier schildern, was in den letzten Wochen passiert war. Würde er das tun, sich an die ganzen Qualen erinnern, wäre es wahrscheinlich vorbei mit der guten Stimmung. Die negativen Details mussten verdrängt und die guten herausgehoben werden.

„Das Martyrium der Flucht ist überstanden.", schrieb er auf das Papier. Ja, das war ein guter Anfang, positiv und doch all das Negative enthaltend, ohne es im Detail auswälzen zu müssen.

„Das alte Leben hatte gedroht, mich aufzufressen, nach einer langen anstrengenden Reise bin ich an meinem Zielpunkt angekommen. Heute habe ich Roberta geschrieben. Ich werde sie sehen. Natürlich hoffe ich, dass sie antwortet, das würde es leichter machen. Falls sie das nicht tut, werde ich zu ihr gehen. Den Tag habe ich schon festgelegt:

Zehn Tage müssen ihr reichen, mit mir Kontakt aufzunehmen, sonst werde ich ihn erzwingen."

Es folgten mehrere Seiten mit Schilderungen, wie er sich hier eingerichtet und was sich in der Stadt alles verändert hatte. Die Worte sprudelten nur so aus ihm heraus und er fühlte sich gut, während er das alles aufschrieb. Er hatte das Papier wieder aus der Klemmmappe genommen, weil es sich so besser schrieb. Wenn er ein Blatt vollgeschrieben hatte, pustete er liebevoll die Tinte trokken, bevor er es einzeln in die Mappe einlegte. Als ihm nichts mehr einfiel, fühlte er sich noch befreiter als zuvor. Er bemerkte jetzt, dass sein rechtes Handgelenk und der Handrücken vom Schreiben schmerzten. Das Stechen war fast so stark, wie seine Herzstiche, nur bei weitem nicht so beunruhigend.

Ralf-Jochen beschloss etwas zu unternehmen. Er könnte ins Kino gehen. Das hatte er seit Jahren nicht mehr getan. Irgendwie war ihm die Vorstellung unangenehm gewesen, eine einzelne Karte zu bestellen und dann vom Kassierer und vom Kartenabreißer mitleidig angeschaut zu werden. Hier und jetzt war ihm das egal. Er machte sich zu Fuß auf den Weg ins Zentrum. Es war fünfzehn Uhr und die Nachmittagsvorstellung musste bald beginnen. Er drückte gegen die senkrechte Metallstange an einer der großen grauen Flügeltüren. Sie gab nur ein paar Millimeter nach, wollte sich aber nicht öffnen lassen. Auch die andere Seite bewegte sich weder zu ihm noch ins Foyer hinein.

Er schaute sich nach dem Glaskasten um, in dem die Filmplakate hingen mit den kleinen Zetteln, auf die die Anfangszeiten geschrieben waren. Es gab ihn nicht mehr. Das Fenster nebenan war eingeschlagen Das Foyer war außer ein paar alten Kartons völlig leer und hoch verstaubt. Ralf-Jochen erinnerte sich, dass am Stadtrand, wo die Hochhäuser wuchsen auch ein Shopping-Center aufgemacht hatte, in dem mehrere Kinosäle eingebaut waren. Diese Konkurrenz hatte das alte Kino mit dem einen großen Saal wohl nicht überlebt. Die abgewetzten samtigen weinroten Klappsitze würden nie mehr heruntergeklappt werden, man saß in den neuen Kinos bequemer in hochlehnigen Flugzeugsitzen, die mit strapazierfähigem grauen Stoff bespannt waren. Ein Teppichbelag mit den gleichen Eigenschaften überspannte dort den Boden, wo hier wohlig knarrendes Parkett ausgelegt war. Nein, für Ralf-Jochen hatte es keinen Sinn, dort hinzufahren. Er würde nicht die ihm vertraute Kinoatmosphäre spüren können und das war es, was er eigentlich gewollt hatte. Sich jetzt einfach einen Film anzusehen, diesem Gedanken konnte er nichts abgewinnen. Er hatte fühlen wollen, wie er gefühlt hatte, als er das erste Mal mit Roberta im Kino war und sie nachdem es dunkel geworden war die ganze Zeit geknutscht und keine Sekunde des Films gesehen hatten. Er wollte wieder spüren, wie er in der Heimat angst- und erwartungsvoll das Parkett des riesigen dunklen Saales betreten und ein Anweiser ihm und seiner Mutter mit einer Taschenlampe den Weg zu ihren nummerierten Plätzen ausgeleuchtet hatte.

Er kam am alten Busbahnhof vorbei, der im Gegensatz zum neuen direkt im Zentrum lag, von dem aus aber nur noch wenige Fahrten begannen und der in der Hauptverkehrszeit fast nicht angefahren wurde, denn dann herrschte der Stau in der Stadt. Ralf-Jochen sah sich die handgeschriebenen

Aushänge mit den Abfahrtszeiten an und entdeckte einen Bus, der in Kürze ans Meer fahren würde. Er kaufte sich eine Fahrkarte, deren Vordruck penibel per Hand ausgefüllt wurde. Der Bus musste um die zwanzig Jahre alt sein, hatte keine Klimaanlage und keine Toilette, aber die Fahrt sollte auch nur eine Stunde dauern. Als Ralf-Jochen eintrat war es heiß und stank nach Erbrochenem. Er setzte sich ganz nach vorne.

Früher war er immer den Gang bis nach hinten durchgegangen, bis er festgestellt hatte, dass hier stets die Aussätzigen saßen. Sie fragten aggressiv nach Kleingeld und wenn man keines gab, setzten sie sich neben einen und sahen einem so lange ins Gesicht, bis man ihnen einen Schein in die Hand drückte, einmal hatte einer von ihnen einer Frau die Handtasche ausgeräumt. Mit schlotternden Beinen war sie mutig zum Fahrer gegangen, der daraufhin an einer Station der Highway-Polizei anhielt. Ralf-Jochen konnte sich in seinem Sitz nicht mehr bewegen, so sehr hatte sich sein Herz zusammengekrampft und das Blut stand still in seinen Adern, als einer der Polizisten mit einer Pump-Gun im Anschlag den Bus betrat. Hätte sie ihm nicht ihre verdammte Handtasche geben können? Jetzt würde es sicher ein Blutbad geben.

Der Polizist kam komischerweise allein und wirkte völlig ruhig. Er trug zwar eine schusssichere Weste, aber die konnte ihm doch unmöglich diese Sicherheit verleihen, denn sein Kopf blieb völlig ungeschützt, nur ein zu der hellbraunen Uniform passendes Käppi trug er darauf. Zielsicher ging er auf den Räuber zu, der sich anstandslos Handschellen anlegen und aus dem Bus führen ließ. Der Fahrer fuhr weiter, als wäre nichts gewesen. Nach einer Weile schoss ein Polizeiauto mit dem gleichen Polizisten am Steuer an ihnen vorbei und stoppte den Bus. Diesmal wurden die Ausweise von allen männlichen Passagieren kontrolliert. Der Räuber hatte angegeben, einen Komplizen gehabt zu haben, dem er wohl die Hauptschuld in die Schuhe schieben wollte. Angesichts diesen Dilettantismus hatte der Polizist diesmal bei Eintreten auf die Bewaffnung verzichtet. Als er zum Platz von Ralf-Jochens kam, hinter dem niemand mehr saß und der seinen Pass bereits in der Hand hielt, machte er kehrt, ohne ihn zu kontrollieren oder auch nur zu fragen, was er gesehen hatte und fuhr wieder davon. Wahrscheinlich hatte es keinen Komplizen gegeben.

Seitdem saß Ralf-Jochen immer in der Nähe des Fahrers. Auch diesmal stiegen einige abgerissenen Gestalten ein, die ihn misstrauisch musterten. Ansonsten blieb der Bus fast leer. Als sie endlich losfuhren, verzog sich der Gestank etwas und Ralf-Jochen hielt seinen Kopf in den Zug, der durch die offenen Fenster hereinströmte. Rauchige Luft gelangte in seine Nase, er sog sie tief ein. So verschwand der faulige Geruch auch aus seinem Gefühl, denn selbst wenn Ralf-Jochen sich aus dem Einflussbereich schlechter Gerüche befreit hatte, meinte er manchmal noch stundenlang, sie weiter zu riechen. Der Bus fuhr die alte Strecke durch die Dörfer des Hinterlandes, wo er in jeder auch noch so kleinen Siedlung anhielt. Meist stieg jemand ein oder aus, aber nie mehr als zwei Personen. Nach einer Weile stand der Bus an einer Absperrung und musste umständlich wenden. Vielleicht hatte der Busfahrer das Umleitungsschild übersehen, wahrscheinlich gab es aber gar keines.

Nach knapp zwei Stunden erreichten sie ihren Zielort. Ralf-Jochen war inzwischen alleine mit dem Fahrer im Bus. Gleich würde es dunkel werden. Als er den nahegelegenen Strand erreichte, wurden die Liegen und Sonnenschirme bereits abgebaut. Was darunter zum Vorschein kam ähnelte einer Müllhalde. Plastikbecher, ausgetrunkene Kokosnüsse, Plastiktüten, benutzte Windeln lagen über die gesamte Strandfläche verstreut herum. Die einsetzende Flut zog einen Teil dieser Hinterlassenschaften ins Wasser. Plastikbecher schwammen bereits auf der Oberfläche und die Kokosnüsse trudelten mit den Wellen hinaus und wurden von ihnen wieder auf dem Sand abgesetzt. Kaum zu glauben, dass das Wasser morgen wieder sauber sein würde. Aber zumindest dem Anschein nach war es das in der Frühe immer. Anscheinend wurde der in Strandnähe herumschwimmende Müll nachts auf die weite See hinausgetrieben oder von der Ebbe wieder am Strand abgelegt, der jede Nacht mit Spezialfahrzeugen gereinigt wurde, die den Sand mit ihren Metallzinken gründlich durchkämmten.

Ralf-Jochen lief entlang einer kleinen Bucht und kam zu einem kleinen Hotel, das zwischen der Küstenstraße und einem schmalen Streifen der Floresta Atlantica lag, des Regenwaldes, der sich einst an der ganzen Küste Brasiliens entlangzog, von dem aber nur noch marginale Reste existierten. Wo sich Küstenstraße und Waldstreifen trafen, ging letzterer in eine rotsandige Steilküste über. Ralf-Jochen war von diesem Anblick so begeistert, dass er ihn einfach sehen musste, wenn es richtig hell war. Er nahm sich ein Zimmer in dem kleinen Hotel, das ihn zunächst wenig ansprach, obwohl er schon in schlimmeren übernachtet hatte. Die ungeschickt ausgewählten und ebenso verlegten Bodenfliesen machten einen schmuddeligen Eindruck, der Schimmel war durch die Risse unter die Glasur gelangt und dort auf der ursprünglich weißen Fläche hässliche schwarze Geflechte ausgebreitet. Zu Ralf-Jochens vorübergehender Antipathie seinem Zimmer gegenüber trug außerdem der verrostete Kühlschrank bei, der zentral und ins Auge stechend in der Mitte der Zimmerkonsole platziert war.

Aber nachdem er sich an diese optischen Gemeinheiten gewöhnt hatte, entdeckte Ralf-Jochen die Vorteile des Zimmers und den Charme des Hotels. Es war in zwei Gebäudeteilen zweistöckig angelegt. Wahrscheinlich wurde es in den Fünfzigern errichtet, denn eine Gedenktafel verkündete, dass 1961 der brasilianische Präsident für ein paar Tage hier residiert hatte. Diese glanzvollen Tage waren aber seit längerem vorbei. Gebäude zu konservieren wurde hier immer stark vernachlässigt, vielleicht weil die regionalen Handwerker keine Berufsausbildung hatten und nachdem die Bautrupps mit ihren Ingenieuren abgezogen waren nur noch improvisieren konnten, was einen langsamen aber stetigen Verfall in Gang setzte. Am Bushalteplatz hatte Ralf-Jochen das ehemalige Vier-Sterne-Hotel gesehen, das wie eines runde Festung aus Beton direkt an den Stand gesetzt worden war, so dass bei Seegang die Wellen an die Mauern klatschten. Den Betonplatten war das gar nicht gut bekommen. Sie zeigten tiefe Risse, aus denen braun der Rost der Stahlbewehrung hervorquoll. Auch die Holzrahmen der Fenster und Türen waren ausgebleicht, gerissen und verquollen. In den Zimmern der unteren Etage sah man vom Strand aus allerhand Gerümpel eingelagert stehen, sie musste schlicht unbewohnbar geworden sein. Die vier Sterne waren dementsprechend auch lange aberkannt worden.

Im Vergleich dazu konnte man Ralf-Jochens Hotel als gut gepflegt bezeichnen. Der ausladende Hof war liebevoll bepflanzt. Alte Kokospalmen und Obstbäume wechseln sich mit Büschen und Topfpflanzen ab. Ralf-Jochens Zimmer lag im Erdgeschoss, über dem sich eine mit bunten Kacheln geschmückte Balustrade erhob, die über eine eisernen Wendeltreppe erreichbar war und von der aus die Zimmer des Obergeschosses abgingen. Ein mit den traditionellen halbrunden Ziegeln gedecktes Schrägdach, das leicht über die Balustrade gezogen war, schloss das charmante Ensemble ab. Von hier aus konnte man zum Strand hinübersehen. Ralf-Jochens Zimmer war groß und mit den üblichen technischen Geräten ausgestattet: Klimaanlage, Fernseher, Kühlschrank und Telefon. Leider waren beide Matratzen des Doppelbettes komplett durchgelegen. Ein Fenster zeigte zum Hotelgarten, auf der anderen Zimmerseite gab es eine verglaste Kammer mit Oberlicht, die wie ein zweites Fenster wirkte und in der man Wäsche aufhängen konnte.

Ralf-Jochen legte sich in eine Hängematte auf dem Hof. Robertas Brief lag jetzt bestimmt schon in einer Kiste für den Postboten ihrer Straße. Obwohl man das nicht wissen konnte, denn die Briefe wurden hier manchmal erst in ein Sortierzentrum außerhalb der Stadt gefahren und konnten dadurch mehrere Tage benötigen, um beim Empfänger anzukommen. Aber egal, in jedem Fall war die Nachricht abgesetzt. Was würde er ihr erzählen, wenn sie fragte, was er die letzte Zeit gemacht habe? Auf keinen Fall konnte er ihr von seinen Mordgedanken erzählen, die er in gewisser

154

Weise sogar umgesetzt hatte. Das würde sie nicht verstehen. Zwar war ihr nichts menschliches fremd, schon aber das Unmenschliche darin. Es musste für immer sein Geheimnis bleiben. Ob die Polizei in Deutschland schon nach ihm suchte? Sollte man auf ihn aufmerksam geworden sein, müsste es natürlich auffallen, dass er gerade jetzt nicht im Lande war. Konnte man ihm daraus einen Mord anhängen? Wenn man Zeugen aus dem Bus fand, die erzählten, wie er bespuckt worden war, sah es natürlich wie ein Racheakt aus. Sollte er es vielleicht einfach zugeben, schließlich hatte er sich innig gewünscht, fähig zu sein, diesen Racheakt vollziehen zu können.

Nein, er konnte nicht ins Gefängnis, er musste sich um Roberta kümmern. Vielleicht könnten sie irgendwo in einem kleinen Ort im Hinterland leben, wo niemand einen Ausweis brauchte, weil niemand da war, der ihn kontrollierte. Er würde seinen Pass verbrennen und mit Roberta Kinder haben, dann müsste er Brasilien nie mehr verlassen. Nicht, dass er nur wegen dieses brasilianischen Gesetzes Kinder haben wollte. Er hatte in letzter Zeit oft über diese Möglichkeit nachgedacht. Vielleicht würden sie auch heiraten. Warum eigentlich nicht? Seine kategorische Ablehnung von Ehe und Kindern kam ihm jetzt so berechnend, kleinlich, feige und spießig vor, dass er sich selbst nicht mehr wiedererkannte. Würde er dann Robertas Namen annehmen? Irgendwie gefiel ihm der Gedanke nicht. Dass die Männer die Namen der Frauen annahmen schien ihm nur eine neue Mode zu sein. Sogar Abteilungsleiter Rothe hatte das gemacht, er hieß vorher Wiegand. Verbessert hatte er sich dabei also nicht. Nein Ralf-Jochen würde seinen Namen behalten. Roberta konnte das ja auch tun. Irgendwie fühlte er, dass es ihn stolz machen würde, wenn sie seinen Namen annahm. Aber er würde sie nicht dazu drängen.

Das war doch eigentlich auch unwichtig. Worauf es ankam, waren die Kinder. Sie würden ihm Glück bringen. Nicht unglücklich zu sein bedeutete, wenn man schon nicht dumm sein konnte, sich mit Arbeit zuzuschütten; so wie es die Hälfte der Menschheit jeden Tag in ihren sinnlosen Jobs tat und auch er es getan hatte. Vielleicht konnte man diese zynische Erkenntnis dadurch umdeuten, dass man sich mit Kindern umgab, die einem die Zeit für negative Gedanken nahmen. Ja, so musste es sein, Kinder würden Glück in sein Leben bringen, oder zumindest das Unglück von ihm nehmen.

Es war ihm immer darum gegangen, etwas zu hinterlassen, etwas weiterzugeben. Aber seine Lippenstift-Graffitis in den Plattenbaukellern hatten längst die Baumaschinen unter sich begraben. Ob die Kellerwände mit abgetragen wurden, oder sich noch mit Schutt gefüllt unter der Sandfläche befanden, die er gesehen hatte? Auch wenn würde sich kaum ein Archäologe jemals für seine dort zu findenden Initialen interessieren. Alles was er aufgeschrieben hatte, war ihm später als unwürdig erschienen, überliefert zu werden und er hatte es in Asche gelegt. Schutt und Asche, das waren seine Hinterlassenschaften. Mit einem Kind würde das anders werden. Ralf-Jochen hatte erst in den letzten Wochen realisiert, dass die Welt ihn nicht brauchte. Er fühlte sich, als wäre er dadurch erwachsen geworden. Er fühlte sich ernüchtert und erleichtert. Nur sein Kind würde ihn brauchen und nur dafür würde er da sein. Aber war das nicht egoistisch, so zu denken? Nein, er könnte endlich etwas weitergeben, von dem wirklich jemand profitieren würde. Ohne Kinder gab es kein Leben, das war es doch, worauf alles ankam.

Er sah in den Himmel. Was war eigentlich besser? Zu glauben, dass Götter oder Geister uns beherrschten, die ‚man durch Opfer dazu bringen konnte, die Sonne scheinen zu lassen? Oder zu wissen, dass dort im toten Raum ein Feuerball hängt, der sich irgendwann aufblähen wird, um alles was wir kennen zu verschlucken, wenn es nicht schon Milliarden Jahre vorher von einem Hagel aus vereisten Felsen zerschossen worden war?

Mit diesem Gedanken schlief er in der Hängematte ein. Er träumte von einem kleinen Haus an einem See, auf dem er mit seinem Sohn in einem Boot saß und angelte. Der Kleine hatte einen großen Fisch an der Angel und stand auf, um ihn ins Boot zu ziehen. Doch plötzlich riss die Angelsehne und wegen des fehlenden Widerstandes fiel sein Sohn rücklings aus dem Boot. Ralf-Jochen wusste, dass sein Sohn noch nicht schwimmen konnte und stürzte sich sofort hinterher. Er tauchte in dem von dunkelgrünen Algen trüben Wasser, aber er konnte seinen Sohn nicht aufspüren. Aufwachen mit panischen Druck im Brustkorb. Regentropfen prasselten auf Ralf-Jochens Gesicht und er blieb noch eine Weile liegen, um richtig wach zu werden. Vielleicht würde der Regen den gerade geträumten Traum von ihm abwaschen. Er durfte so etwas nicht träumen. Er wollte Kinder und würde sich durch nichts davon abhalten lassen.

Es war bereits dunkel und der Regen versiegte, die abziehenden Wolken gaben den Blick auf einen leuchtend klaren Sternenhimmel frei. Ralf-

Jochen stellte sich vor, wie er mit seinem Sohn hier auf dem Hof sitzen würde. In seiner Phantasie war er vielleicht zwei Jahre alt und konnte gerade sprechen. „Guck mal das sind Sterne! Irgendwann fliegst du nach da oben!" „Ja Papa.", antwortete sein Sohn. Ralf-Jochen hatte seit langem keine so schönen Gedanken mehr gehabt. Sein Hals zog sich unterhalb der Kiefer zusammen, eine Schwere legte sich von dort aus auf die gesamte Brust, aber nicht so bedrückend wie sonst. Trotzdem brauchte sie ein Ventil. Ralf-Jochen begann unwillkürlich zu weinen. Die Tränen rannen über Wangen und Hals auf sein T-Shirt und in die Hängematte. Er ließ sie laufen, bis keine mehr da waren. Es war ein befreiendes Gefühl, das ihn nochmals darin bestärkte, dass er Kinder haben müsse und haben würde.

Roberta würde er davon nicht überzeugen müssen. Sie wollte sogar bevor er abreiste ein Kind von ihm haben, vielleicht weil sie wusste, dass er dann wiederkommen würde. Ihm war das damals absurd vorgekommen. Er hatte daran gedacht, dass sie kein Geld hatten und er erst mal sein Studium beenden musste. Danach hatte er dann kein Geld, weil er arbeitslos war, später hatte er in seinem Job so viel zu tun, irgendwas hätte immer gegen Kinder gesprochen. Vielleicht hatten sie in seinem Zivildienst doch Recht damit gehabt, dass er ein berechnender Mensch sei. Manche Sachen musste man einfach tun, dann würde sich schon eine Lösung ergeben. Jetzt war er hier, um die verpasste Chance erneut zu ergreifen. Diesmal würde er nicht zögern.

Er ging in sein Zimmer, wobei er bemerkte, dass die Schwellung auf seinem Handrücken stärker geworden war, trocknete sich die Haare ab und wollte seine Gedanken für sein Tagebuch festhalten, denn ihre Logik erschien ihm bestechend. Manchmal ging es ihm aber so, dass er ein Glied in einer Kette von Folgerungen vergaß und panisch wurde, weil er den letztendlichen logischen Schluss dann nicht mehr nachvollziehen konnte. Er stellte fest, dass er nichts zum Schreiben hatte und lieh sich vom Rezeptionisten Papier und einen Stift. Er wollte mit einer Schilderung der Umstände beginnen, die ihn zu den beruhigenden Gedanken über das Kinderbekommen gebracht hatten. Seine Reise hierher und die Beschreibung des Hotels würden dazu die Aufhänger sein. Aber er hatte erst wenige Sätze aufgeschrieben, als die Schmerzen auf seiner Hand so stark wurden, dass er nur noch ein paar Stichworte auf einem separaten Zettel notieren konnte, die ihm helfen sollten, die Geschichte später zuendebringen zu können.

Er war jetzt ohnehin müde, es musste mitten in der Nacht sein und er legte sich schlafen. Als es noch dunkel war, wachte er wieder auf. Ein pochender Schmerz hatte sich in seinem Handrücken ausgebreitet und ließ ihn nicht mehr einschlafen. Er nahm eine der Guaraná-Dosen aus dem Kühlschrank und drückte sie gegen die geschwollene Stelle. Er musste daran denken, wie der Hersteller dieser Brause Fernsehwerbung gemacht hatte, in der die Plantagen gezeigt wurden, auf denen man die Pflanze anbaute, die als Grundstoff für das Getränk diente. „Und nun fragen sie mal Coca-Cola nach deren Anpflanzungen!" hatte der Sprecher zum Abschluss gesagt. Kurz darauf war in der Inhaltsliste der Cola-Flaschen und Dosen der Punkt „Extrakte aus der Cola-Nuss" aufgetaucht. Offensichtlich reichten die Vorräte an Cola-Nüssen nicht für den Export aus, denn die in Deutschland verkaufte Produktion griff laut Inhaltsangabe weiter auf die gute alte Phosphorsäure als Geschmacksträger zurück.

Ralf-Jochen nahm die Dose von der Hand. Sie hatte einen tiefen Abdruck hinterlassen, der sich langsam aber sichtbar wieder zum Schwellungsberg ausstülpte. Ralf-Jochen ging über die Straße zum Meer. Das Morgengrauen setzte gerade erst ein, trotzdem war die Strandpromenade entlang der Bucht von Menschen bevölkert, die sich in Sportkleidung schnellen Schrittes in die eine oder andere Richtung bewegten, ohne zu rennen. Bis zum Ende der Bucht konnte man sie sehen, in der Ferne glichen sie einer Ameisenstraße, die an einem Sandhaufen vorbeilief. Die Promenade war gerade neu mit sandfarbenen Kacheln ausgelegt worden, die aber entweder schlecht verlegt oder zu dünn für die Trittbelastungen waren, denn an vielen Stellen waren sie bereits gebrochen. An einer Stelle war der Untergrund abgesackt und die neuen Kacheln in ein fußballgroßes Loch gestürzt, über das man einfach einen Brocken Beton gelegt hatte, der wahrscheinlich noch vom Aufbrechen des alten Belags übrig war. Wenn erst mal die Arbeiter kamen und neue Abwasserrohre verlegten, brachen sie den Belag ohnehin einfach auf und schmierten ihn anschließend bestenfalls mit Beton wieder zu. Ralf-Jochen ging nah ans Wasser, um ohne fremde Eindrücke den Sonnenaufgang genießen zu können. Langsam erhob sich der große Stern, nur silhouettenhaft erkennbar hinter einem dünnen Wolkenschleier. Als der Schleier aufriss, wurde das Meer wie durch einen goldenen Strahl geteilt. Als wolle er einen Weg zum Horizont markieren, glitzerte er auf den Wellen.

„Da: Licht an!", fasste ein Kleinkind, das sich mit seiner Mutter unbemerkt in der Nähe Ralf-Jochens postiert hatte, die Situation in weniger pathetische aber genauso treffende Worte, wie sie Ralf-Jochen durch den Kopf gegangen waren. Er fühlte sich in seinen abendlichen Gedanken bestätigt. Kinder waren so einfach und natürlich, hatten sich noch nicht daran gewöhnt, alles so hinzudrehen, wie man es brauchte. Sie würden seine Erfüllung sein. In Gedanken versunken hatte er sich zu dem Kind heruntergehockt und drückte es fest aber liebevoll an sich, worauf die Mutter es ihm unter zischenden Beschimpfungen entriss. Er sah kurz in ihre hasserfüllten Augen, die hinter einer ohnehin schon streng wirkenden Brille mit eckigem Metallgestell hervorstachen. Die Beschimpfungen hörten gar nicht mehr auf und Ralf-Jochen eilte in Richtung Straße. Es musste aussehen, als hätte er dem Kind tatsächlich etwas antun wollen. Diese verdammten Kampfweiber konnten ihren Muttertierinstinkt aber auch niemals abstellen. In einiger Entfernung sah er ein paar andere Kinder ins Wasser gehen. Sie hüpften mit den Wellen und tauchten nach abgestorbenen Korallenstücken, die man hier oft fand.

Ralf-Jochen musste wissen, ob auch er diese Freude noch fühlen konnte. Sicher hatte er seit über zehn Jahren nicht mehr im Meer oder auch nur einem See gebadet. Obwohl er regelmäßig Ausflüge ans Wasser gemacht hatte, war er seit seiner Kindheit nie mehr hineingegangen. Auch sein Vater war nie ins Wasser gegangen. Er hatte sich nicht einmal ausgezogen, sondern saß nur in den Polohemden und den schlackrigen Stoffhosen, die er im Urlaub immer trug am Strand, möglichst in einem dieser hässlichen Strandkörbe mit den heißen roten Kunstlederpolstern, die die Ostseeküste verschandelten, wie die Sonnenliegen und –schirme die hiesigen Strände. Sicher hätte sein Vater hier sofort eine Liege gemietet und wäre den ganzen Tag nicht mehr davon aufgestanden. Wenn dieser Mann in Ralf-Jochens Erinnerung sich doch einmal zur Wasserkante bewegte, dann krempelte er sich zunächst gründlich die Hose bis über die Knie hoch, stand dann eine Weile verloren im flachen Wasser herum und sobald die erste Welle den Hosenstoff benetzte, flüchtete er zurück ins Trockene.

Ralf-Jochen stürzte sich jetzt schnell rennend in den Atlantik, so wie er es früher immer gemacht hatte, bis ihm eines Tages jemand sagte, er solle sich vorher immer langsam und gründlich naßmachen, sonst bekomme er durch den Temperaturunterschied einen Herzschlag. Das war wohl auch der Moment gewesen, nach dem er kein unbeheiztes Gewässer mehr betreten hatte. Oder war es als er davon gehört hatte jemand habe sich mit den Füßen in am Seeboden wachsenden Schlingpflanzen verheddert und sei nicht mehr losgekommen und jämmerlich ertrunken? Egal, jetzt dachte er nicht an sein Herz, gefährliche Pflanzen oder Tiere, sondern nur an die Kinder, die er beobachtet hatte. Als er bis zur Hüfte im Wasser stand bremste ihn eine unerwartete Kälte. Er wollte sich gerade den Oberkörper mit den Händen befeuchten, um ihn an diese Temperatur zu gewöhnen, als wild schäumend eine gigantische Welle über ihm zusammenschlug und ihn mit sich riss. Nur mit Mühe gewann er die Orientierung wieder und konnte seinen Körper in die Senkrechte balancieren. Er stellte sich dorthin, wo sich die größten Wellen brachen und stürzte sich, wenn sie gerade an ihm vorbeizogen, jauchzend hinterher in ihre weiße Gischt. Mit dem Fuß stieß er auf eine Koralle und verlor sie zunächst, erspürte sie aber wieder und fischte sie doch noch heraus, als die Welle abebbte. Der Sammlerinstinkt erwachte in ihm.

Man musste sich nur eine passende Stelle suchen, kurz bevor sich die kleineren Wellen brachen, dort wo man hin- und hergezogen wurde vom kommenden und zurückkehrenden Wasser. Hier sammelten sich auch abgestorbene Wasserpflanzen und die vielfältigen Korallen. Wenn Ralf-Jochen mit dem Fuß auf etwas hartes traf, war es fast immer eines der Korallenstücke, meist rundgeschliffen vom ewigen Hin und Her der Wellen. Steine gab es hier kaum. Nur ein braunes und ebenfalls bereits abgeschliffenes Stück Eisen fand er, wahrscheinlich von einem versunkenen oder versenkten Schiff. Die Korallen waren meist kalkweiß oder -grau, einige sandsteinfarben, einige schimmerten amethystviolett bis hin zu karminrot.

Ralf-Jochen warf die Fundstücke zu seinen Schuhen, die am trockenen Bereich des Strandes standen. Dort türmte sich bald ein großer Haufen auf. Als er aus dem Wasser kam, betrachtete er seine Sammlung noch einmal. Wenn sie getrocknet waren, verloren die Korallen einiges von ihrem Glanz. Er warf sie zurück ins Meer. Nur zwei besonders schöne steckte er sich in die Tasche seiner Shorts, die ihm jetzt auch als Badehose gedient hatte. Beim Zurückwerfen hatte er zunächst die rechte Hand benutzt. In der Freude hatte er die Schwellung und den Schmerz vergessen. Letzterer allerdings kam direkt beim ersten Wurf in einer Intensität zurück, die Ralf-Jochen kurz aufschreien ließ. Obwohl er nun mit der anderen Hand weiterwarf, blieb der Schmerz stark und stechend.

Im Hotel wurde gerade das Frühstücksbuffet aufgebaut. Ralf-Jochen hatte großen Appetit bekommen. In den Edelstahlbehältern lagen gebratene Bockwurstscheiben, die nur so vor Fett glänzten. Er füllte sich ein paar Löffel davon auf und nahm sich ein Brötchen dazu. Danach holte er sich einen zweiten Teller und danach einen dritten. Zum Abschluss wollte er noch ein etwas von der Wassermelone essen, die aber wahrscheinlich wegen der beginnenden Regenzeit ihrem Namen alle Ehre machte und kein Aroma hatte. Nach dem fettgetränkten Aromenreichtum der geräucherten Wurst konnte er das nicht herunterbekommen.

Ralf-Jochen ließ sich wieder in eine der Hängematten auf dem Hof sinken. Als er sich dabei ungeschickt mit der rechten Hand abstützte, durchzuckte ihn wieder ein heftiger Schmerz, bei dem er die Zähne aufeinanderbeißen musste, um nicht wieder zu schreien. Zum Glück konnte er das vermeiden, denn gerade kam ein Pärchen vom Strand und sah sich auf dem Hof um. Sie stellte sich unter die neben dem Pool aufgestellte Dusche, um sich das Salzwasser von der Haut zu spülen. Ralf-Jochen hatte das nicht getan. Er wollte das Meer auf seinem Körper riechen. Auch wenn er wusste, dass das Meerwasser mit allerlei Stoffen und Keimen belastet war, spürte er bei diesem Geruch doch eine reinigende Kraft, die der des Feuers ähnelte, ohne aber so zerstörerisch zu wirken.

Ralf-Jochen dachte daran, dass sein Brief jetzt bereits bei Roberta angekommen sein könnte.

Vielleicht schrieb sie schon an einer Antwort. Die Ruhe, die er gefühlt hatte, seit er seinen Brief abschickte, verschwand jetzt ebenso abrupt wie sie über ihn gekommen war. Er hatte das erwartet, trotzdem konnte er nichts dagegen tun. Nur eine Antwort in seinen Händen konnte ihn jetzt erlösen oder das verzweifelte Herstellen des persönlichen Kontaktes nach zehn Tagen. Wann hatten diese zehn Tage eigentlich begonnen? Eigentlich konnten sie doch heute erst beginnen, denn vorher hatte Roberta gar keine Gelegenheit, den Brief zu bekommen. Aber war es nicht besser, die Frist so kurz wie möglich zu halten. Nein, dann würde er vielleicht bei ihr auftauchen, während ihr Brief bereits zu ihm unterwegs war. Die zehn Tage mussten heute beginnen. Er würde das so in seinem Tagebuch vermerken, sobald er wieder schreiben konnte.

Diese verdammte Hand wollte einfach nicht abschwellen. Er betäubte den Schmerz mit einigen Caipirinha an einer der rundlichen Bar-Hütten, die die Strandpromenade säumten und deren Dächer ursprünglich aus Fasern von Kokosnüssen bestanden, die jetzt, wenn die Palmenfasern verrottet waren, aber zunehmend mit Asbestplatten gedeckt wurden, die man grün oder gelb anstrich. Als der Barmann sah, dass er sich das ausgetrunkene Glas, in dem sich immer noch die Eissplitter türmten gegen den Handrücken drückte, meinte er, seine Schwester habe auch mal so was gehabt. Sie habe ein entzündungshemmendes Medikament genommen und es sei schnell weggegangen. Ralf-Jochen hatte keine Lust, sich weitere Ratschläge anzuhören, nickte trotzdem freundlich, sah dann auf die Uhr, als hätte er noch eine Verabredung, bezahlte und ging.

An einem anderen Stand kaufte er sich eine Kokosnuss, die der Inhaber in weit ausholenden Bewegungen mit einer Machete öffnete, so dass man sie mit einem Strohhalm austrinken konnte. Das Wasser im Inneren war süß und schmeckte weniger nach Kokos, als er sich vorgestellt hatte. Warum hatte er das noch nie probiert? Der Geschmack und auch die Ursprünglichkeit der Öffnungsmethode gefielen ihm so gut, dass er sich bereits am nächsten Stand noch eine Nuss holte, obwohl die erste sicher mehr als einen halben Liter Wasser enthalten hatte. Zu seiner Enttäuschung wurde diesmal nur mit einem Stecheisen von der Barfrau in drehenden Bewegungen ein Loch durch die Schale gedrückt. Ralf-Jochen hatte beim Trinken das Gefühl, er müsste gleich Schalenkrümel durch seinen Strohhalm nach oben saugen und sich daran verschlucken. Er warf die Nuss unausgetrunken in den nächsten Abfallbehälter, die hier in regelmäßigen Abständen an den Laternenmasten hingen.

Ralf-Jochen konnte seine rechte Hand kaum noch zur Faust machen. Als er seine Finger mit der anderen Hand in die Innenfläche drückte, hatte er das Gefühl, als knarrte sein Handrücken und ein ziehender Schmerz entstand, der aber schnell nachließ und anscheinend den ursprünglichen Schmerz milderte. Ralf-Jochen drückte von nun an ständig mit der linken Handfläche gegen seine Fingerknöchel, was den ziehenden Schmerz mit dem angenehmen Abgang erzeugte. Seine Hand hatte in dieser Stellung fast die Form und Größe der Kokosnuss, die er gerade weggeworfen hatte. Ralf-Jochen fühlte sich müde. Es war heiß und das musste wohl diese Mattigkeit in ihm erzeugen. Er ging zurück zum Hotel, schaltete die Klimaanlage ein, die ihm einen kalten muffigen Wind entgegenblies und legte sich auf das schwammige Bett. Er schlief schnell ein, wachte aber auch schnell wieder auf. Wieder war es der Schmerz, der ihn nicht schlafen ließ, obwohl er sich noch erschöpfter fühlte, als in dem Moment, in dem sein Körper aufs Bett gefallen war.

Er schaltete den Fernseher ein, sah aber nach kurzer Zeit nicht mehr hin und ließ ihn nur im Hintergrund laufen, wie er hier den ganzen Tag in allen Wohnzimmern lief, wobei man den Eindruck hatte, eigentlich sähe sich nie irgendjemand wirklich etwas an. Vielleicht war das Fernsehprogramm mit seinen regelmäßigen Wiederholungen eine Art Rhythmus, an den man sich gewöhnte und der half, das Fehlen von Ausgeglichenheit in einem selbst zu kompensieren. Man sah auf den Bildschirm und erblickte das, was man erwartet hatte, das wirkte beruhigend, auch wenn es die immer wiederkehrenden Bilder von Schießereien waren, in Stadtvierteln, in denen man sich glücklicherweise nicht bewegte.

Ralf-Jochens Hand war noch dicker geworden, er drückte einen Finger hinein, der einen langanhaltenden weißen Abdruck hinterließ. Nach einer Weile kehrte die Schwellung auf die Größe zurück, die sie gehabt hatte, als er sich hinlegte. Auch der Schmerz ließ etwas nach. Wieder schlummerte er ein. Der Fernseher lief noch, als er aufwachte. Wieder waren Schwellung und Schmerz noch stärker geworden. Er durfte also nicht wieder einschlafen, musste sich wach halten, bis er so müde war, dass er eine zeitlang durchschlafen konnte. Er stellte sich unter die Dusche. Wie konnte er jetzt wachbleiben? Schreiben konnte er nicht und das Fernsehprogramm schläferte ihn noch schneller ein, als die Stille. Es sah aus, als wenn der Rhythmus von Werbung, Nachrichten und filmischen Szenen seinen Herzschlag heruntersetzte, vielleicht war es auch die Dauerbeschallung, die aus den Fernsehlautsprechern drang, und es ihm somit nicht erlaubte, auf sein Herz zu hören. Wahrscheinlich hätte er sich doch einen eigenen Fernseher kaufen sollen, vielleicht wäre ihm dann vieles erspart geblieben.

Jetzt aber musste er hinaus, sonst würde er wieder einschlafen und sich beim Aufwachen noch schlechter fühlen. Aber wohin? Ziellos streifte er die Strandpromenade entlang. Er bestellte sich eine Tapióca, einen auf einer heißen Platte gebackenen runden Fladen aus verschiedenen Mehlen, der mit Kokos oder Käse gefüllt und halbmondförmig zusammengeklappt wurde. Überall gab es hier diese Stände. Ralf-Jochen kaute mehrere Minuten auf dem ersten Bissen und gab seine Tapióca dann einem kleinen Straßenjungen, der traurig an einer Ecke herumstand. Ein paar Meter weiter kam ihm das schäbig vor und er kramte nach Kleingeld in seinen Taschen. Als er keines fand, nahm er einen Zehn-Real-Schein, ging zurück und drückte ihn dem Jungen in die Hand. Er sah ihm dabei nicht in die Augen, etwa um zu sehen, ob er Freude, Verwirrung oder Misstrauen empfand. Er wollte es nicht wissen, hatte das Gefühl, damit würde er den Jungen noch mehr beschämen, als mit der angebissenen Tapióca. Kinder durfte man nicht beschämen. Sie mussten so lange wie möglich so rein bleiben, wie sie aus dem Muterschoß kamen. Die Verbitterung musste von ihnen ferngehalten werden, sonst wurden sie zu Aussätzigen oder Gepeinigten wie ihm.

Ralf-Jochen war bis zum Ende der Bucht gelaufen. Die gekachelte Strandpromenade war buchstäblich im Sande verlaufen, es gab nur noch die Straße, an der es auf der einen Seite steil nach oben ging und an deren anderer Seite der weiße Sandstrand begann. In dem unregelmäßigen tiefen Sand konnte Ralf-Jochen schlecht laufen, weshalb er sich die Schuhe auszog und nah am Wasser lief, dort wo der Sand feucht war und von den Wellen geglättet. Ab und an drehte er sich um, wenn eine größere Welle kam und sah zu, wie seine Fußabdrücke aus dem Sand gespült wurden. Er dachte an seine Verbrennungsaktionen. Man hinterließ Spuren und war dann froh, wenn sie wieder ausgelöscht wurden.

Er ging ins Meer, diesmal langsam und bedächtig. Er wollte sich treiben lassen, sehen wohin der Ozean ihn bringen würde. Wenn er vorhatte, ihn auch auszulöschen wie einen Fußabdruck, dann sollte er es jetzt tun. Er legte sich auf den Rücken und schloss Augen und Mund wenn eine Welle seinen Kopf überspülte. Bald hielt er die Augen ganz geschlossen, denn das helle Licht der Sonne war in dieser Position nicht lange zu ertragen. Auch atmen musste er jetzt immer seltener. Er schloss deshalb auch den Mund dauerhaft und sog die Luft ein, wenn seine Nase frei war und ließ sie langsam wieder heraus, wenn sie sich unter der Wasseroberfläche befand. Auch sein Herzschlag passte sich diesem perfekten Rhythmus an. Er wurde langsamer und bald konnte ihn Ralf-Jochen kaum noch wahrnehmen. Auch vom ständigen Stechen war nichts mehr zu spüren. Es konnte sein, dass er sich schon wieder in der Nähe des Strandes befand und kurz unter ihm den Sand begann oder aber er hinausgetrieben war und viele Meter Wasser unter seinem Rücken darauf warteten, ihn zu verschlucken. Er wollte es nicht wissen und trieb weiter. Er hörte nur das Rauschen und Glucksen der Wellen, angenehm gedämpft durch die Trägheit, die der Schall hier unter Wasser entwickelte.

Lange Zeit herrschte innige Ruhe, dann plötzlich ein starkes Stechen in der Seite. War das der durch die Unterkühlung ausgelöste Herzschlag, von dem die warnenden Stimmen immer gesprochen hatten und der ihn jetzt in die Tiefe hinabziehen würde? Ralf-Jochen kam automatisch in eine senkrechte Position und sah in das Gesicht eines alten Fischers, der ein Paddel in der Hand hielt, mit dem er Ralf-Jochen offensichtlich in die Seite gestochen hatte, um zu sehen, ob er noch lebte. Jetzt legte er das Paddel ins Boot, hielt er ihm die Hand hin und bedeutete ihm, sich hochziehen zu lassen. Der sah sich um und konnte kein Land erkennen. Als er dem Fischer seine rechte Hand entgegenstreckte, sah er dass sie immer noch stark geschwollen und jetzt auch noch blauschwarz angelaufen war. Er zog dieses Gebilde, das irgendwie nicht zu ihm gehörte zurück und legte seinen linken Arm in die Hand des Fischers, der ihn, anscheinend ohne sich anstrengen zu müssen, ins Boot zog. Auch als er im Boot saß und in alle Richtungen einen freien Blick hatte, war keine Küste zu sehen.

Hatte dieser Mann ihn gerettet oder ihn seines Schicksals beraubt? Ralf-Jochen beschloss, dass er in diesem Moment sein Schicksal gewesen war, was nur bedeuten konnte, dass es ihm vorbestimmt war, Roberta wiederzusehen und warum sollte das geschehen, wenn nicht dafür, dass sie wieder zusammenkamen? Obwohl er nie an etwas wie Schicksal geglaubt hatte, erschienen ihm diese Schlüsse jetzt außerordentlich logisch und er wandte sich lächelnd seinem Retter zu. Der schien weniger erfreut von Ralf-Jochens Anwesenheit und beschäftigte sich mit dem Einholen seiner Netze, in denen sich nur wenige kleine Fische verfangen hatten. Manche glänzten silbern manche hatten eine stumpfe rote Farbe. Der Fischer schien nicht sehr zufrieden. Erst nach einigen Minuten fragte er ihn, wie lange es schon her sei, dass sein Boot untergegangen war und ob er allein gewesen wäre. Als Ralf-Jochen antwortete, dass er alleine sei und auch kein Boot gehabt habe, sah der Fischer ihn ungläubig an, sagte aber nichts weiter.

Nur langsam trieb der kleine Außenbordmotor das aus schweren Holzbohlen zusammengefügte Boot voran. Ralf-Jochen überlegte, ob er fragen sollte, wohin sie fahren würden, aber wozu? Er würde es schon früh genug erfahren. Den Fischer bitten, ihn in der Nähe seines Hotels abzusetzen, würde er ohnehin nicht. Schließlich hatte er genug für ihn getan. Er hatte ihm das Leben gerettet und war damit sein Zeichen gewesen, dass alles gut werden würde. Sollte er ihm Geld geben, wenn sie ankamen? Konnte man so etwas bezahlen? Sicher wäre er beleidigt. Beim Griff in die Tasche seiner Shorts stellte er fest, dass sich dort nichts mehr befand. Der Schlüssel zu seinem Hotelzimmer und die kleinen Scheine mussten herausgespült worden waren. Seinen Beutel mit den größeren Scheinen und der Kreditkarte hatte er zu seinem Glück im Hotel gelassen.

Langsam zeichnete sich Land in der Richtung in der sie fuhren ab. Bald konnte Ralf-Jochen in Ferne die runde Hotelburg erkennen, die den Strand entstellte, den sich das Meer aber langsam zurückerobern würde. Als sie fast am Strand angekommen waren, nahm der Fischer die Schraube des Motors aus dem Wasser und ließ sie mit der Welle sanft auf den Sand auflaufen. Er machte keine Anstalten, aufzustehen und bedeutete Ralf-Jochen, er könne jetzt aussteigen. Der verbeugte sich ungeschickt, weil er nicht wusste, ob er ihm die Hand geben sollte und stieg aus dem Boot. Die rechte Hand hätte er ihm ohnehin nicht hinhalten können. Sie bestand nur noch aus einem undefinierbaren schwarzblauen Klumpen, er spürte sie gar nicht mehr, nur noch ein undefinierbarer Dauerschmerz kam aus der Richtung, wo sich seine Hand einmal befunden hatte. Er sah noch einmal zurück, aber der Fischer saß immer noch unbewegt da, mit einer Hand an der Hüfte und mit der anderen den Kopf des Motors nach unten drückend.

Ralf-Jochen musste noch einmal an der Hotelburg vorbeilaufen, um auf die Strandpromenade zu gelangen, die ihn zu seinem Hotel führen würde. Er musste sich sofort auf den Rückweg machen. Morgen früh schon konnte Robertas Antwort in seinem Postfach liegen und er durfte nicht länger warten, sie wiederzusehen. An der Rezeption angekommen wollte er eingestehen, den Schlüssel verloren zu haben und den Mann sogleich beschwichtigen, indem er anfügen würde, er werde den Verlust gebührend bezahlen. Als der Rezeptionist ihn musterte, sagte er aber stattdessen, er müsse seinen

Schlüssel wohl im Zimmer gelassen und die Tür zugezogen haben. Der Mann holte darauf ein großes Schlüsselbund hervor und öffnete ihm die Tür. Er schien nicht zu stutzen, als er dazu herumschließen musste, was eindeutig gegen Ralf-Jochens Version der Geschichte sprach. Vielleicht dachte er, das Zimmermädchen hätte nachdem Ralf-Jochen weggegangen war zugeschlossen, als sie die Handtücher gewechselt hatte.

Ralf-Jochen befestigte seinen weißen Beutel mit dem Geld und der Kreditkarte in seinen bereits getrockneten Shorts und sein Herz krampfte sich zusammen, als ihm einfiel, dass er seine Schuhe am Strand stehen lassen hatte, bevor er ins Wasser gegangen war. Er musste sie suchen. Hier durfte er nichts liegen lassen, denn wenn er die Tür zuzog und noch etwas im Zimmer war, musste er dem Mann an der Rezeption noch einmal die gleiche Geschichte vorlügen, was nun doch zu peinlich geworden wäre. Er sah sich um und fand nur den Schlüssel seines Zimmers in der Cajú-Pension und den Stift und das Papier, das er sich ausgeliehen hatte. Er steckte den Schlüssel in eine seiner Hosentaschen. Die Schreibutensilien behielt er gleich in der Hand und gab sie an der Rezeption zurück, wobei er auch schnell erklärte, er habe seinen Zimmerschlüssel nicht gefunden und einen Zwanzig-Real-Schein „als Entschädigung" herüberschob. Der Mann hinter dem Tresen schien damit sehr zufrieden, sicher würde die Kopie des Schlüssels nur wenige Real kosten und er konnte den Rest für sich behalten. Vielleicht gab es auch noch mehrere Kopien und er würde gar nichts tun und nur das Geld einstecken. Ralf-Jochen war das egal, denn wenn der Mann zufrieden war, brauchte er sich nicht mit ihm auseinanderzusetzen und das machte wiederum ihn selbst zufrieden.

Er bezahlte seine Übernachtung und ging aufgeregt zu der Stelle am Strand, an der seine Schuhe gestanden hatten. Sie waren nicht mehr da. Er überlegte, ob das Meer sie weggespült haben konnte, schließlich war er einige Stunden weg gewesen, aber es kam ihm vor, als sei die Stelle wo seine Schuhe gestanden haben mussten, trocken geblieben. Er musste laufen, um zu überlegen. Er konnte sich Schuhe anfertigen lassen, aber das würde Tage dauern und er konnte Roberta nicht schon wieder warten lassen, wenn sie schon geantwortet hatte. Morgen musste er in sein Postfach sehen und sofort reagieren, wenn sich dort eine Nachricht befand. Er konnte sich ein Taxi nehmen und ins Cajú fahren, sich von dort aus ebenfalls mit dem Taxi zum Schuhmacher und zur Post fahren lassen. Aber das wäre doch jedes Mal wieder peinlich, da könnte er sich auch gleich ein Auto mieten. Ralf-Jochen erinnerte sich an sein erstes Auto. Er hatte es von Mutter bekommen, bei der es bereits seit ein paar Jahren in der Garage stand. Sie hatte den „Wartburg" kurz nach seiner Geburt bestellt und als er Vierzehn war, bekam sie den freudigen Bescheid, sie könne ihn abholen. Sein Vater war lange tot und sie selbst hatte zwar auch einen Führerschein, sich nicht traute es zu fahren, weil sie schon beim Abholen des Autos an jeder Kreuzung den Motor abgewürgt hatte und fast einen Nervenzusammenbruch erlitten hatte, weil die Autos hinter ihr so aggressiv hupten.

Sie hatte sich immer vorgenommen, es noch einmal mit dem Fahren zu versuchen, aber die Angst siegte. Als sie mit dem Gedanken spielte, das

Auto zu verkaufen, kam die Wende und von einem Tag auf den anderen war es praktisch wertlos geworden, obwohl es so gut wie unbenutzt war. Es war ein roter Kombi. Sie hatten immer gedacht, sie würden zwei Kinder haben und deshalb den großen Kofferraum brauchen. Immer wenn Ralf-Jochen sich einsam fühlte, setzte er sich ins Auto und drehte seine Runden. Hier fühlte er sich sicher und so sehr er den Gedanken auch verachtete und beiseite schob, er fühlte sich frei.

Er hatte sich ein altes Autoradio eingebaut, dass ihm ein Bekannter gegeben hatte. Nach ein paar Durchläufen zerfraß es die eingelegten Kassetten und spuckte ein Knäuel aus braunen Magnetbändern aus, aber Ralf-Jochen hatte seinen Kassettenrekorder und konnte sie sich neu überspielen. Und die Leerkassetten waren billig geworden. Früher hatte er zwanzig DDR-Mark für ein Band bezahlen müssen, jetzt bekam man sie für weniger als ein Zehntel. Da er beim Einbau des Autoradios fast verzweifelt, dann aber sehr stolz auf seine Leistung war, bevorzugte er diese Variante gegenüber der Beschaffung eines neuen Radios. Irgendwann setzte Ralf-Jochen das Auto während des Kassettenwechsels gegen eine Mauer. Mutter hatte eine Vollkaskoversicherung abgeschlossen, die wesentlich mehr zahlte, als sie bei einem Verkauf des Autos bekommen hätte, aber sie kaufte kein neues Auto. Sie hatte zu viel Angst um Ralf-Jochen.

## IV

Ja, er würde jetzt versuchen, sich ein Auto zu mieten. Aber er hatte keinen internationalen Führerschein mehr. Dieses graue Heft hatte er sich zwar vor ein paar Monaten im „Bürgeramt" besorgt, wofür er fast zwei Stunden mit vielen anderen Bürgern in einem stickigen Warteraum sitzen musste, es dann aber bei seiner Verbrennungsaktion mit in den Ofen geworfen, als er fast in Extase geraten war und einfach alles außer seinem Pass verbrannte, auch seine Ausweiskarte, denn wozu brauchte man die schließlich wenn man einen Pass hatte? Allerdings hatte er, um diesen internationalen Führerschein zu bekommen, seinen alten deutschen Führerschein in eine Karte umtauschen müssen, die sich EU-Führerschein nannte. Diese Karte befand sich zusammen mit seiner Kreditkarte in seinem Portemonnaie und wurde deshalb vor der Einäscherung bewahrt. Jetzt hatte er sie in seinem Geheimbeutel. Würden die brasilianischen Autoverleiher das akzeptieren? Man konnte es versuchen, hier wurde alles nicht so genau genommen wie in Deutschland, wo sich jeder zum Polizisten berufen fühlte und so etwas niemals funktionieren konnte. Hier gab es immer einen „Jeito", einen Zwischenweg, der irgendwie zum Ziel führte.

Aber ohne Schuhe würde er sicherlich verdächtig aussehen und man würde das Fehlen des internationalen Führerscheins zum Anlass nehmen, ihn abzuweisen. Als er diesen Gedanken dachte, kam etwas in sein Blickfeld, was ihm bekannt vorkam. Er schaltete automatisch vom Gedanken- in den Aufmerksamkeitsmodus und sah seine Schuhe etwa anderthalb Meter voneinander entfernt am

Strand stehen. Er sah sich um. Es hatte ihn lange am Strand umhergetrieben und irgendwann musste er kehrt gemacht haben und befand sich jetzt wieder in der Nähe der Stelle, an der er vormittags ins Wasser gegangen war. Etwa zwanzig Meter entfernt lagen den Schuhen im gleichen Abstand zwei ausgetrunkene Kokosnüsse gegenüber. Offensichtlich hatten seine Schuhe einigen der unzähligen Strandfußballer als Torpfosten gedient. Er war erleichtert. Seine überdimensionale Schuhgröße hatte sich zum ersten Mal als Vorteil erwiesen, denn außer als Torersatz taugten sie hier zu nichts und wurden deshalb nicht mitgenommen.

Es wurde wieder Abend, ein Grund den Strand zu verlassen, denn jetzt wurde es hier gefährlich. Sonnenuntergänge über dem Meer gab es hier ohnehin nicht zu sehen. Der Romantik konnte nur dadurch Genüge getan werden, dass man die Nacht durchfeierte und dann den Sonnenaufgang ein Übriges tun zu lassen. Das war hier sehr beleibt, gestern morgen hatte Ralf-Jochen einige Pärchen beobachtet, die übernächtigt, verträumt und umschlungen im Sand saßen und in die aufgehende Sonne starrten. Meist verschlief Ralf-Jochen aber diesen Moment. Er konnte nachts immer schlecht einschlafen und wachte meist erst auf, wenn es schon längst hell war. Wenn er ein Auto mietete, konnte er im Hinterland auf einsamen staubigen Straßen dem Sonnenuntergang entgegenfahren. Sein Brustkorb weitete sich bei dieser Vorstellung. Der Druck, der seitdem ihm der Verlust seiner Schuhe bewusst geworden war, auf seinem Herzen lastete, war verschwunden. Ja, er musste ein Auto haben.

Er zog sich seine Schuhe an, wobei er lange brauchte, ehe er die Schnürsenkel zubekam, weil seine rechte Hand kaum zu gebrauchen war. Er würde seit Jahren das erste Mal wieder zum Arzt gehen müssen. Ein paar Blocks weiter hatte er einen Erste-Hilfe-Punkt gesehen, eine flache Baracke, mit einem aus einem alten Laken hergestellten Transparent gekennzeichnet. Dort wurde auch zur Impfung gegen Kinderlähmung aufgerufen, alle Eltern sollten ihre Kinder in diesen Tagen vorbeibringen, um die Tropfen zu schlucken, Ralf-Jochen hatte das bereits in einem Fernsehspot des Gesundheitsministeriums gesehen. Seine Impfungen waren sicher auch nicht mehr aktuell, er konnte sich nicht daran erinnern, seinen Impfausweis hatte er verbrannt, ohne noch einmal hineinzusehen. Seine erste Impfung, an die er sich bewusst erinnern konnte kam ihm in den Sinn. Die Krankenschwester kam in die Schule, alle wurden in Reihe aufgestellt und sein Magen verkrampfte sich mit jedem Schritt, den er in Richtung der Nadel vorrückte. Dort angekommen wurde er gefragt, ob er Links- oder Rechtshänder sei und er antwortete wahrheitsgemäß, dass er mit der rechten Hand schreibe, woraufhin ihm die Spritze in den linken Arm gestochen wurde. In den folgenden Tagen spürte er einen drückenden Schmerz in seinem Oberarm, der sich zumindest in seiner Einbildung bis in den Brustkorb hineinzog. Schon oft hatte er die Geschichte gehört, wie sein Vater erst über ein Ziehen im rechten Arm geklagt hat hatte, bevor der Herzschlag ihn für immer niederstreckte. Bei diesen Gedanken spürte er wieder den Druck in Arm und Brust und die Angst davor, dass ihn das gleiche Schicksal ereilen würde. Bei allen künftigen Imp-

178

fungen hatte er angegeben, Linkshänder zu sein, um die Nadel in den rechten Arm gestochen zu bekommen, das milderte die anschließenden Qualen etwas. Er versuchte sich noch einmal zu erinnern, wann er sich das letzte Mal hatte impfen lassen. Es gelang ihm nicht, Bildfetzen, die sich keiner Jahreszahl zuordnen ließen rasten ungeordnet durch seinen Schädel. Konnte er wegen seiner Hand Tetanus bekommen? Eine Wunde hatte er ja eigentlich nicht. Trotzdem musste er zum Erste-Hilfe-Punkt.

In der Baracke, die so niedrig war, dass Ralf-Jochens Kopf fast gegen die aus mit Lackfarbe gestrichenen Holzplatten bestehenden Decke stieß, wurde gerade der Boden gewischt und die Spritzen desinfiziert. Als Ralf-Jochen seine Hand zeigte, sah die Schwester auf die Uhr, seufzte kurz und winkte ihn herein. Sie sagte, das müsse bestimmt geröntgt werden und fragte, wie er genau gestürzt sei. Er antwortete, er sei nicht gestürzt, sondern habe zuviel geschrieben, worauf die füllige ältere Frau ein raues Kehlkopflachen von sich gab, sich aber schnell wieder in den Griff bekam und mit ernster Miene auf Ralf-Jochens Hand herumdrückte. Der kniff die Zähne zusammen. Die Schwester holte eine Spritze heraus und Ralf-Jochen hoffte, dass sie gut desinfiziert worden war. Sicher würde er jetzt seine Tetanusimpfung bekommen.

Statt dessen aber nahm die Schwester seine Hand und stach hinein. Sie zog an den scherenartigen Metallösen und der Glaskörper füllte sich mit einer gelb-roten Flüssigkeit. Ralf-Jochen bat darum, sich hinlegen zu dürfen, worauf die Schwester wieder ein Lachen unterdrücken musste und ihn auf eine Krankenliege bugsierte. Sie wiederholte den Vorgang mit der Spritze ein paar Mal, bis sie sicher einen Viertelliter Flüssigkeit abgezogen hatte. Die Hand sah jetzt wieder etwas mehr aus, wie sie eigentlich aussehen sollte, war aber immer noch tief violett und schmerzte mehr als zuvor. Es sei kein Arzt mehr da, sagte die Schwester, deshalb könne sie nicht mehr machen, aber er solle sich unbedingt in der Apotheke ein entzündungshemmendes Mittel holen. Er bedankte sich vielmals und holte sein Geld heraus, aber die Schwester wollte nichts annehmen, hier sei alles umsonst, sagte sie zu Ralf-Jochens Überraschung.

Er ging zur nächsten Apotheke. Davon gab es hier an jeder Ecke eine, denn die Brasilianer liebten Medikamente, Ralf-Jochen hatte einmal gelesen, dass sie hier nach den USA trotz der verbreiteten Armut und der vergleichsweise jungendlichen Gesellschaft weltweit den zweithöchsten Pro-Kopf-Verbrauch an Arzneimitteln hatten. Er wiederholte die Worte der Krankenschwester, als er vom Verkäufer in der Apotheke nach seinem Wunsch gefragt wurde, bezahlte zwanzig Real und bekam eine rot-weiße Packung. Auf dem roten Teil war zu lesen: „Verkauf nur unter ärztlicher Verschreibung!". Ralf-Jochen schluckte gleich zwei der kleinen weißen Tabletten, nachdem er sich eine Kokosnuss zum Nachtrinken gekauft hatte. Er wollte eine Autovermietung suchen, aber plötzlich wurde er von einer drückend aufsteigenden Müdigkeit überwältigt. Er fühlte sich, als sei sämtliches Blut aus seinem Kopf gewichen und sei in seine Beine gesickert, die dadurch immer schwerer wurden. Er musste sich hinlegen. Seine Beine zogen ihn in Richtung des Strandes, wo weicher Sand lag, in dem sie gefahrlos einknicken konnten. Der geschwächte Kopf kämpfte dagegen an, denn wenn er dort einschlief, musste er damit rechnen, nie wieder aufzuwachen. Er konnte sich gerade noch in die Hotelburg retten, an der er jetzt vorüberkam.

Als er vom Meeresrauschen geweckt wurde, wusste er nicht, wie er in das Bett gekommen war, in dem er jetzt lag. Er sah aus dem Fenster und war ergriffen. Der Sonnenaufgang lag ihm zu Füßen. Er kontrollierte seine Taschen, es war noch alles da. Nur wusste er nicht, ob er das Zimmer gestern schon bezahlt hatte oder nicht. Er öffnete die verklemmte Balkontür und ging hinaus. Unter ihm lagen nur das Meer und die Sonne, die sich anstrengte, sich über den beiden zu erheben. Ralf-Jochen streckte die Arme nach oben und schrie so laut er konnte hinaus, als wolle er Meer und Sonne Paroli bieten in ihrer ursprünglichen unbeschreiblichen Kraft.

Seine Hand war immer noch sehr geschwollen, schmerzte aber weniger als gestern. Ralf-Jochen nahm sich eine der kleinen Flaschen Orangensaft aus der Minibar und spülte damit eine weitere seiner Tabletten hinunter. Er fühlte sich gut und wanderte die Treppen herunter, wo ein europäisches Frühstücksbuffet auf ihn wartete. Er aß reichlich Rührei und Toast und trank noch mehr Orangensaft. Lange hatte er sich nicht mehr so gut gefühlt. Auch sein Herz spürte er nicht. Halfen die Tabletten, die er gekauft hatte vielleicht auch gegen das Stechen? Die Hand war seit dem Aufstehen schon etwas abgeschwollen. Er ging zurück in sein Zimmer, nahm sich einen Stuhl mit auf den Balkon und setzte sich lange Zeit darauf. Als er von der Sonneneinstrahlung fast glühte, ging er hinein, schaltete die Klimaanlage ein, die ihm wohlige

Schauer über die Haut trieb und legte sich auf sein bequemes Bett. Bald schlief er wieder ein.

Wieder war es der Schmerz in seiner Hand, der ihn weckte. Wieder war sie so geschwollen wie heute Morgen. So schön es war, tagsüber im gekühlte Zimmer einzuschlafen, so unangenehm war es, danach wieder zu erwachen. Er musste ein paar Schritte gehen. Als er sich an der Strandpromenade eine Kokosnuss kaufte, war zu seiner Überraschung die Hand fast völlig abgeschwollen. Auch hatte sie ihre normale Farbe wiederbekommen. Er musste also in Bewegung bleiben und durfte nicht wieder schlafen. Er nahm noch eine seiner Tabletten, die offensichtlich doch Wirkung zeigten. Nach einer Weile des Umherstreifens gelangte er zu einer Autovermietung. Auf einem Plakat an der Tür waren die zu vermietenden Autos mit den dazugehörigen Wochenpreisen abgebildet. Die Anmietung war hier fast genauso teuer wie in Deutschland, also offensichtlich ein Angebot nur für ausländische Touristen. Das erhöhte Ralf-Jochens Chancen, dass man hier seinen EU-Führerschein akzeptieren würde. Er überlegte noch, für welche Wagenklasse er sich entscheiden sollte und entschied sich für die zweitkleinste. In der kleinsten würde er seine Beine nicht hinter das Lenkrad bekommen und mit dem Kopf gegen das Dach stoßen, in der nächsthöheren Klasse würde das gehen, wenn er den Sitz ganz nach hinten schob und die Lehne zurückstellte, so dass er wie im Liegestuhl saß.

Tatsächlich machte die nette Brasilianerin hinter dem Vermietungsschalter keine Probleme wegen des Führerscheins, auch wenn Ralf-Jochen sich etwas ungeschickt mit dem Ausfüllen der Papiere anstellte. Die Hände zitterten und die rechte war immer noch schlecht zu bewegen. Verkrampft kritzelte er deshalb in kindlichen Großbuchstaben seinen Namen, eine erfundene Adresse, Führerschein- und Passnummer in das Formular. Nachdem seine Kreditkarte belastet worden war, reichte ihm die Frau einen Autoschlüssel, auf dem ein Kennzeichen stand und meinte, das dazugehörige Auto stünde auf dem Parkplatz hinter dem Gebäude, in dem sie sich befanden.

Das Auto war völlig neu und roch nach frischen Polstern und Plastik. Ralf-Jochen sog den warmen Duft tief ein. Von der Nervosität getrieben fuhr er los, ohne Sitz und Spiegel einzustellen, was er dann während der Fahrt erledigte, wobei er fast ein anderes Auto rammte. Hier waren alles Einbahnstraßen und Ralf-Jochen fuhr ein paar Mal im Kreis, ohne wieder an seinem Hotel vorbeizukommen. Vor ihm schlingerte ein Motorrad die Straße entlang, dessen Sozius eine Parabolantenne auf den Rücken festhielt, die einen Durchmesser von knapp zwei Metern haben musste. Auch mehrere Propangasbehälter und Zwanzig-Liter-Flaschen für die hier üblichen Wasserspender wurden hier oft in dieser Weise transportiert. In seiner ersten eigenen Wohnung in Brasilien hatte Ralf-Jochen auch so einen Wasserspender zu stehen gehabt. Die blau durchscheinenden Plastikbehälter wurden „Garrafão" genannt, eine im Deutschen nicht existierende Vergrößerungsform von Garrafa – Flasche. Das bedeutete also ungefähr das Gegenteil von Fläschchen.

Ralf-Jochen hatte sich zu dieser Zeit bereits an die Wegwerfmentalität der Brasilianer gewöhnt, die ihm in gewisser Weise sehr entgegenkam, auch wenn er sich zuvor in Deutschland eine Zeit lang für Mülltrennung und Recycling eingesetzt hatte. Als das Wasser zuende ging, kaufte er deshalb keinen Eimer für seine Wäsche, wie er es eigentlich schon seit einiger Zeit vorhatte, sondern schnitt den oberen Rand des Garrafão ab und gab ihm so einen neuen Sinn, ein zweites Leben als Einweichgefäß. Auf diese Idee war er sehr stolz, bis er feststellte, dass man ihm beim Kauf eines neues Garrafão etwa zehn Dollar Pfand berechnete, eine Summe, für die er einen ganzen Stapel richtige Eimer hätte erwerben können.

Er fuhr jetzt einfach immer geradeaus, da seine Versuche, eine Richtung in seinen Weg zu bringen, kläglich gescheitert waren. Die ärmlichen Vororte mit ihren unverputzten Häusern zogen an ihm vorbei, bald fuhr niemand mehr vor ihm und er konnte sich etwas entspannen. Er hielt an, um seinen Sitz noch einmal zu verstellen. Einer vorbeifahrenden Kolonne von Autos, die einem Laster hinterherfuhren, ließ er viel Vorsprung. Er wollte möglichst allein auf der Straße sein. Jetzt war er völlig entspannt. Er schaltete das Radio ein. Die Sender spielten alle brasilianische Musik. Er ließ das Programm eingeschaltet, dessen Signal am deutlichsten war und vom geringsten Rauschen begleitet, aber als er in eine Hügelkette einfuhr, wurden auch hier die Störungen unerträglich.

Er schaltete das Radio ab, wurde jetzt aber wieder unruhiger. Er brauchte Musik. Vor ein paar Kilometern war er an einem Einkaufszentrum vorbeigefahren. Diese riesigen Klötze standen meist am Rande der Stadt und beherbergten unzählige Läden mit Kleidung, Elektroartikeln und Haushaltswaren, dazu gab es einen „Verpflegungsabschnitt" in dem Fast-Food-Läden, Konditoreien und oft richtige Restaurants angesiedelt waren. Auch Kinos gab es hier und Spielplätze, zu Weihnachten wurde alles geschmückt und Papai Noel saß in seinem roten Mantel auf einem goldenen Thron und verschenkte Süßigkeiten und so verbrachten viele Familien ihre gesamten Wochenenden in diesen Einkaufparadiesen, die alle erdenklichen Konsummöglichkeiten boten und dazu noch Schutz vor der Hitze durch ihre Klimaanlagen und Ruhe vor Räubern, die vom patrouillierenden Wachpersonal abgefangen wurden.

Ralf-Jochen drehte um und fuhr nach ein paar Minuten in das Parkhaus des Shopping-Centers ein. Er streifte umher, bis er ein CD-Geschäft fand. Sein Auto hatte ein CD-Radio und so würde er zu seiner Musik kommen. Es gab hier sogar zwei alte Scheiben von David Bowie aus den siebziger Jahren. Auch eine The-Cure- und eine Led-Zeppelin-CD nahm Ralf-Jochen mit. Er war mit seinem Kauf zufrieden. Beim Herausgehen kam er an einem Self-Service-Restaurant vorbei und verspürte plötzlich Appetit. Er aß eine große Portion Feijoada mit Reis, die hier allerdings nicht so gut schmeckte wie er es gewohnt war.

Auf dem Weg aus dem Parkhaus fuhr Ralf-Jochen in einen kleinen Stau, der sich vor der Ausfahrt gebildet hatte, da auf der Straße davor viel Verkehr herrschte und die bereits herausgekommenen Autos warten mussten, bevor sie dort einbiegen konnten. Im Parkhaus gab es zwei Spuren, nur die rechte führte direkt heraus und alle Autos standen auf dieser Seite. Wie er es bei der Fahrschule gelernt hatte, fuhr Ralf-Jochen auf der linken Spur bis nach vorne, um sich kurz vor der Verengung in die Schlange einzufädeln. Er schaltete den rechten Blinker ein, aber die ersten beiden Fahrzeuge ließen ihm keinen Platz, in diese Richtung zu fahren. Er drängte sich deshalb hinter dem zweiten Auto hinein, so dass der Nachfolgende keine andere Möglichkeit hatte, als ihn hereinzulassen. In diesem Moment hörte er ein schrilles wölfisches Aufheulen, gefolgt von unverständlichen Schimpftiraden. Ralf-Jochen erschrak, weil er dachte, das nachfolgende Auto sein ihm in die Seite gefahren und es müsste die Polizei geholt werden, worauf er sicher eine Menge Ärger wegen seines fehlenden internationalen Führerscheines bekommen würde. Als er im Rückspiegel wahrnahm, dass es keinen Schaden gab, sondern der Fahrer sich nur über sein Hineindrängen aufregte, entkrampfte sich sein Herz etwas und er streckte den Mittelfinger seiner rechten Hand nach hinten, den er seit kurzem wieder von den anderen Fingern separieren konnte.

Gleich darauf bereute er diese spontane Geste und sein Herz krampfte sich wieder fest zusammen und er hoffte, dass der Fahrer nicht aussteigen würde und vor allem keine Waffen im Spiel waren. Im Rückspiegel erblickte er die jetzt hassvoll versteinerte Miene des Anderen. Er sah nicht brasilianisch aus, eher wie ein Skandinavier, wozu auch die abgehackten Schimpflaute gepasst hätten, die er zuvor von sich gab. Er setzte sich gerade eine schwarze Sonnenbrille auf, wie sie die europäischen Hooligans trugen, wenn sie sich mit den Fans der gegnerischen Mannschaft prügelten. Als Ralf-Jochen auf die Straße einbog, war er froh, dass ihm dieser Typ nicht hinterherkam, entweder weil er in die andere Richtung fuhr, oder weil er es nicht geschafft hatte, vor dem nächsten auf der Straße fahrenden Auto vom Parkhausgelände zu kommen. Auf der zweispurigen Straße, die am Strand entlangführte, sah Ralf-Jochen ihn dann doch noch einmal wieder, als er wild hupend und seinen Mittelfinger aus dem Fenster streckend an ihm vorbeifuhr. Ralf-Jochens rechter Fuß zuckte kurz, dann aber sagte ihm sein Herz, dass es besser wäre, die Sache auf sich beruhen zu lassen, außerdem ging ihm durch den Kopf, dass er mit dem Ein-Liter-Motor seines Mietautos ohnehin eine klägliche Vorstellung abgeben würde. Er nahm das Gaspedal zurück, presste sich stattdessen ein lautes Lachen heraus und hoffte, dass der Andere es noch auf seinem Gesicht gesehen hatte, bevor sein Auto am Horizont verschwand.

Ralf-Jochen dachte noch einmal an die Polizei und was ihm passieren könnte, wenn er in einer Kontrolle angehalten würde. Er beschloss, dass sich das alles irgendwie regeln lassen müsse. Allerdings fiel ihm bei diesen Gedanken auch die Hotelburg ein, deren Schlüssel er immer noch in der Tasche hatte. Er hatte zunächst überlegt, den ihn einfach wegzuwerfen. Jetzt hatte er bei dem Gedanken an die Polizei aber doch ein schlechtes Gewissen bekommen und er beschloss, noch einmal zurückzufahren und das Zimmer zu bezahlen, wenn er das nicht schon gestern Abend im Voraus getan hatte.

Tatsächlich fand er diesmal das Hotel auf direktem Wege wieder. Er ging noch einmal in sein Zimmer, um zu sehen, ob dort nicht noch etwas herumlag, aber er hatte alles, was er noch besaß in den Taschen seiner Shorts. Er begab sich zum Tresen, auf den er seinen Schlüssel legte, sagte dass er abreisen würde und dass er einen Orangensaft aus der Minibar getrunken habe. Es wurde eine Rechnung ausgeschrieben, was einige Zeit in Anspruch nahm, da alles mehrmals nachgeprüft und aus dem Computer abgeschrieben wurde. Ralf-Jochen hatte vier Real zu bezahlen, er musste den Zimmerpreis also im Voraus beglichen haben. Irgendwie erleichtert stieg er wieder in sein Auto. Er konnte diesen Ort guten Gewissens hinter sich lassen.

Bei einem Blick auf die Armaturen stellte Ralf-Jochen fest, dass er dringend tanken musste. Der Tank konnte also nicht voll gewesen sein, wie es in dem Vertag gestanden hatte, der jetzt seine Unterschrift trug. Es war nun wohl zu spät, das zu reklamieren. Ohne es zu wollen ärgerte er sich darüber, dass er sich hatte über den Tisch ziehen lassen. Er versuchte diesen Gedanken zu verdrängen, indem er sich sagte, er habe schließlich genug Geld auf dem Konto und es gäbe deshalb keinen Grund sich die Laune verderben zu lassen. Jetzt musste er aber daran denken, dass er gar nicht wusste, wie viel er noch auf dem Konto hatte, was ein unruhiges Gefühl hinterließ, obwohl es noch genug sein musste, um ein paar Monate hier zu überleben. Er ärgerte sich jetzt noch mehr, dass er sich von etwas beunruhigen ließ, das eigentlich keine Bedeutung für ihn hatte, aber er musste jetzt einfach seinen Kontostand sehen, um diese Gedanken ablegen zu können. In der Nähe der Hotelburg hatte es ein Internetcafé gegeben. Er war noch nicht weit entfernt, deshalb parkte er und lief zurück, um nicht wieder von den Einbahnstraßen in eine falsche Richtung getrieben zu werden.

Das Internetcafé war fast leer. Zehn Computerplätze waren eng aneinander gequetscht. Nur einer davon war besetzt, von einem Deutschen, der per Headset ein Gespräch führte, dessen Worte Ralf-Jochen zwar verstand, in dem er aber keinen Sinn erkennen konnte. Er rief seine Kontodaten ab und stellte fest, dass er zwar mehr ausgegeben hatte, als sein Gefühl im sagte, er aber trotzdem genug Geld zur Verfügung hatte, noch einige Zeit hier zu verbringen. Auch für ein Flugticket für Roberta würde es noch reichen, falls sie mitkommen würde nach Deutschland. Sie musste einfach mitkommen. Er konnte sich zwar auch vorstellen, hier zu leben, aber er würde hier niemals einen Job bekommen und so etwas wie Arbeitslosengeld gab es nur für jemanden, der schon eine Zeit lang gearbeitet hatte und auch dann nur für ein halbes Jahr.

Ralf-Jochen sah sich gleich nach Flügen um. Er stellte fest, dass es teurer war, von hier aus nach Deutschland zu fliegen, als umgekehrt. Wenn er bei einem deutschen Reisebüro einen Flug buchte und den Hinflug verfallen ließ? Das würde sicher Ärger geben. Nein, wenn dann musste alles glatt gehen. Aber Roberta würde wohl einen anderen Flug nehmen müssen, als denjenigen, den er gebucht hatte und der in vier Wochen ging, denn der war offensichtlich bereits ausgebucht, zumindest fand er weder bei den deutschen noch bei den brasilianischen Anbietern freie Plätze. Schließlich entdeckte er einen Flug, der zwar eine andere Strecke nahm, aber am gleichen Tag und nur ein paar Stunden später als seiner abhob und buchte ihn gleich. Er konnte jetzt nicht mehr zögern. Sie könnten in seiner Wohnung wohnen, die Miete wurde schließlich weiter von seinem Konto abgebucht. Aber sicher würde Roberta schockiert sein von der Stillosigkeit und Ärmlichkeit seiner Behausung.

Wie würde er seine Wohnung wohl antreffen? Konnte irgendetwas passiert sein? In Deutschland war jetzt Frühling, die Rohre konnten also nicht einfrieren. Im Winter vor zwei Jahren war das passiert. Er war über Weihnachten zu Mutter gefahren, als die Minusgrade kamen und das Wasser in der Leitung in seiner Küche erstarren ließen. Er rief bei der Hausverwaltung an, die Handwerker schickte, welche mit einem Gasbrenner versuchten, das Eis im Rohr zum Schmelzen zu bringen. Dabei verbrannten sie die weinrote Lackfarbe, die Ralf-Jochen bei seinem Einzug aufgetragen hatte. Das Eis schmolz, aber es half nichts. Es hatte beim Wachsen den Rost und Kalk im Rohr so zusammengeschoben und verdichtet, dass kein Wasser hindurchkam und die Handwerker entschieden sich für einen Austausch, wofür sie Löcher in Fußboden und Decke schlugen. Es dauerte einige Wochen, bis die Hausverwaltung jemanden schickte, der die Löcher verschmierte. So lange konnte er sehen, ob seine Obermieter das Licht eingeschaltet hatten und riechen, was sie kochten und vom leerstehenden Ladengeschäft unter ihm zog ein kalter Wind in seine Küche.

Nein, so etwas konnte diesmal nicht passieren. Zwar hatte er das Wasser nicht am Haupthahn abgestellt, aber was sollte ohne Frost schon geschehen? Er hatte weder Wasch- noch Spülmaschine, also ohnehin nur einen Wasserhahn über der Spüle und der war zugedreht. Den Strom hatte er abgestellt, indem er die drei Sicherungen herausdrehte und Gasgeräte hatte er nicht, obwohl Gasleitungen in der Wohnung lagen. Die Stadtwer-

190

ke hatten ihm nach seinem Einzug auch eine Zeit lang Rechnungen über ihre monatliche Grundgebühr geschickt, die Ralf-Jochen mit der Bemerkung, er benutze kein Gas, zurückschickte. Irgendwann kamen zwei Klempner, bauten den weinrot gestrichenen Gaszähler aus und schraubten einen Pfropfen auf die Leitung.

Unvorhergesehene Havarien in seiner Wohnung waren also sehr unwahrscheinlich. Aber könnte nicht die Polizei die Tür aufgebrochen haben, um die Wohnung zu durchsuchen? Wenn die Spuren seiner S-Bahn-Tat wirklich zu ihm geführt hatten, würde er sicher gleich am Flughafen verhaftet werden. Dann stand Roberta ein paar Stunden später alleine in diesem fremden Land. Der Druck auf seinem Herzen wurde unerträglich. Das durfte nicht passieren. Er musste etwas tun. Wenn er bereits gesucht wurde, durfte er nicht mit Roberta nach Deutschland. Wie konnte er das nur herausbekommen? Man müsste jemanden schikken, um in seinen Briefkasten zu sehen. Wenn irgendein Verdacht auf ihm lastete, läge dort sicher ein Brief von der Polizei oder der Staatsanwaltschaft. Oder die Wohnungstür wäre nach der Durchsuchung versiegelt worden.

Mutter konnte er nicht schicken. Wenn wirklich etwas an der Wohnung oder im Briefkasten war, würde sie sicher gleich zusammenbrechen. Außerdem hatte sie ohnehin Angst, alleine nach Berlin zu fahren. Wenn sie ihn besuchte, hatte er sie immer am Bahnhof abholen müssen. Diese Gelegenheit nutzte er dann immer, gleich ein umfangreiches Programm aus Museen, Kino und Restaurant anzuschließen, so dass keine Zeit mehr blieb, in seine Wohnung zu gehen. Nur einmal war Mutter dort gewesen und man hatte ihr angesehen, dass sie sich zusammennehmen musste, um nicht ihrer Enttäuschung Ausdruck zu geben.

Sein alter Freund Chris würde das bestimmt für ihn machen. Aber er hatte sich lange nicht bei ihm gemeldet und es war ihm peinlich, jetzt wo er etwas brauchte, Kontakt aufzunehmen. Auf keinen Fall konnte er anrufen, obwohl ihm das schneller Gewissheit über die Lage verschaffen würde. Er erinnerte sich ungefähr an Chris' E-Mail-Adresse und verschickte drei Testmails, auf zwei von denen Fehlermeldungen zurückkamen. Die dritte musste es demnach gewesen sein. Was sollte er schreiben? Auf keinen Fall die Wahrheit, die durfte nie jemand erfahren. Schon gar nicht konnte er die in einer E-Mail verschicken, wo jeder mitlesen konnte, auch wenn er vermutete, dass gerade die Polizei dazu nicht in der Lage war.

Er würde erst einmal ganz locker anfangen, erzählen er habe sich spontan entschlossen, nach Brasilien zu fliegen. Er begann mit beiden Zeigefingern zu tippen. Die rechte Hand machte dabei keine Schwierigkeiten mehr, auch wenn noch ein leichtes Ziehen zu spüren war. Er musste nachher noch eine Tablette nehmen, damit das vollends aufhörte. Er schrieb, als mache er Urlaub und alles sei bestens. Dabei baute er alle Etappen seiner Reise in exakter chronologischer Reihenfolge ein, verschwieg aber Hintergründe und Unannehmlichkeiten. Im letzten Absatz formulierte er seine Bitte, dass Chris doch mal in seinen Briefkasten sehen solle, er ließe sich ganz einfach öffnen, wenn man in den Schlitz fasste, nach oben drückte und dabei nach vorne zog. Bei dieser Gelegenheit solle er doch gleich mal nachsehen, ob mit seiner Wohnungstür alles in

Ordnung war. Nicht dass Ralf-Jochen Angst gehabt hätte, es könnte jemand bei ihm auf Diebestour gegangen sein – wenn schon, schließlich hatte er kaum Sachen von Wert und auch nichts Persönliches mehr in seiner Wohnung; vielmehr fürchtete er das Gegenteil, dass nämlich die Polizei die Wohnung durchsucht und zur weiteren Beweissicherung abgesperrt hatte.

Er richtete sich schnell eine neue E-Mail-Adresse ein, damit Chris ihm antworten konnte. Er las seinen Text noch zweimal durch, bevor er ihn abschickte. Er wollte keinen Fehler machen. Er fügte noch den Satz: ‚Bitte meine neue E-Mail-Adresse beachten!' an, damit Chris nicht etwa seine alte - die er sicher auf seinem Computer gespeichert hatte - benutzte, und seine Antwort dann verlorenging. Zwar hatte Ralf-Jochen die alte Adresse gelöscht und es müsste auch in diesem Fall eine Fehlermeldung zu Chris kommen, aber er wollte die Sache nicht unnötig verkomplizieren.

Ralf-Jochen blätterte noch in einigen virtuellen deutschen Zeitungen, las aber nur mechanisch und dachte dabei an Roberta, Chris und an seine Wohnung und wusste anschließend weder was er gelesen noch an was er gedacht hatte. Aufgeregt ging er zu seinem Auto. Er musste sich beruhigen. Er kontrollierte noch einmal seine Taschen, ob auch alles darin war, was er besaß. Dann stellte er Spiegel und Sitz neu ein. Er befreite seine CDs aus der Plastikfolie und überlegte, welche davon er hören sollte. The Cure schienen ihm jetzt am angemessensten, weil sie mit ihrer sanften Melancholie am ehesten seinen Rhythmus in den richtigen Takt bringen konnten.

Er kreiste eine Weile, bis er eine Tankstelle fand, an der er auch ein Guaraná kaufte, um eine Tablette nehmen zu können. Wieder fuhr er aus der Stadt, diesmal einen anderen Weg, der aber über die gleichen Stationen führte: Von Hochhäusern über Einkaufszentren zu Werkstätten und ärmlichen Siedlungen. Als er das alles hinter sich gelassen hatte, fuhr er auf einer Straße aus brüchigem Asphalt durch hügeliges Weideland. Der Regen der letzten Tage hatte das gelbe Gras wieder grün werden lassen. Alles war von einem Zaun aus in den Boden gesteckten und mit Drähten verbundenen Ästen umgeben, auch wenn weit und breit kein Gebäude zu sehen war. Ab und an sah man eine kleine Herde Zeburinder, die ganz weiß waren und einen schlaff zur Seite hängenden Höcker im Nakken trugen. Die Musik entwickelte ein Gefühl von Weite in Ralf-Jochen, das ihn in angenehmer Weise all die räumlichen Eindrücke wahrnehmen ließ, die an ihm vorbeizogen und seine Gedanken fast ausschaltete. Je schneller der Raum sich veränderte, um so besser gelang es ihm, alles andere aus seinem Kopf zu verbannen. Dabei kam es nicht darauf an, dass die Landschaft besonders abwechslungsreich war, sondern vielmehr auf die Wechsel der Perspektive, aus der Ralf-Jochen sie wahrnahm. Die kurvenreichen und hügeligen Straßen, durch die er fuhr waren dafür geradezu perfekt. Ein Blick auf den Tacho zeigte ihm, dass er über hundert Stundenkilometer schnell war. Trotzdem lenkte er den Wagen sicher und automatisch durch die Kurven.

Es wurde bereits dunkel, als Ralf-Jochen daran dachte, dass er gar nicht wusste, wohin er eigentlich fuhr. Jetzt musste er weiter bis zum nächsten Ort und sich dort eine Unterkunft suchen. Gleich morgen früh würde er zurück ins Cajú fahren und von dort aus zur Post, um nachzusehen, ob es schon eine Nachricht von Roberta gab. Er fuhr noch eine ganze Zeit weiter, bis er eine Ortschaft am Horizont schimmern sah. Als die ersten Häuser die Straße säumten, war darunter auch ein Komplex mit einer Großen Mauer, über deren Tor Leuchtbuchstaben mit der Aufschrift „Motel" ihr rotes Licht aussendeten. Ralf-Jochen wusste, dass die Zimmer in diesen Etablissements hauptsächlich stundenweise vermietet wurden, aber es konnte niemand etwas dagegen haben, wenn er die ganze Nacht buchte. Gerade hier würde man diskret sein und keine großen Fragen stellen. Ein höflicher älterer Herr geleitete ihn von der Rezeption durch einen mit rotem Samt bespannten Gang zu seinem Zimmer. Es hatte ein rundes Bett, dessen Diagonale aber kleiner war als Ralf-Jochens Körpergröße. Er musste seine Beine also wie fast immer außen überhängen lassen, wenigstens gab es hier keine Kante, die das verhinderte, wie es bei Kastenbetten so oft der Fall war.

Die Beleuchtung war schummerig und im Fernsehen liefen indezente Videokanäle. Ralf-Jochen schlief bald ein. Er hatte sich vorgestellt, von eindeutigen Geräuschen geweckt zu werden, aber als er aufwachte war es bereits hell und nichts war zu hören. Auch auf den Fluren begegnete er niemandem und hörte keinen Ton aus den Zimmern dringen. Wahrscheinlich waren die meisten leer oder die Übernachtungsgäste schliefen. Frühstücken konnte man hier nicht und Ralf-Jochen gab seinen Schlüssel zurück und setzte sich wieder hinter das Steuer. Er hatte den Rezeptionisten nicht gefragt, wo er sich hier eigentlich befand, weil ihm das als peinlich erschien. Er würde es schon herausbekommen, wenn er in die Stadt fuhr. Ein Ortsschild begegnete ihm nicht, aber nach einiger Zeit erkannte er, dass er in Recife war.

In den offiziellen Reiseführern wurde die Stadt als „Das Venedig Brasiliens" angepriesen und tatsächlich durchzogen zahlreiche Kanäle die Stadt, die allerdings mit stinkendem seifig-grauen Abwasser gefüllt waren, in dem keine Gondoliere mit dem Umherfahren von Touristen ihr Geld verdienen konnten. Stattdessen fuhren die, die sich dazu berufen fühlten, mit alten VW-Bussen den regulären Stadtbussen voraus und versuchten denen mit geringeren Fahrpreisen die Passagiere streitig zu machen. Wenn einer dieser Kleinbusse in eine Haltestelle einfuhr, zog der Beifahrer bereits während der Fahrt die Schiebetür auf und schrie das Fahrtziel und markante Zwischenstationen hinaus, worauf sich tatsächlich immer wieder Menschen in die Minibusse hineinschieben ließen. Das Bürgermeisteramt versuchte dieser Konkurrenz zu seinen Stadtbussen das Wasser abzugraben, indem es riesige Aufkleber an den Rückseiten seiner Fahrzeuge anbringen ließ, auf denen ein verunglückter VW-Bus zu sehen war.

Tatsächlich fuhren diese klandestinen Transportmittel sehr riskant und Ralf-Jochen musste ein paar Mal stark bremsen, als einer der meist weißen VW-Busse vor ihm in seine Spur wechselte. Er hatte sich bereits an den im Vergleich mit Deutschland aggressiveren Fahrstil gewöhnt, aber hier war es noch schlimmer als er es je zuvor kennengelernt hatte. Er legte jetzt eine der rockigen CDs von David Bowie ein, deren raue Riffs besser

196

zu dem abgehackten Rhythmus des Fahrens in der Stadt passten, als das Album von The Cure, das er gestern mehrere Male hintereinander gehört hatte. Das CD-Radio im Auto hatte nach dem letzten Titel einfach alles wieder von vorne abgespielt und Ralf-Jochen ließ es gewähren. Er hatte die Wiederholung zunächst nicht einmal bemerkt und jetzt wusste er nicht mehr, wie oft er die ganze CD gestern eigentlich gehört hatte. Jetzt hörte er den Soundtrack zu Christiane F. Er hatte den Film vor ein paar Jahren einmal gesehen, konnte sich aber nur noch an eine Szene erinnern, in der die Kleine ihre Schallplatten verkaufen musste, um an den nächsten Schuss zu kommen. Er überlegte, warum sich gerade diese Szene so bei ihm eingeprägt hatte. Wahrscheinlich hatte er einfach alles verdängt, was mit Nadeln zu tun hatte und das machte wohl den restlichen Film aus.

Er fuhr die Strandpromenade entlang. Rechts lagen das Meer und der fast weiße Sand, auf dem Schirme und Liegestühle aufgebaut wurden, links versperrte eine Wand aus zwanzigstöckigen Häusern die Sicht. Ralf-Jochen war etwa zehn Jahre nicht mehr hiergewesen. An die Hochhäuser konnte er sich erinnern, aber auch an ein paar Stellen, wo noch die ursprünglichen zweistöckigen Kolonialstilbauten die Reihen unterbrachen und etwas Luft über sich in die Stadt ziehen ließen. In einem dieser Bauten hatte er ein paar Tage übernachtet, auch ein Restaurant hatte es ein paar Blocks weiter gegeben, auf der anderen Seite einen kleinen Supermarkt. Sicher war das in einem anderen Strandabschnitt gewesen, er konnte sich nicht erinnern, es gab hier keine markanten Punkte, an denen man sich orientieren konnte, nur die wie Dominosteine aufgereihten Häuser, die mit hohen Mauern umgeben waren, über denen in einem Glaskasten mit schwarz getönten Scheiben ein Wachmann saß, der wenn einer der Bewohner hupte, den Knopf für das elektrische Schiebetor betätigte.

Ralf-Jochen fuhr bis zum Ende der Strandpromenade, die in einem Abschnitt mit Lagerhäusern und einem Hafengebiet endete, ohne die Stelle wiedergefunden zu haben, an der er sich seinerzeit aufgehalten hatte. Er hielt an und ging einen kleinen Steg entlang, der hinaus in Richtung des Riffs führte, das der Stadt ihren Namen gegeben hatte. Am Strand standen Schilder, die das Surfen in dieser Gegend verboten, da es immer wieder Haiangriffe gab. Der Strand verlief hier lange flach ins Wasser hinein, bis hinter dem Riff die Tiefwasserregionen begannen. Noch einige hundert Meter weiter ankerten die Industrieschiffe, die ihren Fang gleich an Bord verarbeiteten und die Abfälle ins Meer kippten. Hinter dem Riff endeten auch die Kanäle, die unterirdisch unter dem Strand entlanggeführt wurden und das nährstoffreiche Abwasser der Stadt ins Meerwasser einbrachten. So verwunderte es Ralf-Jochen nicht, dass sich dort unzählige Haie tummelten, bei denen die Surfer einen Fressreflex auslösten, wenn sie auf ihren Brettern hinauspaddelten, was die Fische von unten betrachtet angeblich an ihre Urbeute die Robben erinnerte, weshalb sie dann angriffen, obwohl sie Menschenfleisch laut der Beteuerungen von Naturschützern eigentlich verschmähten. Vielleicht war das auch nur eine Erfindung, um die Menschen davon abzuhalten, aus Rachegelüsten heraus gezielte Jagd auf die Haie zu machen.

Ralf-Jochen sah zurück in die Richtung aus der er gekommen war. Er konnte den gesamten Strand überblicken, der einen leichten invertierten Bogen machte und gewann jetzt Gewissheit, dass er die Lücken in der Hochhausbebauung nicht übersehen hatte sondern, dass es sie einfach nicht mehr gab. Hinter der Mauer aus etwa gleichgroßen Häusern an der Strandpromenade erhoben sich bereits einige noch höhere Türme, die etwa 40 Stockwerk haben mussten. Ralf-Jochen stellte sich vor, dass wenn diese Entwicklung so weiter ging, das Bild das er jetzt sah, bald wie ein gewaltiges Amphitheater aus dem Innenraum heraus betrachtet erscheinen musste, wobei die Häuser in den hinteren Reihen immer höher wurden und vom Strand aus immer weniger von ihnen zu sehen war. Sicher würden in den unteren Wohnungen die Ärmeren unter den Wohlhabenden wohnen und oben die richtigen Reichen den Meerblick genießen.

Ein Hafenarbeiter riss Ralf-Rochen mit einem schrillen Pfiff aus diesen Gedanken und als er ihn mit seinen Blicken lokalisiert hatte, bedeutete er ihm, er solle die Mole verlassen, auf der er stand. Er ging langsam zurück zum Auto. Diese Stadt musste er hinter sich lassen. Er fuhr in die gleiche Richtung weiter wie zuvor, passierte die verkommene Altstadt und sah ein Straßenschild, dass in Richtung Olinda deutete. Dort musste er jetzt hin. Olinda war das genaue Gegenteil von dem, was er hier gesehen hatte. Die alte Stadt auf dem Hügel vor der neuen Metropole hatte immer so etwas wie Würde ausgestrahlt. Ralf-Jochen erkannte den Weg sofort wieder, als er in die Nähe kam. Links fuhr er den Berg hinauf und parkte das Auto etwas außerhalb, um sich nicht durch die steilen schmalen

Straßen mit ihrem glatten Kopfsteinpflaster schlängeln zu müssen.

Am Eingang zur Stadt erhob sich eine der katholischen Kirchen, deren ehemals hellgelber Anstrich immer mehr unter schwarz-grünen Flechten verschwand. Gerade das gab ihr etwas morbide Erhabenes, wie sie dort barock auf dem Berg thronte und dem Wetter trotzte. Dagegen erschien der schlichte quaderförmige Kirchenbau, den die protestantischen Holländer während der Zeit ihrer Beatzung hier errichtet hatten fast wie ein beliebiges Wohnhaus. Ralf-Jochen setzte sich auf die Treppen der Hauptkirche, vor der sich ein weiter abschüssiger Platz erstreckte, dessen verschiedenen Ebenen mit kleinen Treppenabschnitten verbunden waren. Hier konnte man noch durchatmen, wenn man das Haus verließ und nicht nur, wenn man aus seinem Balkon in die Ferne sah.

Ralf-Jochen kaufte an einem Stand einen Acerolasaft, der aus kleinen orangenen Früchten in der Größe einer Kirsche hergestellt wurde und ein herrliches Aroma hatten. Er spülte damit eine seiner Tabletten hinunter, obwohl eigentlich nichts mehr von seinen Handschmerzen zu spüren war. Aber er hatte gehört, man solle Tabletten immer bis zum Ende aufbrauchen und auch wenn das wohl nur für die Antibiotika gegolten hatte, die er als Kind immer schlucken musste, so tat er es auch jetzt, weil er den Eindruck hatte, dass das Mittel auch seinem Herzen gut tat. Vielleicht hatte auch dort eine Entzündung, die ständig den Rhythmus störte und das Stechen verursachte. In den letzten Tagen hatte er das kaum noch gespürt.

Mit diesen Gedanken auf der Treppe im geliebten Olinda zu sitzen, hatte ein Gefühl der Geborgenheit in Ralf-Jochen entfaltet, aus dem er jäh herausgerissen wurde, als ein Jugendlicher auf ihn zukam und begann auf ihn einzureden. Er zeigte ihm einen Ausweis, auf dem sein Foto zu sehen war und den er an einer Schnur um den Hals trug. Ein Name und die Berufsbezeichnung „Tourist Guide" standen darauf. Während er weiter redete steckte ihn schnell zurück unter sein T-Shirt. Wahrscheinlich hatte er ihn sich in einem der vielen Kopierläden selbst anfertigen lassen, vielleicht war er aber auch wirklich in einem der Projekte für Straßenkinder darauf trainiert worden, die Touristen nicht mehr zu überfallen, sondern ihnen ein paar historische Plätze zu zeigen. Ralf-Jochen gab ihm etwas Geld und bedauerte, dass er keine Zeit habe, sich herumführen zu lassen, aber der Kerl begann bereits irgendetwas über die Kirche in ihrem Hintergrund zu erzählen.

Ralf-Jochen stand auf und ging in Richtung seines Autos, wobei er von dem Touristenführer verfolgt wurde, der wohl den Eindruck hatte, sein Kunde würde kein Portugiesisch verstehen, weshalb er in seine Ausführungen unentwegt die Worte „Big House" und „Small House" einfügte. Ralf-Jochen wiederholte, dass er leider keine Zeit habe und schloss sein Auto auf. Der Touristenführer sah sich flüchtig um und holte ein Paket mit Gras aus seinem Strumpf, das in Zeitungspapier gewickelt war.

„Good stuff, good stuff, ten Real", bedrängte er Ralf-Jochen, der schließlich die zehn Real hervorholte und ihm den Stoff abkaufte, um seine Ruhe zu haben. Er hatte schon öfter Gras oder Haschisch mitgeraucht, aber nie etwas gespürt, vielleicht weil er meist schon betrunken war, wenn die

Joints auf der Party kreisten. Selbst gekauft hatte er sich noch nie etwas davon. Auch jetzt würde er es wohl nicht rauchen, er konnte nicht mal eine Zigarette drehen.

Er fuhr schnell und aufgeregt davon. Jetzt wollte er wirklich zurück. Er sah auf die Armaturen und stellte fest, dass er schon wieder dringend tanken musste. Er war jetzt so nervös, dass er erst einmal anhalten und nachdenken musste. Er überlegte, ob er das Gras einfach aus dem Fenster werfen sollte, schob es dann aber unter den Beifahrersitz. Er würde sich an einer Tankstelle eine Karte kaufen, damit er gezielt zurückfahren konnte. Dann könnte er gleich ins Postfach sehen, ob Roberta schon geschrieben hatte. Er suchte also eine Tankstelle und schnell wurde ihm klar, dass er in seiner Nervosität gedacht hatte, als wäre er in Deutschland, denn natürlich gab es hier keine Karten, sondern nur Benzin und Getränke. Er überlegte, ob er den Tankwart nach dem Weg fragen sollte, der ihn ohne dass er aussteigen musste bediente, entschied sich aber dagegen. Besser gesagt entschied er sich eigentlich nicht, sondern er schob die Entscheidung so lange hinaus, bis der Tankwart sein Geld in der Hand hatte und sich verabschiedete.

Ralf-Jochen fuhr also wieder auf gut Glück los. Er kam durch Vororte, deren Gebäude ihn an die fünfstöckigen Plattenbauten seiner Heimat erinnerten, nur dass hier die Mauern schwarz verschimmelt waren und eine Menge Wäsche an den Balkons aufgehängt war. Wie sollte er nur den richtigen Weg aus der Stadt finden? Vor ihm fuhr ein Überlandbus und er hatte eine Idee. Er zog auf der linken Spur an dem Bus vorbei und sah in den Rückspiegel. Tatsächlich war auf dem Schild über dem Fahrer „Recife" als Fahrtziel ausgeschrieben. Er ließ sie wieder hinter den Bus zurückfallen, worauf viele Autofahrer wütend hupend an ihm vorfuhren, nachdem er wieder auf die rechte Spur eingeschwenkt war. Er fuhr jetzt immer hinter dem Bus her, bis sie zum Busbahnhof kamen. An der Ausfahrt stellte er das Auto auf eine Sandfläche und wartete. Zur vollen Stunde fuhren eine Menge Busse hinaus, aber keiner davon hatte das richtige Schild. Das Auto stand in der prallen Mittagssonne und es wurde unerträglich heiß. Ralf-Jochen wollte sich einen schattigen Platz suchen, fand aber keinen, von dem aus er schnell genug wieder im Auto sein konnte.

Jetzt erinnerte er sich, dass der Autovermieter etwas von einer Klimaanlage erzählt hatte. Er suchte die Armaturen ab und fand einen Knopf mit der Aufschrift A/C. Er ließ den Motor an und drückte den Knopf, aber es tat sich nichts, außer dass eine kleine Diode auf dem besagten Schalter zu leuchten begann. Ralf-Jochen sah nach oben, da kam ein Bus an ihm vorbei, der dorthin fuhr, wo auch er hinwollte. Schnell zog er einen Kreis auf der Sandfläche und jagte hinter dem Bus her. Er hängte sich dicht an ihn heran. Jetzt brauchte er nur noch hinterherrollen und würde automatisch zu seinem Ziel getragen. Zufrieden legte er wieder die Cure-CD ein und ließ sich entspannt im Windschatten des Busses nieder. Auch die Klimaanlage begann jetzt zu arbeiten und pustete kühle Luft in den Fahrgastraum.

Etwa drei Stunden war er so unterwegs und er hätte noch einige Stunden weiterfahren können. Er musste gleich zu seinem Postfach. Den kleinen Schlüssel hatte er in den Ring seines Zimmerschlüssels vom Cajú eingefädelt. Zittrig versuchte er, ihn ins kleine Schlüsselloch zu bekommen. Er nahm beide Hände zu Hilfe und sah bei einem Seitenblick auf einen anderen aufschließenden Postfachbesitzer, dass der Schlüsselbart beim Einstekken nach oben zeigen musste. Ein paar Sekunden später war das Fach geöffnet und es befand sich nichts darin. Ralf-Jochens Herzschlag ließ nach, in gewisser Weise war er beruhigt, denn er hatte die letzten Minuten nur noch daran gedacht, dass Roberta ihm geschrieben haben könnte, dass sie jemand anderen habe.

Er fuhr zum Cajú, ging in sein Zimmer, legte seinen Pass auf den Tisch, rasierte sich, duschte ausgiebig und konnte sich endlich wieder ein frisches T-Shirt und neue Shorts anziehen. Er hatte große Lust, wieder auf die Landstraße hinauszufahren, erinnerte sich aber daran, dass er etwas essen musste, denn wenn er Roberta begegnete, konnte er nicht übermäßig abgemagert sein, das würde sie nur erschrecken und in den letzten Tagen hatte er nur in den Hotels gefrühstückt und sonst fast nur Flüssigkeiten zu sich genommen. Er begab sich deshalb ins Restaurant und füllte sich seinen Teller mit allem, was das Buffet hergab. Der runzlige Buffetwächter sah ihn auffordernd an, als wolle er fragen, wo er die letzten Tage gewesen war. Ralf-Jochen blinzelte und nickte bestätigend zurück, um klarzustellen, dass er verstanden habe, dass seine Abwesenheit registriert worden war, er aber nichts erzählen würde.

Als er aufgegessen hatte wurde Ralf-Jochen müde. Er dachte an die letzten Male, als er mit geschwollener schmerzender Hand aufgewacht war, nachdem er sich tagsüber hingelegt hatte. Jetzt war dort nichts zuspüren. Die Schwellung war verschwunden und auch die Farbe veränderte sich vom Rand des Handrückens her: Das tiefe Violett nahm nur noch eine kleine Ellipse in der Mitte ein, um die - ebenso elliptisch - Zonen von blauer, grüner und gelber Färbung ineinander übergingen, um am Rand bereits die normale gelblich-weiße Hautfarbe Ralf-Jochens zu zeigen. Er nahm vorsichtshalber trotzdem noch eine Tablette, bevor er die Packung in Müll warf. Nein, er wollte sich jetzt nicht schlafen legen. Zum Autofahren fühlte er sich zu müde und unkonzentriert. Deshalb lief er durch die Stadt. Es war später Nachmittag und langsam kühlte es sich etwas ab. Als Ralf-Jochen am Internetcafé vorbeikam, ging er unwillkürlich hinein. Schnell rief er seine neue E-Mailadresse auf und fand gleich mehrere Mails. Einige ihm unverständliche Konsumaufforderungen löschte er sofort und es blieb eine Nachricht von Chris! Er schrieb, wie sehr er sich freute, von Ralf-Jochen zu hören und dass es ihm gut ginge, er habe sich schon Sorgen gemacht, weil er nicht zu erreichen gewesen war.

In mehreren Absätzen schilderte er die Ereignisse in Berlin. Er wolle demnächst umziehen, weil seine Erdgeschosswohnung zwar eine Terrasse zum Hof habe, er die aber nicht benutzen könne, weil nebenan ständig Leute saßen, die den ganzen Tag Bier tranken und nervige Unterhaltungen führten, die zum Abend hin immer lauter und dümmlicher würden. Diesen Sommer wolle er sich das nicht noch einmal antun. Er wolle aber wieder in der gleichen Gegend wohnen, nur Erdgeschoss sollte es eben nicht noch einmal sein und möglichst auch keine Ofenheizung. Daran sei er nicht mehr gewöhnt. Ralf-Jochen dachte an seine Wohnung. Er war noch nie richtig umgezogen. Als er zum Studieren nach Berlin ging, hatte er Mutter einen Brief dagelassen und sich mit einem großen Rucksack aus dem Haus geschlichen, um sich den Abschied etwas einfacher zu machen. Nach und nach hatte er noch ein paar Sachen aus der Heimat mitgenommen und einige wenige dazugekauft. Wenn er umziehen würde, wäre das schnell erledigt.

Chris hatte da schon einiges mehr zu transportieren. Allein seine Schallplattensammlung wog sicher einige hundert Kilo. Er hatte von seinen Eltern massive antike Möbel bekommen und sich auch sonst nicht so spartanisch eingerichtet wie Ralf-Jochen. Eine Dreizimmerwohnung brauche er schon, hatte er einmal gemeint, Ralf-Jochen verstand nie so ganz wozu. Er für seinen Teil wollte immer so wenig wie möglich besitzen, vielleicht weil er Angst hatte, sich an Gegenstände zu binden und den Kraftaufwand nicht aufbringen zu können, wenn er einmal würde umziehen müssen. Chris zog nun schon zum vierten Mal innerhalb Berlins um; nur Ralf-Jochen, der darauf vorbereitet war, ebendies zu tun, blieb in der gleichen Wohnung.

Chris schrieb, er habe seinen USB-Stick verloren und kaum noch Hoffnung ihn wiederzubekommen; alle Daten seiner Vergangenheit seien verloren, denn er habe sich einen neuen tragbaren Computer gekauft, den alten bereits entsorgt und seine Geschichte habe sich deshalb nur auf dem Stick befunden. Es sei, als hätte man ihm den linken Arm abgetrennt. Ralf-Jochen verstand nichts von alledem, er konnte keinen Deut davon nachfühlen, als handelte es sich um Beschreibungen einer fernen Kultur, über die er nie gelesen, geschweige denn sie besucht hatte. Schnell überflog er Chris' Zeilen, bis er zum letzten Absatz kam, der auf seine Bitte einging und wo der alte Freund ihm versicherte, er würde gleich morgen nach seiner Post und der Wohnung sehen und ihm dann gleich bescheid geben. Ralf-Jochen verglich das Datum der E-Mail. Morgen, das war heute und in Deutschland war es bereits Abend! Es musste jeden Moment eine neue E-Mail von Chris kommen.

Er las den Brief von Chris noch einmal in Ruhe durch und stellte fest, dass ihm alles neu vorkam, er also beim ersten Lesen kaum eine Information gespeichert hatte. Nach jedem Absatz klickte er auf die „Aktualisieren"-Schaltfläche, worauf der Computer die Seite neu aus dem Internet lud und Ralf-Jochen am Rand des Bildschirms sehen konnte, ob die neue E-Mail von Chris schon angekommen war. Er hatte den Brief von gestern jetzt schon drei Mal gelesen und es war immer noch kein neuer angekommen. Er überlegte, ob er noch jemandem schreiben sollte, verwarf den Gedanken aber schnell, da er keine andere E-Mail-Adresse im Kopf hatte, außer der von Chris. Nicht einmal die von Roberta fiel ihm mehr ein. Er hatte, als sie plötzlich nicht mehr schrieb, noch ein paar Mal nachgefragt, was denn los sei, irgendwann war ihm aber die Arbeit über den Kopf gewachsen und er hatte das als Anlass genommen, es aufzugeben. Liebte er sie wirklich oder war es nur eine Obsession, die ihn hierher getrieben hatte? Wenn er verliebt wäre, hätte er sich doch kaum damit abgefunden, nichts mehr von Roberta zu erfahren. Er hätte doch verrückt werden müssen vor Ungewissheit! Er musste sich wohl eingestehen, dass er sie nicht geliebt hatte. Aber er würde sie lieben können! Auf eine viel tiefere und dauernde Weise würde er sie lieben, als es en Kribbeln im Bauch jemals hervorbringen konnte.

Es war jetzt fünf Uhr nachmittags, also neun Uhr abends in Deutschland. Warum schrieb Chris nur nicht? Schließlich hatte er gestern sofort auf Ralf-Jochens Mail geantwortet. War wirklich etwas mit seiner Wohnung geschehen? War Chris auf die Polizei getroffen und wurde jetzt verhört? Oder war ihm etwas dazwischengekommen oder er hatte es vergessen? Nein, das passte nicht zu Chris. Wahrscheinlicher war es also, dass etwas im Zusammenhang mit seiner Wohnung passiert war. Er löschte Chris' Brief, den er jetzt fast auswendig konnte und gab seinen eigenen Vor- und Nachnamen in Anführungsstrichen in verschiedene Suchmaschinen ein. Es waren dabei immer nur einige Artikel zu finden gewesen, die er für ein paar Zeitungen geschrieben hatte. Sein Name war anscheinend weltweit einzigartig. Doch jetzt tauchte er auf einmal einer anderen Seite auf. „Die Spur führt zu Ralf-Jochen...", las er in der Übersicht der Suchmaschine und sein Herz pochte und stach unerträglich.

Es war die Seite einer Berliner Boulevardzeitung. Er rief sie auf und musste tatsächlich feststellen, dass da sein voller Name stand, aber was war das? „..ihrem Chatpartner." endete der Satz. Was hatte er mit einem Chat zu tun? Nur vor ein paar Jahren hatte er diese damals neue Erfindung einmal ausprobiert. Die anderen Chatter ignorierten ihn dabei weitgehend und warfen mit unverständlichen Abkürzungen um sich. Als er jemanden fand, der ihm jovial erklärte, dass das oft verwendete „cu" soviel wie „Bis bald!" heißen sollte, wenn man es englisch aussprach, fand er das Ganze nur noch kindisch und loggte sich nie wieder in einen der „Chatrooms" ein.

Ralf-Jochen konnte keinen klaren Gedanken fassen. „Ist sie Opfer eines unberechenbaren Psychopaten geworden? Sind die Ermittler einem Verbrechen auf der Spur?" endete der Text, den Ralf-Jochen immer wieder überflog, aber nicht begreifen konnte. Er wurde fast wahnsinnig und schaltete den Computer aus, bezahlte und stürmte auf die Straße. Wie konnte seine Tat mit einem Chat in Zusammenhang gebracht worden sein? Aufgeregt stampfte er durch die Straßen und nahm nichts um sich herum wahr. Als die Wahrnehmung wieder einsetzte, fühlte sich plötzlich alles bedrohlich an. Der Lärm schien ihm nicht auszuhalten, der Verkehr mörderisch, die Hitze unerträglich und die anderen Fußgänger wichen ihm nicht aus, so dass er einen permanenten Slalom laufen musste, immer in der Angst, mit jemandem zusammenzustoßen, der ihn dann bespucken könnte, oder schlimmeres.

Er drehte und lief wieder zurück in das Internetcafé. Noch einmal rief er die Seite auf. Er hatte sich die Adresse nicht gemerkt und musste deshalb wieder seinen Namen in eine Suchmaschine eingeben, um vom Ergebnis aus dorthin zu gelangen. Da war es wieder. Ralf-Jochen – Chatpartner – Psychopath - Ermittler – Verbrechen. Es war unfassbar. Aber was war das? Er war diesmal gar nicht auf der Internetseite des Boulevardblattes, sondern auf der Fanseite einer Fernsehserie. Unter dem Text mit seinem Namen stand jetzt: „Huh, hoffentlich wird das nicht zu gruselig! Lea." Andere unverständliche Kommentare, die mit anderen Namen und Abkürzungen unterzeichnet waren, folgten. Ralf-Jochen verstand gar nichts mehr. Nach einer langen Weile der Fassungslosigkeit begriff er, dass es sich bei dem Text, den er gelesen hatte, um eine Vorschau für eine Nachmittagsfernsehserie handelte, deren Macher einer ihrer Figuren seinen Namen gegeben hatten und die auf verschiedenen Internetseiten abrufbar war.

Ralf-Jochen wusste nicht, ob er sich erleichtert oder ärgerlich fühlen sollte. Konnte man diese Leute für die Benutzung seines Namens verklagen? Sicher nicht, aber wenigstens verlangen, dass er aus dem Internet genommen wurde? Dafür gab es wohl zu viele Seiten, die den Ankündigungstext aufgenommen hatten. Er versuchte, sich damit zu beruhigen, dass das Ganze ohnehin niemanden interessieren würde. Niemand den er kannte sah solche Nachmittagsserien, es waren also zwei Welten, die sich nie berühren würden und aus dem Internet würde dieser Schund nach und nach verschwinden, denn jeden Tag gab es eine neue Folge und eine neue Ankündigung und der Chatpartner des mutmaßlichen Verbrechensopfers würde wohl kaum eine dauerhafte Rolle in der Serie werden. Mit diesen Gedanken beruhigte sich Ralf-Jochen ein wenig.

Jetzt sah er noch mal in seine E-Mail und tatsächlich gab es diesmal eine Nachricht von Chris. Mit zittrigen Fingern bewegte er die Maus auf die Betreffzeile „Wohnung" und klickte sie an. Es erschien folgender Text: *Hallo RJ, alles ok mit Deiner Bude. Im Briefkasten war nur eine Menge Werbung, Du solltest Dir mal einen Aufkleber ranmachen, dass sie nichts einwerfen sollen wenn Du so lange wegfährst, sonst quillt das über. Briefe waren nur von AAB (2) und von den Stadtwerken. Soll ich*

210

*die aufmachen und Dir schreiben, was sie wollen?*
*Beste Grüße C.*

Ralf-Jochen war erleichtert. Offensichtlich war ihm doch niemand auf der Spur, alles nur Hirngespinste, unnötige Angstzustände. Er antwortete, Chris solle „Zurück an Absender" auf die Briefe vom AAB schreiben und sie in einen Postkasten werfen und alles andere einfach wegschmeißen. Sicher würde Chris das tun, aber in der nächsten E-Mail fragen, warum er das eigentlich getan habe. Ralf-Jochen schrieb deshalb als Abschlusssatz „Ich melde mich, wenn ich wieder in Berlin bin", schickte die E-Mail ab und löschte seine E-Mailadresse. Falls er Chris wiedertraf und er danach fragte, würde er erstaunt tun und es auf einen technischen Fehler schieben.

Seine Tat würde also anscheinend ungeahndet bleiben. Die Ermittlungen der Polizei mussten längst abgeschlossen sein, wahrscheinlich war man von einem Unfall ausgegangen. In gewisser Weise war es das ja auch gewesen. Aber konnte es ein Unfall sein, was er zuvor unzählige Male in Gedanken durchgespielt und dann schließlich getan hatte? Er musste diese ganze Geschichte einfach vergessen und statt dessen nach vorne denken, an Roberta. Noch einmal ärgerte er sich über die Serienvorschau im Internet, denn immer wenn er von nun an seinem Namen in eine Suchmaschine gab und ihm das begegnete, würde er an seine Tat denken müssen. Er konnte nicht einmal alle schriftlichen Erinnerungen auslöschen, wie er es mit den Verbrennungen immer getan hatte, wie sollte er die Geschichte da aus seinem Bewusstsein bekommen?

Jedenfalls musste er jetzt hier weg. Er wollte keine weiteren Spuren in diesem Netz hinterlassen, was alles aufzeichnete und speicherte und nur wieder hergab, wenn es mit etwas neuem überschrieben wurde. Er löschte wenigstens den Speicher des Internetprogramms, das er benutzt hatte, ging ins Cajú und legte sich ins Bett, wo seine Gedanken noch lange um Verbrechen und Chats kreisten, dann darum, was in Deutschland alles zu erledigen wäre. Er musste schnell eine Wohnung für sich und Roberta finden. Warum konnte er nicht etwas mehr wie Chris sein? Der packte die Sachen an, die er erreichen wollte und wartete nicht nur ab, bis alles zu spät war. Er würde gleich morgen im Internet nach Wohnungen suchen. Wenn es ein Angebot mit aussagekräftigen Fotos gäbe, würde er sie gleich ohne Besichtigung anmieten. Aber würde er einen Vermieter finden, der sich darauf einließ?

Meist wollten sie eine Bescheinigung haben, dass man beim Vorvermieter keine Schulden mehr hatte. Die könnte von bei der Wohnungsbaugesellschaft, die das Haus verwaltete, auf dem auch Jahre nach der Wende noch ungeklärte Rückübertragungsansprüche lasteten, bekommen und dann weiterschicken. Das konnte man auch von hier aus per Fax machen. Ja, als erstes musste er diese Bescheinigung anfordern. Aber es wäre komisch, sich das nach Brasilien schicken zu lassen. Er brauchte jemanden in Deutschland, der das weiterschickte. Chris fiel ihm als erstes ein, aber dem hatte er gerade einen seltsamen Auftrag gegeben und die E-Mail-Adresse, die er ihm gestern als neu verkündet hatte, schon wieder gelöscht. Warum hatte er nicht einfach geschrieben, er solle die Briefe für ihn aufbewahren, dann könnte er ihn in einer Woche bitten, noch mal in seinen Briefkasten zu sehen und die Bescheinigung, die er dort finden würde weiterzufaxen. Könnte Mutter das für ihn erledigen? Dann müsste er die Bescheinigung direkt zu ihr in die Heimat schicken lassen. Das würde der Wohnungsbaugesellschaft sicher seltsam erscheinen und sie würden sie vielleicht doch an seine Adresse schicken.

So kreisten Ralf-Jochens Gedanken noch lange Zeit, bevor er einschlief und unruhig zu träumen begann. Es kam ihm vor, als wachte er jede halbe Stunde auf, schlief dann wieder ein und träumte manchmal den gleichen Traum weiter, mal einen neuen. Als es bereits hell war, ging er urinieren und legte sich wieder hin. Wieder schlief er ein. Er träumte schreckliche Geschichten, die er beim Aufwachen schnell zu vergessen versuchte, indem er aus dem Fenster sah und auf irgendeine Bewegung hoffte, über die er nachdenken und sich so ablenken konnte. Meist sah er nichts, vergas aber trotzdem den Inhalt seines Traumes, nur das bedrückende Gefühl, das er ausgelöst hatte blieb. Ralf-Jochen legte sich wieder hin und dachte über die Wohnung nach, die er anmieten würde und was er alles tun müsste, um das zu schaffen. Jetzt kamen ihm Zweifel, ob es überhaupt Sinn hatte, das von hier aus zu versuchen. In vier Wochen wäre er ohnehin in Berlin. Natürlich wäre es besser, dann schon eine Wohnung zu haben, dann brauchte er Roberta seine verkommene Bude gar nicht zu zeigen.

Aber würde sie überhaupt mit ihm gehen? War vielleicht alles umsonst? Lohnte es sich überhaupt aufzustehen und ins Postfach zu sehen? Wieder schlief er ein und wachte mittags auf. Er musste etwas essen. Er hatte keine Lust zu duschen, presste nur mit den Handflächen seine in alle Richtungen abstehenden Haare etwas herunter, zog seine Schuhe an und ging ins Restaurant. Er sah den Mann an der Waage gar nicht ins Gesicht. Das Essen wollte nicht herunter, erließ den halben Teller stehen und ging wieder ins Zimmer. Bevor er auf die Straße ging musste er duschen, aber erst würde er sich noch ein wenig ins Bett legen. Das wenige Essen, das er heruntergezwungen hatte, lag ihm schwer im Magen. Er wälzte sich hin und her und die üblichen Gedanken kreisten. Sein linkes Augenlid zuckte unaufhörlich und nur wenn er die Augengeschlossen hielt, war es einigermaßen erträglich. So dämmerte er viele Stunden vor sich hin.

Erst nachts wurde er wieder einigermaßen klar. Er dachte noch eine Weile nach, spürte dann aber den Drang, sich zu bewegen. Ins Restaurant wollte er nicht gehen, er würde nichts herunterbekommen, nur wenn er trank. Das wollte er aber nicht, weil er dem Mann am Tresen nicht erneut seine Unsicherheit präsentieren wollte, die jetzt noch größer sein würde, als beim letzten Mal. Spazieren gehen war hier um diese Zeit zu gefährlich. Aber er hatte schließlich ein Auto. Zwar berichteten die Einheimischen und die Zeitungen immer wieder von nächtlichen Überfällen auf Autofahrer, die wenn sie anhielten, aus dem Auto gezogen wurden, weshalb die Brasilianer nachts auch rote Ampeln nicht beachteten, sondern nur kräftig hupten, um ihr Kommen anzukündigen und einfach weiterfuhren. Ralf-Jochen würde es genauso machen. Sollten die Aussätzigen nur kommen, er würde sie einfach über den Haufen fahren. Schließlich hatte er das in gewisser Weise bereits einmal getan und nichts war ihm geschehen.

Er setzte sich ins Auto und fuhr einfach los. Es war nicht so aufregend, wie er es sich ausgemalt hatte. Kaum ein Auto begegnete ihm und in der Nacht war die Weite des Landes nicht zu sehen, die ihn so beeindruckte. Er fühlte nichts. Nach einer Weile begann es in seinem Hals zu kratzen. Er musste niesen. Jetzt wusste er, woran es lag. Er schaltete die Klimaanlage aus und ließ das Fenster herunter, um den immer noch angenehm warmen Fahrtwind auf seiner Haut zu spüren. Er musste spüren, dass er noch lebte, auch wenn ihm jetzt der Schweiß den Rücken herunterlief. Außer der Angst in seinen Träumen und den Schmerzen in seiner Hand hatte er lange nichts mehr gespürt. Er versuchte sich zu erinnern, ob das immer so gewesen war. Es musste auch andere Momente gegeben haben, aber er konnte sich jetzt keine davon ins Gedächtnis rufen.

Er kam durch eine Stadt, deren Namen er nicht kannte. Als er wieder herausfuhr, stellte er die Musik auf die maximale Lautstärke, regelte dann aber etwas zurück, weil einige Teile der aus grauem Plastik bestehenden Innenverkleidung unangenehm mit dem Bass mitschwangen. Am Posten der Highwaypolizei am Ausgang der Stadt standen plötzlich zwei Polizisten auf der Straße. Panisch schaltete Ralf-Jochen sein Radio aus und als einer der beiden ihm bedeutete anzuhalten, machte er einen hektischen Schlenker, so dass er ihn fast umfuhr. Jetzt war es aus mit dem Fahren, er hatte keinen internationalen Führerschein. Ein Stechen im Herz verschlug ihm den Atem, als er an das Päckchen Gras unter dem Beifahrersitz dachte. Sämtliches Blut schien in seinen Adern zu stehen und er konnte den Sauerstoffmangel, der seine Organe befiel förmlich fühlen. Wie ein grober Hanfstrick schnürte die Beklemmung seinen gesamten Oberkörper ein. Sein Herz pochte so stark, dass er bis in die Haarwurzeln hinauf einen unerträglichen Druck verspürte. Es gab hier keine Eigenbedarfsregelung für Marihuana wie in Deutschland. Er würde in einen brasilianischen Knast kommen. Dort war er nicht nur durch seine Körpergröße anders, sondern auch durch Hautfarbe, Sprache, einfach alles. Die Aussätzigen würden ihn langsam zu Tode quälen.

Der Polizist beugte sich etwas herunter und sah in das Auto, winkte Ralf-Jochen dann aber sofort, er solle weiterfahren. Er gab sich Mühe, den Polizisten anzulächeln und verzog dabei seinen Mund wie eine Comicfigur, so wie er es immer auf Fotos tat, deren Abzüge er verbrannte, wenn sie ihm in die Hände fielen. Jetzt nur nicht den Motor abwürgen. Er ließ den Motor aufröhren, weil er nicht in der Lage war, gefühlvoll auf das Gaspedal zu treten, da alles Gefühl aus seinem Körper gewichen zu sein schien. Ebenso ruckartig wie er mit dem rechten Bein Gas gab, zog er auch sein linkes von der Kupplung. Die Reifen quietschten, worauf Ralf-Jochen schnell den Fuß vom Gas nahm und anschließend abrupt wieder hinauftrat. Das Auto ruckelte einige Male, setzte sich dann aber in Bewegung und als der Drehzahlmesser längst im roten Bereich hinter der Sechs angekommen war und die Zugleistung nachließ, gelang es Ralf-Jochen, sich soweit unter Kontrolle zu bringen, dass er in den zweiten Gang schalten konnte.

Er sah in den Rückspiegel, wo die beiden Polizisten kopfschüttelnd und die Arme in die Seite gestemmt hinter ihm hersahen. Aber sie kamen

216

ihm nicht nach. Ralf-Jochen fuhr alle Gänge aus, bis der Motor keine höhere Drehzahl mehr hergab, bis er im fünften Gang ankam. Er lenkte schnell und mechanisch. Das Fernlicht ließ er eingeschaltet, orientierte sich aber nur am unmittelbar vor ihm liegenden Fahrbahnrand. Vor Kurven musste er deshalb scharf abbremsen, schaltete dann aber meist gleich mehrere Gänge hinunter und ließ den Motor nach dem Scheitelpunkt der Biegung wieder aufheulen, bis er erneut so schnell es ging unterwegs war. Immer wieder sah er in Innen- und Seitenspiegel. Nichts war zu sehen. Erst nach mehreren Kilometern begann er wieder zu fühlen. Sein Blick weitete sich wieder und er ließ das Auto gemächlicher in die Kurven ein- und wieder herauslaufen. Trotzdem musste er jetzt irgendwo anhalten, denn nicht nur seine Hände, sondern die ganzen Arme zitterten und schlackerten und sein linkes Auge zuckte auf unerträgliche Weise. Er musste einen Handballen darauf drücken, sonst würde er verrückt werden. Er fuhr auf einen Sandweg, der zwischen zwei Zuckerrohrfeldern entlangführte.

Die Ellenbogen auf das Lenkrad gestützt drückte er erst die Ballen, dann beide Fäuste auf seine Augäpfel. Er stieg aus. Es herrschte absolute Stille. Er stützte die Arme auf das Autodach, sah in Richtung Boden und schloss die Augen. Als er sie wieder öffnete, schaute er in den Rückspiegel. Die Augen waren so rot, dass Ralf-Jochen vor seinem eigenen Spiegelbild zurückzuckte. Er versuchte zunächst instinktiv zurückzurechnen, wann er sich das letzte Mal betrunken hatte. Aber die Augen waren nicht blutunterlaufen sondern gleichmäßig rot. Kam es davon, dass er die Fäuste daraufgedrückt hatte? Nein, dafür hatte er das nicht lange genug getan. Er musste eine Bindehautentzündung haben. Wovon konnte das nur gekommen sein? Es musste wohl diese verdammte Klimaanlage gewesen sein. Oder der heiße Wind, nachdem er sie abgeschaltet hatte?

Ralf-Jochen schloss die Augen wieder. Jetzt hörte er leise das Rauschen der Zuckerrohrblätter im schwachen Wind. Hier konnte er erst einmal bleiben. Er wollte jetzt nicht weiterfahren, er konnte nicht. Zuerst musste er dieses verdammte Gras loswerden, er konnte es nicht noch einmal riskieren, in einem brasilianischen Knast zu landen. Er faltete das Paket auseinander und ließ die trockenen Krümel herausrieseln. Als er das verbliebene Zeitungspapier ausschüttelte, fiel etwas festes mit hinaus. Er sah auf den Boden und dachte zunächst, ein Stück zusammengerolltes Papier zu erblicken, stellte aber dann fest, dass es sich um einen fertiggedrehten Joint handelte. Er hob ihn auf, drehte ihn zwischen den Fingern und da er jetzt Lust hatte zu rauchen, aber keine Zigaretten mehr da waren, steckte er den Zigarettenanzünder hinein und als er hellrot glühte, entzündete er die kleine Tüte damit.

Er nahm einen tiefen Zug, der in der Lunge kratzte, obwohl Ralf-Jochen dort beim Rauchen von normalen Zigaretten kaum noch etwas spürte. Wenn ihm mal jemand eine Light angeboten hatte, empfand er beim Rauchen maximal die Wärme der eingesogenen Luft, vorausgesetzt die Außenluft war kühler. Ralf-Jochen räusperte sich. Das Gefühl war angenehm. Er saugte noch einmal kräftig am Joint und musste dabei an die Wirtin in Recife denken, die als Nichtraucherin vom Gefühl des in die Lungen einströmenden Rauchs geschwärmt hatte. Er

218

inhalierte den Rauch lange und presste noch mehr Luft hinterher, die er durch die Nase einsog. Sein Brustkorb wurde jetzt leicht, als herrsche darin eine weite Leere. Die wochenlange Beklemmung wich erlösender Leichtigkeit. Er nahm noch einen Zug, von dem er nichts mehr spürte, auch nicht den Druck, den das Füllen der Lungen beim Einatmen normalerweise hinterließ. Die undefinierbare Schwere, die permanent auf seiner Brust lastete, verschwand plötzlich und spurlos.

Nach ein paar Minuten begann Ralf-Jochens Sichtfeld zu flackern, als würde er von unten durch eine wellige Wasseroberfläche in die Sonne sehen. Er schloss die Augen, aber die gelblichen Wellenlinien blieben und raubten ihm Orientierung und Gleichgewicht. Er konnte die Augen nicht wieder öffnen, da ihn dann ein Brechreiz überkam, dem er sich nicht hingeben wollte. Er tastete nach dem Auto und ließ sich in die Hocke fallen, so dass sein Rücken an der Karosserie abgestützt war. Die unförmigen Konturen bewegten sich weiter vor seinem inneren Auge. Jetzt wo er sicher saß, fand er sie phantastisch schön. Eine gedankenlose Freude stellte sich ein, ohne dass er sich wie sonst zwingen musste, an etwas Schönes denken, um die negativen Gefühle zu vertreiben. Das tat er immer, wenn er einzuschlafen versuchte, aber es gelang fast nie und er schlief irgendwann mit den peinlichsten Erinnerungen ein, die auch in seine Träume überschwappten. Nein das freudebringende Schöne war jetzt einfach da, ohne dass man es herbeidenken musste.

Als er im Staub neben seinem Auto aufwachte, dämmerte der Morgen bereits. Ralf-Jochen fühlte sich fantastisch. Er klopfte seine Klamotten notdürftig ab, wobei die rote Erde aber nachhaltige Spuren hinterließ. Das Zucken in seinem Auge war verschwunden. Er konnte sich nicht erinnern, geträumt zu haben und auch kein schlechter Nachhall, wie ihn seine Albträume sonst immer hinterließen, war zu spüren. Er setzte sich ins Auto und fuhr los. Niemand war zu sehen gewesen, Ralf-Jochen kontrollierte noch einmal seine Taschen, alles war da. Wie er es beim Anmieten des Autos geplant hatte, fuhr er beschwingt in den Sonnenaufgang, bis ihn das grelle Licht zu sehr zu blenden begann und er auf einer Höhe anhielt und auf einen kleinen Felsen kletterte. Nur kurz konnte er den Augenblick genießen, dann kamen die Gedanken wieder. Wie immer drehten sie sich um das, was misslungen war und misslingen würde. Wie sollte man auch daran denken, was einem Gutes zustoßen konnte? Immer gab es Tausende von Möglichkeiten, wie alles den Bach heruntergehen und nur eine wie alles gut werden konnte. Wie sollte man nur alles das Negative, das passieren konnte und jeden Tag passierte aus seinem Denken herausbekommen? Ignoranten mussten glückliche Menschen sein.

Er musste wieder in sein Postfach sehen, hatte aber keine Ahnung, wo er sich befand. Er fuhr einfach weiter und hoffte, irgendwann wieder in eine bekannte Gegend zu gelangen. Unruhig brachte er Kilometer um Kilometer hinter sich. Der Asphalt der Straße wurde immer bröckeliger. Er versuchte sich in den Kopf zu hämmern, dass das nichts zu bedeuten habe, schließlich wechselte der Straßenbelag des öfteren von gut zu schlecht und auch wieder umgekehrt. Diesmal aber kehrte sich die Entwicklung nicht um. Aus bröckeligem Asphalt wurde eine Mischung aus Sand und Asphaltbrokken, die schließlich in reinen Sand überging, der immer steiniger und unebener wurde. Ralf-Jochen bekam Angst, sich festzufahren. Was würde er dann nur tun? Seit etwa einer Stunde war ihm kein Auto mehr entgegengekommen. Der Tank war noch fast halbvoll, aber ob hier in absehbarer Zeit eine Tankstelle auftauchen würde, war unsicher. Ralf-Jochen fuhr die Gänge jetzt nicht mehr aus, um Benzin zu sparen. Schnell konnte er ohnehin nicht fahren, da er sonst mit dem Unterboden auf die Steine aufsetzte. Er überlegte, wann er die letzte Tankstelle gesehen hatte und ob er mit dem Tankinhalt dorthin zurückkommen würde, aber weder konnte er die Distanz einigermaßen sinnvoll abschätzen, noch die Strecke, die er mit seinem Tankinhalt würde zurücklegen können.

Er musste an die immer wieder auftauchenden Meldungen von in der Wüste Verschollenen oder im Fels Eingeklemmten denken, die überlebten, indem sie ihren eigenen Urin tranken um nicht zu verdursten oder sich ein Körperteil abschnitten, um sich aus der Falle zu befreien. Konnte man sich in einer solchen Situation nicht einfach der Bewusstlosigkeit hingeben und würdevoll von dieser Welt gehen? Nein, wahrscheinlich trieb einen die nackte Angst vor dem Tod in die erniedrigendsten Verhaltensweisen. Immerhin wurden diese - wenn derjenige überlebte - in der Presse als heldenhafter Kampf geschildert und gefeiert, solange die Betroffenen sich dabei an ihrem eigenen Körper vergingen und nicht an dem von etwaigen Mitreisenden.

Schließlich kam Ralf-Jochen zu einem Fluss, über den eine Brücke führte, die aus Doppel-T-Stahlträgern bestand, welche auf beiden Seiten zu einem Trapez mit dreieckigen Verstrebungen zusammengenietet waren. Die Fahrbahn setzte sich aus Holzbohlen zusammen, die quer über den unteren Trägern lagen und ursprünglich mit Bolzen darin verankert gewesen sein mussten, deren Köpfe aber größtenteils abgenutzt oder weggerostet waren, die meisten waren herausgefallen, so dass nur noch die Löcher in dem abgefahrenen Holz zu sehen waren, in denen sie einmal gesteckt hatten. Ralf-Jochen stieg vor der Brücke aus und überlegte, ob er sich trauen sollte hinüberzufahren. Er setzte sich wieder ins Auto und wollte umkehren. Schließlich hatte er etwas zu erledigen und diese Straße würde ihn sicher noch weiter vom Weg abbringen und kaum in bekannte Gefilde zurückführen.

Andererseits würde wahrscheinlich wieder keine Nachricht im Postfach sein oder noch schlimmer eine negative. Es gab Reifenspuren im Sand vor der Brücke, es mussten also noch vor nicht allzu langer Zeit Fahrzeuge hier entlang gekommen sein. Ralf-Jochen startete den Motor und lenkte den Wagen langsam über die rumpelnden Holzbohlen. Links von ihm lag jetzt das Tal eines kleinen Flüsschens, das einige hundert Meter weiter aus einem Wasserfall kam, der höher lag als die Brücke. Die darrüberliegende Ebene war deshalb nicht zu sehen. Die Sandstraße führte in Schlangenlinien hinunter ins Tal, wo es einige ärmliche Häuser gab, von denen man nur die mit Flechten bewachsenen halbrunden Dachziegel sah und die von kleinen Feldern umgeben waren, auf denen Mais, Papaya und andere Pflanzen wuchsen, die Ralf-Jochen von hier aus nicht erkennen konnte.

Er fuhr durch die enge Straße an den Häusern vorbei. Es passte gerade ein Auto auf diese Straße und da die Fußwege eigentlich nur aus einem etwas breiteren Borstein bestanden musste er aufpassen, dass er nicht mit den Spiegeln die Häuserwände streifte. Kein Mensch war zu sehen. Er hatte Durst und als ein Haus mit einem kleinen Tresen zu sehen war, überlegte er, ob er anhalten sollte, um nachzusehen, ob es so etwas wie ein Laden war. Er fuhr zunächst weiter, weil man ihn in dieser Gegend sicher misstrauisch beäugen und unangenehme Fragen stellen würde. Schließlich endete die Straße am steinigen Flussbett. Ralf-Jochen lenkte das Auto zurück und sah jetzt an dem Haus mit dem Tresen ein Schild einer Getränkefirma. Wenn man aus der anderen Richtung kam, sah alles anders aus, die Perspektive machte die Wirklichkeit. Was waren das nur für Zeiten, in denen man nie den gleichen Weg zweimal ging und die Reiseführer und Ratgeber unseren Weg durch Urlaub und Leben so planten, dass man die andere Seite nie zu sehen bekam? Schlimmer war, dass der eigene Kopf sich diesem Schema anpasste. Überall gewann man Zeit, aber wofür? Es waren gewinnreiche Zeiten mit so großen Verlusten, ein Zugewinn ohne Profit.

Diesmal siegte der Durst über die Zweifel und Ralf-Jochen hielt am Kiosk an. Er erinnerte sich an eine Gewohnheit seines Freundes Chris und regelte langsam die Lautstärke des Radios herunter, bevor er es ausschaltete, so dass es klang, als sei der Titel langsam ausgeblendet worden. Woher nahm Chris nur die Zeit für solche Rituale? Vielleicht schöpfte er gerade daraus die Kraft, das alles zu überstehen. Ralf-Jochen stieg aus und bestellte eine Limonade, die in einer schmierigen zerkratzten Glasflasche mit einem Trinkhalm serviert wurde.

Der alte Mann hinter dem Tresen stellte keine Fragen und beachtete seinen Gast auch sonst nicht weiter. Es war heiß und die Flüssigkeit drang beißend kalt in Ralf-Jochens Mund ein. Er fühlte, wie die Kälte in sein Gehirn aufstieg und einen stechenden Druck verursachte. Mit den Fingern presste er seine Augenbrauen an der Nasenwurzel zusammen, um einen Gegendruck zu erzeugen, aber als er losließ wurde das Gefühl in seiner Stirn nur noch schlimmer. Er konnte nicht anders, als sich vorzustellen, wie sich Eiskristalle im Gehirn bildeten und die Zellen zerstörten. Von diesem Problem beim Einfrieren reicher Amerikaner hatte er einmal in der Wissenschaftsbeilage seiner Zeitung gelesen. Er musste seine Hand wieder auf die Stirn pressen und wusste nun nicht mehr, ob der Schmerz noch vom kalten Getränk kam oder von der Vorstellung der von kleinen scharfkantigen Kristallen zerstochenen Zellwände. Er kannte dieses Druckgefühl noch aus seiner Kindheit. So hatte es sich angefühlt, wenn er zu gierig Eis in sich hineinstopfte. Er überlegte, wann er das letzte Mal ein Eis gegessen hatte. Fünf Jahre war es bestimmt her.

Auch jetzt hatte er keine Lust dazu, obwohl er an der Wand des Ladens ein Schild sah, das besagte, man könne hier auch Eis kaufen. Aber Ralf-Jochen war froh, dass der Druck von der kalten Brause in seinem Kopf allmählich nachließ. Außerdem war das Eis an solchen Verkaufsstellen oft selbstgemacht. Hier in der Einöde war es das mit Sicherheit. Dazu wurde meist kein Mineralwasser verwendet und auch wenn die Einheimischen das

Leitungswasser ohne Probleme tranken, war Ralf-Jochen damit vorsichtig. Durchfall konnte er jetzt nicht gebrauchen. Wann konnte man das schon? Aber wenn man unterwegs war, war es das schlimmste, das einem passieren konnte. Ralf-Jochen passierte das oft. Als Kind musste er häufig vom Schulweg noch einmal zurückkehren auf die heimische Toilette. Besonders wenn die Aussätzigen ihm wieder einmal zugesetzt hatten, spielte seine Verdauung an den darauffolgenden Tagen verrückt. Aber es war keine Ausrede, um sich vor der Schule zu drücken. Er war kein Simulant, der Durchfall war wirklich da. Hier in der Einsamkeit konnte man sich wenigstens noch hinter einen Strauch setzen. Aber in der Stadt ging das nicht. Jeder Schritt wurde zur Qual und mit jedem Schritt wurde die Not größer und die Angst, es nicht mehr bis nachhause zu schaffen. Hier hatten sie wahrscheinlich nicht einmal Leitungswasser und nahmen für die Eisherstellung das aus dem Flüsschen, das hier im Tal breit aber flach vor sich hinsickerte. Nein, Ralf-Jochen wollte jetzt kein Eis essen.

Im Laden sah er eine altmodische Mikrofonstation von der aus ein Kabel die Wand hinauf zu einem trichterförmigen grauen Lautsprecher führte. Der Ladenbesitzer verkündete hier wohl die neuesten Nachrichten. Ein Überbleibsel aus alten Zeiten dachte Ralf-Jochen, denn inzwischen sah man auf alten Häusern – so klein und ärmlich sie einem auch vorkommen mochten – riesige Satellitenantennen. Die Zeiten, in denen diese Gegend vom Strom der Nachrichten abgeschnitten war, schien zuende gegangen zu sein. Das Staatsfernsehen war nach der Diktatur abgeschafft worden. Die Nachrichten konzentrierten sich jetzt auf inländische Ereignisse, angereichert mit dem Klatsch und Tratsch der Reichen und Geschönten. Zeitungen konnte man hier sicher keine kaufen, Klatschblätter existierten ohnehin nicht, wahrscheinlich konnte in Großteil derjenigen, die sich für solcherart Nachrichten interessierten ohnehin nicht lesen.

Ralf-Jochen sah sich den Wasserfall an. Die Wassermenge, die dort etwa 30 Meter hinabstürzte, schien viel größer zu sein als das, was hier unten an ihm vorbeifloss. Auf der linken Seite des Falls führten zickzackförmige Schrägen im braunen Fels hinauf. Von dort oben aus musste man eine gute Sicht auf den Wasserfall und die Umgebung haben. Ralf-Jochen spürte einen Impuls, dorthin zu gehen. Warum suchten wir nur immer nach einer Aussicht? Ralf-Jochen erinnerte sich, dass man zwischen dem Rummelsburger Gefängnis, in dessen Nähe er eine Zeit lang gewohnt hatte und der gegenüberliegenden Bucht einen engen Streifen voller Pappeln gepflanzt hatte. Pappeln wuchsen schnell und versperrten den Gefangenen den Blick auf das Wasser. Man hatte ihnen diesen Anschein der Freiheit wohl nicht gegönnt. Ralf-Jochen wollte sich das Freiheitsgefühl in diesem Moment nicht nehmen lassen, mochte es auch nur eine Illusion sein. Ihn konnte niemand daran hindern, dort hinaufzusteigen. Er fuhr wieder bis zum Ende der Straße, wo er das Auto auf einer kleinen Felsplatte abstellte, die bis ins Wasser hineinragte. Spurrillen verrieten, dass die Stelle des öfteren als Parkplatz genutzt wurde.

Diesmal war niemand zu sehen. Ralf-Jochen ging einen schmalen steinigen Pfad entlang, der sich parallel zum Flussbett stromaufwärts bewegte. Die Steine waren rundgeschliffen, es gab also Zeiten, in denen das Wasser auch hier entlangfloss. Er kam zu einem Zaun, der aus in die Erde gesteckten kinderarmdicken Ästen bestand, die mit Stacheldraht verbunden waren. Er reichte bis nahe ans Flussbett heran, dort auf den wackeligen teils scharfkantigen Steinen vorbeizulaufen kam Ralf-Jochen gar nicht in den Sinn. Er wusste nicht, ob es ihm zu gefährlich war oder nur zu unbequem, jedenfalls würde er es nicht tun. Die Wanderung schien zuende bevor sie richtig angefangen hatte. Aber an der zum Fluss hin gelegenen Seite des Zauns gab es eine Öffnung, gerade breit genug, sodass ein Mensch passieren konnte. Die Pfosten-Äste des Durchgangs waren dicker als die anderen und zusätzlich mit Stacheldraht umwickelt. Es konnte sich bei der umzäunten Fläche nur um eine Weide handeln, deren schmaler Ausgang als Schutz vor der Flucht von Rindern diente. Allerdings waren keine Tiere zu sehen. Ralf-Jochen beschloss weiterzugehen und musste aufpassen, dass er sich seine Sachen nicht am Stacheldraht zerriss. Der Pfad führte weiter am Fluss entlang. Große vertrocknete Fladen bestätigten jetzt die Anwesenheit von Kühen, auch wenn sie immer noch nicht zu sehen waren.

Plötzlich hörte er hinter sich jemanden rufen. Sein Herzschlag begann sofort unregelmäßig zu werden. Er drehte sich nicht um und ging schnellen Schrittes weiter. Trotzdem kamen die Rufe näher und sein Herz überschlug sich hastig. Er konnte nicht mehr geraden Schrittes weitergehen, blieb deshalb stehen und tat so, als wenn er die Rufe nicht hörte oder zumindest nicht auf sich bezog, indem er mit der Handfläche die Augen vor der direkten Sonneneinstrahlung schützend in Richtung Wasserfall sah. Die Hand zitterte dabei so sehr, dass er sie schnell wieder herunternahm und wie durch Zufall in die Runde sah und dabei auch die Richtung tangierte, aus der die Rufe kamen. Dort sah er nur noch zwanzig Meter entfernt drei Jungen auf sich zukommen. Hektisch überlegte er, ob die Geldreserven auch gut in seinem Unterhosenbeutel untergebracht waren.

Das war der Fall, nur hatte er vergessen, nach dem letzten Tanken den losen Vorrat in den Taschen seiner Shorts aufzufüllen. Um das nachzuholen, war es zu spät, die Drei würden ihn in der Hose hantieren sehen und ihn dort durchsuchen. Er hatte in einer Psychologievorlesung gehört, dass man wenn man den Verdacht habe, man könnte überfallen werden, die Täter direkt ansprechen solle, um sich eine Stimme und ein Gesicht zu geben und so vom namenlosen Opfer zu einer Person zu werden, bei der die Hemmschwelle, ihr etwas anzutun wesentlich größer war. Ralf-Jochen überlegte, was er sagen könne, ihm fiel aber wie immer nichts angemessenes ein und als die Jungs bereits vor ihm standen versuchte er lächelnd die Hand wie zum Gruß an den Kopf zu heben. Die Drei erwiderten seinen Gruß halbherzig und fragten ihn nach Geld für etwas zu trinken. Wieder bekam er kein Wort heraus.

Wie konnte er nur so nachlässig sein? Hätte er jetzt ein paar kleine Scheine in der Tasche, würde er sie herausgeben und die Gang würde verschwinden. Jetzt würden sie sich entscheiden, ihm etwas anderes abzufordern und wenn kein Geld da war und auch sonst keine materiellen Güter, dann würde es persönliches Leid sein, mit dem er bezahlte. Vielleicht fanden sie dabei auch noch das

228

Geld und den Autoschlüssel und er stand wirklich ohne alles in der Einöde. Vielleicht würde er dann einfach seinen Weg nach oben fortsetzen und von der Fallkante dem Wasser hinterherstürzen. Das wäre ein würdevoller Tod, zumindest, wenn es schnell geschah und ohne, dass man wartete, bis sich Menschen und Medien unten versammelten und das Ganze theatralisch in Szene setzte, aber das war hier ohnehin nicht möglich.

Die Jungs dachten offensichtlich, er verstehe sie nicht und machten eindeutige Zeichen für Geld und Trinken. Ralf-Jochen konnte nur andeuten, dass er leider nichts in den Taschen habe, weil er nur zum Wasserfall wolle. Wahrscheinlich half ihm die Angst, seinem Gesichtsausdruck den Eindruck ehrlichen Bedauerns zu geben. Er bedauerte die Situation auch wirklich zutiefst, nicht weil die Drei nun nichts zu trinken bekamen, sondern weil er sich die einfache Möglichkeit verbaut hatte, sie mit ein wenig Kleingeld wieder loszuwerden. Jedenfalls nickten die Jungs verstehend und sagten noch ein paar Mal, der Wasserfall wäre wirklich schön, bevor sie verschwanden. Vielleicht war es auch der Stolz darauf, in dieser Gegend zu wohnen, die zu sehen Ralf-Jochen den weiten Weg in der Nachmittagshitze auf sich genommen hatte, der sie veranlasste, von ihm abzulassen.

Als die Jungs außer Sichtweite waren, füllte Ralf-Jochen seine Hosentaschen wieder mit ein paar kleinen Scheinen auf. Die meisten waren abgegriffen, viele sogar regelrecht zerfleddert. Das tropische Klima setzte dem Papier offensichtlich zu und wahrscheinlich wurden die Noten auch nicht so oft von der Zentralbank ausgetauscht wie in Europa. Auch benutzte kaum jemand ein Portemonnaie. Ralf-Jochen hatte beobachtet, dass Männer die Scheine oft zusammenrollten und in ihren Socken aufbewahrten. So waren die Scheine auch in der Trockenzeit den feuchtwarmen Tropen ausgesetzt. Die Münzen waren eher unbeliebt. Ab einem Real wurden die Scheine bevorzugt. Die kleinsten Geldstücke zu einem Centavo wurden nie benutzt, an der Kasse wurden die Preise einfach aufgerundet. Die anderen Münzen wurden in der Hosentasche aufbewahrt und wenn man sie beim Nachhausekommen noch nicht ausgegeben hatte, oft beim Ausziehen in ein großes Glas geworfen. So herrschte immer Knappheit an Kleingeld. Die brasilianische Zentralbank hatte bereits vor einigen Jahren neue Münzen eingeführt, die alten blieben aber weiterhin gültig, weil man der Sammelfreude der Bevölkerung mit der Produktion nicht nachkam.

Ralf-Jochen ging weiter, bis er zu dem in den roten Sandstein gehauenen Aufstieg kam. Er schwitzte unheimlich, hier aber war es schattig, da die Sonne hinter dem Wasserfall stand. Er setzte sich auf einen großen Stein und beobachtete das tosende Auftreffen des Wassers in der kleinen Senke, die sich hier unten gebildet hatte. Hier gelang es ihm sich abzukühlen. Manchmal schwitzte er auch weiter, wenn er vom Warmen ins Kühle kam. Besonders am Kopf rann ihm das Wasser oft regelrecht aus den Poren. Er strich dann die Tropfen vom Nacken und verwurstelte in seinen Haaren, aber die konnten die Feuchtigkeit nur ungenügend aufnehmen, weshalb sie ihm bald den gesamten Oberkörper entlang hinunterlief und sich am Hosenbund sammelte. Er vermutete, dass ihn diese unangenehme Situation, auf die er sich dann unwillkürlich gedanklich konzentrierte dazu brachte weiterzuschwitzen, auch wenn er der Hitze bereits entkommen war. Dann wurde es besonders schlimm, denn der Schweiß verdunstete noch langsamer und durchnässte seine Sachen, die kalt an seinem Körper klebten. Auch der Winter verbesserte Ralf-Jochens Situation nicht: Wenn er sich warm genug anzog, sodass der kalte Wind sich nicht auf seine Bronchien legen und den nicht enden wollenden Husten bringen konnte, dann begannen die Schweißströme zu fließen, sobald er den Eingang zur U-Bahn betrat, die ihn zur Arbeit brachte. In den überheizten und überfüllten Wagen wurde es dann unerträglich. Er fühlte die Blicke der anderen Fahrgäste auf seinem schweißbedeckten Gesicht, was ihm noch heißer werden ließ. Die an den Haaren ausgekühlten Tropfen prasselten in seinen glühenden Nacken liefen sich wieder erwärmend den Rücken hinunter. Er hatte sich angewöhnt, im Winter ständig ein neues T-Shirt bei sich zutragen, dass er dann auf der Arbeit angekommen in der Toilettenkabine gegen das in der Bahn nassgeschwitzte wechselte.

Diesmal schwitzte er nicht weiter. Wahrscheinlich lenkte ihn die Wucht, die er beim Aufprall des Wassers förmlich spüren konnte, von seiner eigenen körperlichen Situation ab. Vielleicht kühlte auch der feine Wassernebel, der sich bei diesem Zusammentreffen bildete und ihn umfing, zusätzlich seine Haut herunter. Donnern und Rauschen vereinten sich hier zu einem unentwirrbaren Klangteppich, der die Sinne betäubte. Bedrohlich wirkte diese Naturgewalt und gerade deshalb anziehend. Hier konnte man sich der eigenen Unbedeutendheit vergewissern, was Ralf-Jochen zu einigen Momente der Ruhe und Gelassenheit verhalf.

Er ließ sich eine Zeit lang von dem Schauspiel ergreifen. Dann aber musste er zur Quelle dieser unglaublichen Kraft aufsteigen. Die Sonne stand immer noch hinter der Fallkante, sodass die Felswand mit dem serpentinenförmigen Aufstiegsweg im Schatten lag. Ralf-Jochen erklomm sie schneller als er gedacht hatte. Zumindest kam es ihm so vor, als hätte er eben gerade noch dort gestanden, wo er jetzt hinuntersah. Von hier oben sah das Ganze weniger spektakulär aus. Ein Wasserkraftwerk versperrte den Blick auf die Ebene, aus der sich Fall speisen musste.

Am Auslauf stand ein Mann und entschuppte die Fische, die sich in den Gittern vor den Turbinen verfangen haben mussten. Als er Ralf-Jochen sah, bedeutete er ihm mit eindringlichen Gesten, dass er hier nicht sein dürfe. Der nickte nur kraftlos und machte sich an den Abstieg. Die ganze Energie, die er gespürt hatte, war wieder verflogen. Er fühlte sich wie zuvor leer und erschöpft und musste daran denken, was wäre, wenn seine Pläne mit Roberta nicht aufgingen. Oder vielmehr dachte er daran, dass er keine Ahnung hatte, was dann werden sollte. Nachdem er sich von dem Gedanken verabschiedet hatte, die Welt verändern und bereichern zu können, was blieb ihm da noch? Er erinnerte sich wieder an die Pappeln zwischen dem Gefängniskomplex und der Rummelsburger Bucht. Vor seinem inneren Auge verschmolzen sie mit den Stacheldrahtzäunen zu einem unüberwindlichen Gittergewebe.

Er musste sich der Wahrheit stellen und endlich zu seinem Schließfach kommen. Es wurde jetzt bald Abend und lange konnte er nicht mehr fahren. Er wusste nicht, wo er sich befand und hatte auch keinen Mut, irgendwo zu fragen. Die Straße war ohnehin zuende und er konnte gar nicht anders, als über die alte Brücke zurückzufahren. Er stieg dort noch einmal aus dem Auto und sah ins Tal hinunter. Er versuchte tief durchzuatmen und die Kraft wieder aufzunehmen, die er beim Aufstieg empfunden hatte. Es gelang ihm nicht. Aus dem grauen Lautsprecher am Laden ertönte die Stimme einer jungen Frau. Er hatte sie beim Vorbeifahren gesehen und etwas weiter angehalten, um zu hören, was sie dort verkündete. Es waren Hinweise zum Umgang mit Kindern und ihren Krankheiten. An einem verwitterten Banner las er, dass heute der Tag der Gesundheit war. Wahrscheinlich hatte die Universität ihre Medizinstudenten ins Hinterland ausgeschickt, um mit ihren Informationen die Kindersterblichkeit zu senken. Aufklärung war sicher nötig, dachte Ralf-Jochen, aber ohne Fachpersonal vor Ort musste die Wirkung wohl sehr beschränkt bleiben. Er fuhr in Gedanken versunken weiter. Wenn er an eine Abzweigung kam, nahm er den Weg, dessen Straßenbelag ihm besser erhalten schien. Orientierung, in welche Richtung er sich begeben musste, hatte er keine mehr. Erst als die Sonne begann, sich zu senken, konnte er bestimmen, wo sich das Meer befinden musste und hielt sich von nun an in dieser Richtung, denn am Meer verliefen die besten Fernstraßen, dort konnte er sich orientieren und würde wieder zurückfinden.

Es wurde dunkel und er hatte das Meer noch nicht erreicht. Über sandige Straßen schaukelte er durch die Einöde. Längst hatte er die durch den Sonnenuntergang gewonnene Orientierung wieder verloren. Er würde solange fahren müssen, bis er an ein Hotel käme. Der Zeiger der Benzinanzeige rutschte immer weiter nach unten und Ralf-Jochens Puls stieg dementsprechend. Er war jetzt mit dem Gesicht dicht hinter die Scheibe gerückt, als könne er dadurch den Abstand zwischen sich und der nächsten Tankstelle verringern. Endlich zeigten sich ein paar Häuser am Straßenrand. Bald kreuzte eine breitere Straße, auf die Ralf-Jochen einbog. Niemand war zu sehen, die üblichen Werkstätten am Straßenrand waren bereits geschlossen. Endlich sah er eine Tankstelle, als schon der Motor anfing zu stottern. Als er ausging und das Auto bremste, trat Ralf-Jochen die Kupplung durch und rollte bis zur Einfahrt, wo er aus dem Auto sprang und ohne Anstrengung zu spüren, die rechte Hand das Lenkrad drehend, die linke an der Türsäule, das Auto vor die Zapfsäule schob.

Seine Hände zitterten so sehr, dass er Schwierigkeiten hatte, den Tankdeckel zu öffnen. Sogar um den Betankungsstutzen in die Öffnung zu bringen, musste er ihn mit beiden Händen halten. Welche Erleichterung, als das Benzin endlich floss! Ralf-Jochen atmete tief durch und hinter den stechenden Ausdünstungen, die aus dem Tank strömten, roch er das Meer. Er musste instinktiv doch in die richtige Richtung weitergefahren sein. Jetzt würde alles gut gehen. Er würde die Nacht über fahren, wenn er es bis hierher geschafft hatte, wäre das auch kein Problem.

Mit vollem Tank bog er auf die Küstenstraße ein. Er stieg kurz aus, um das Meer zu betrachten und dadurch seinen Herzschlag zu beruhigen. Er dachte daran, dass er wieder unwillkürlich den Schlüssel herumgedreht und damit Motor und Musik abrupt ausgeschaltet hatte. So wie Chris würde er wohl niemals werden. Mit dieser inneren Ruhe musste man wahrscheinlich geboren worden sein. Dann fuhr er viele Stunden, immer an der Küste entlang. Nicht immer konnte man das Wasser sehen, aber Ralf-Jochen behielt die Orientierung und kam immer wieder zum Meer zurück. Schließlich schimmerte am Horizont die gelbliche Glocke einer Großstadt. Als er einfuhr, erkannte er, dass es Recife war. Jetzt würde er den Weg zurück finden, noch drei Stunden trennten ihn von seinem Ziel. Obwohl er müde war, hielt er nicht in diesem Moloch an. Die Gedanken an den Überfall ließen ihn sogar noch mehr auf das Gaspedal drücken, als auf der Landstraße, bis ihm bewusst wurde, dass er sich, wenn er so an einer Polizeistreife vorbeifahren würde, eine Menge Ärger einhandelte. Obwohl niemand auf der breiten Küstenallee zu sehen war, drosselte er deshalb seine Geschwindigkeit.

Als der Morgen graute, erreichte er das Ziel. Wenige Minuten später war es hell. Er steuerte auf das Cajú zu. Die Post hatte sicher noch nicht geöffnet. Er legte sich ein paar Worte zurecht, mit denen er der zu erwartenden Frage des Portiers nach seiner langen Abwesenheit begegnen konnte, ohne dass Platz für Nachfragen bleiben würde. Aber der Mann grüßte nur schläfrig und drehte sich wieder nach hinten, wo er wahrscheinlich die Augen geschlossen hielt.

Ralf-Jochen saß in seinem Zimmer und seine Anspannung stieg. Ein leichtes Stechen in der Herzgegend kündigte sich an. Ralf-Jochen konzentrierte sich darauf und wurde noch angespannter. Er musste losgehen, erfahren was in dem Brief stand, den er in seinem Postfach finden würde. Er stand auf und setzte sich gleich wieder hin, schaltete den Fernseher ein und starrte auf die schnell wechselnden Bilder, war aber nicht in der Lage, irgendetwas davon aufzunehmen. Komischerweise beruhigte ihn das aufgeregte Flattern von Bild und Ton. So saß er eine ganze Weile, bis er wieder seinen Mut zusammennahm und aufstand. Er ging schnell hinaus, um nicht wieder in Versuchung zu kommen, sich hinzusetzen. An der Rezeption angekommen war er sich plötzlich unsicher, ob er seine Zimmertür richtig verschlossen hatte. Er drehte um und kontrollierte den Zustand, wobei er noch ein zweites Mal herumschloss. Diesmal drehte sich der Portier gar nicht um und Ralf-Jochen ging leise weiter, um ihn nicht doch noch aufzuscheuchen. Jetzt überkamen ihn Zweifel, ob er eben nicht in die falsche Richtung geschlossen, also statt zum zweiten Mal abzuschließen wieder aufgeschlossen hatte. Obwohl er kaum etwas im Zimmer aufbewahrte, konnte er nicht anders als noch einmal zurückzugehen und die Tür zu kontrollieren. Wieder beim Portier angekommen musste er diesen Impuls erneut unterdrücken. Alles in Ordnung, jetzt aber zur Post, sagte er sich.

Wieder musste Ralf-Jochen beide Hände zu Hilfe nehmen, um das Zittern abzumildern und hatte trotzdem Schwierigkeiten, den Schlüssel in das Schloss seines Postfaches zu bugsieren. Als es ihm gelang und er den Umschlag sah, der darin lag, musste er zunächst tief durchatmen, bevor er ihn herausholen konnte. Jetzt würde sich alles entscheiden dachte er noch, als er den Brief bereits in der Hand hielt und die aufgedruckten Absenderangaben und seine mittels eines Aufklebers aufgebrachte Postfachadresse betrachtete. Erst nach einigen Sekunden begriff er, dass es sich um das von ihm für Roberta bestellte Flugticket handelte.

Noch einige Sekunden später dachte er daran, dass er nachsehen müsse, ob sich noch einzweiter Umschlag im Postfach befand und bemerkte dabei, dass er sich bereits auf dem Weg zum Ausgang des Postamtes befand, ohne sein Postfach verschlossen, noch den Schlüssel abgezogen zu haben.

Er ging zurück, beugte sich zum Postfach herunter, um hineinsehen zu können. Da es im Fach relativ dunkel war, fühlte er zur Sicherheit mit der Hand nach: Nichts. Er musste nachdenken. Konnte jemand den Brief aus dem offenen Fach genommen haben? Er stürzte auf die Straße und musste vor einem wild hupenden Auto zurückspringen. Er brauchte eine Zeit lang, um sich zu sammeln, da stand sie plötzlich vor ihm. Roberta sah genauso aus, wie er zum letzten Mal gesehen hatte.

# V

Sie umarmte ihn und gab ihm einen warmen feuchten Kuss auf den Hals. Als er schüchtern ihren Blick erwiderte, lächelte sie ihn mit traurigen Augen an und schlug die Lider nach unten, nicht abweisend, sondern eher im Einklang mit der verlegenen Röte ihrer Wangen. Er konnte sich kaum bewegen und stand steif da, weshalb sie sich auf die Zehenspitzen stellen musste, um seinen Hals mit dem Mund zu erreichen. Jetzt schob sie ihn ein Stück weit von sich weg, um ihn ausgiebig zu betrachten. „Du bist so dünn!", sagte sie. Ralf-Jochen ärgerte sich, dass er es nicht geschafft hatte, etwas zuzunehmen, bevor er Roberta wiedertraf. Gleichzeitig rührte ihn die Fürsorglichkeit, die in ihrer Stimme lag und Tränen rannen aus seinen Augen. Er umarmte sie, aber mehr aus dem Reflex heraus, seine Tränen zu verstecken, als dem Bedürfnis, sie zu umarmen. Anscheinend spürte sie das und drückte ihn wieder ein Stück weg. Wie gerne hätte er sie liebevoller umarmt! Schließlich wollte er ihr zeigen, dass sie alles für ihn bedeutete, wie er es ihr in seiner Nachricht geschrieben hatte; aber er konnte es in diesem Moment nicht. Er fühlte sich nackt und wendete seinen Kopf zur Seite.

„Was ist passiert?", fragte Roberta.

Ralf-Jochen dachte an die letzten Wochen, seine Entlassung, seine Tat, nichts davon konnte er jetzt erzählen.

„Ich wollte dich wiedersehen."

Roberta sah ihn prüfend an. Als fragte sie „Und warum wolltest du mich wiedersehen?" ließ sie ihren Blick auf ihm ruhen.

„Du musst mit mir kommen."

„Ich muss?"

„Nein, ich meine, ich bitte Dich. Bitte, lass mich nicht allein."

Roberta drehte jetzt ihrerseits den Kopf zur Seite, als wolle sie sagen: „Du hast mich schließlich alleine gelassen, nicht ich dich."

Ralf-Jochen brachte nur noch ein weinerliches „Bitte!" über seine Lippen.

„Es geht nicht" entgegnete ihm Roberta und gab sich dabei Mühe, kalt und strafend zu klingen.

Ralf-Jochen presste es den Brustkorb zusammen, als zögen unzählige Dienstmädchen mit ganzer Kraft an den Schnüren eines Korsetts, diese einzige Gelegenheit nutzend, ihrem Neid und Zorn auf ihre Herrin Ausdruck zu verleihen. Als die Umklammerung sich etwas löste, spürte er den Drang, Roberta zu fragen, warum es nicht ginge, aber auf eine bedrückend reale Weise fühlte er, dass er nicht das Recht dazu hatte.

Wieder kamen ihm die Tränen und er presste Roberta an sich, als wolle er sie für immer festhalten und somit zwingen, in seiner Nähe zu bleiben. Sie legte locker ihre Hände auf seinen Rücken und wartete ab, bis die Umklammerung sich löste. Wieder gab sie ihm einen feuchten Kuss auf den Hals und verschwand schnellen Schrittes hinter der nächsten Biegung.

Ralf-Jochen lief völlig orientierungslos über das Universitätsgelände. Die Studenten musterten ihn noch auffälliger als sonst. Er überlegte, ob er seinen Kopf unter kaltes Wasser halten sollte, aber das erschien ihm dann doch zu theatralisch. Stattdessen ging er weiter. Er lief zügig, als hätte er etwas eiliges zu erledigen. Vielleicht versuchte er so, seine Benommenheit abzuschütteln. Als er alle Wege, die es auf dem Gelände gab, zurückgelegt hatte, ging er zum Tor hinaus. Gegenüber gab es eine Kneipe, er könnte sich betrinken, aber auch das schien ihm jetzt noch nicht das Richtige. War die Situation wirklich völlig aussichtslos? Er musste nachdenken, aber vor seinem inneren Auge flakkerten nur zusammenhanglose Bilder auf wie in einem schlechten Videoclip. Roberta war da, Mutter, die Aussätzigen. Auch Glück war da, aber Angst und Schmerz überlagerten es gnadenlos, wie Bassschläge eine entfernte Hintergrundmelodie.

Er kam an einem Kiosk vorbei, auf dessen Tresen alte Kokosnüsse standen, auf deren grüner Schale sich braune Schrammen ausbreiteten. Jemand rief ihn zu sich, erst wollte er so tun, als hätte er es nicht bemerkt, er hatte aber schon instinktiv in die Richtung des Rufers gesehen, dann schnell wieder weggesehen, aber weil ihm das Gesicht bekannt vorkam, konnte er es nicht vermeiden, noch einmal hinzusehen. Es war jemand mit dem er vor etlichen Jahren hier studiert hatte. Er hatte keine Ahnung mehr, wie sein Name war und konnte sich auch sonst nicht an viel erinnern, außer dass sie sich des öfteren bei irgendwelchen Partys zugeprostet hatten. Wahrscheinlich war er als einziger seiner Bekannten von damals noch hier und wahrscheinlich war er auch immer noch an der Uni eingeschrieben und verbrachte seine Zeit mit dem Trinken. Ralf-Jochen sagte Hallo und wollte sich nach der übertrieben freudigen Begrüßung mit knallendem Handschlag schnell wieder verabschieden, wurde aber genötigt, ein Glas Bier zu trinken. Er wurde gefragt, ob er hier Urlaub mache und bejahte.

Als sich sein Gegenüber damit zufrieden gab und begann über alkoholische Getränke zu reden, bereute Ralf-Jochen die Begegnung plötzlich nicht mehr. Er erzählte, dass jede deutsche Stadt mindestens zwei Brauereien habe und man in vielen Gegenden schon zum Frühstück Bier trinke. Um keine Wertung des brasilianischen Bieres abgeben zu müssen, lobte er den brasilianischen Zuckerrohrschnaps, woraufhin ohne dass er eine Bestellung mitbekam, ein Glas an seinen Platz gestellt wurde, das sicher einen Zehntelliter der klaren Cachaça enthielt. Er erzählte, dass die Russen ihren Schnaps Wässerchen nannten und in Dosen zu einhundert Gramm tranken, wozu man kleine Spieße aus Saurer Gurke, Zwiebel und Apfel essen müsse. Viele Völker würden essen und dazu etwas trinken, bei den Russen sei es umgekehrt. Sie erhielten sich am Leben indem sie Wodka tranken und aßen dazu etwas; genauso wie die Brasilianer und viele andere arbeiteten um zu leben, während die Deutschen lebten um zu arbeiten.

Die ethnologischen Weißheiten sprudelten nur so aus ihm hinaus und als sein Gegenüber ihm mit einer neuen Alkoholgeschichte antwortete, wunderte er sich, wie er es schaffte, hier so freudig zu plaudern, so wie es ihm nur selten gelang, auch wenn ihn nicht gerade eine Schicksalsentscheidung ereilt hatte. Würde die Polizei später die Anwesenden über ihn befragen, müsste sie den Eindruck gewinnen, er sei in ausgelassener Urlaubsstimmung gewesen. Gleichzeitig fühlte er sich durchaus in der Lage, etwas zu tun, was die Polizei veranlassen konnte, solche Ermittlungen anzustellen. Während des Aufflackerns dieser Gedanken verlor er kurzzeitig den Faden des Gesprächs. Er hatte nur verstanden, dass über irgendeinen Wein geredet wurde, der aus einer Frucht gemacht wurde, die er nicht kannte. Er hatte mitbekommen, dass sein Gegenüber beim Sprechen auf das Regal an der hinteren Wand des Kiosks gezeigt hatte.

„Gib uns zwei davon", sagte Ralf-Jochen diese Bewegung wiederholend zum Verkäufer, um das Gespräch nicht abreißen zu lassen.

„Du weißt nicht, was du tust!", sprühte sein Gegenüber unter abgehacktem Lachen hinaus, nahm aber trotzdem einen Schluck aus dem Glas, das kurze Zeit später serviert wurde. Ralf-Jochens Glas war am Rand weiß verschmiert. Der Kiosk hatte sicher kein fließendes Wasser, zumindest hatte man sich wohl nicht die Mühe gemacht, das Wasser heiß zu machen und Spülmittel zu verwenden, wahrscheinlich hatte man das Glas nur mit einem feuchten Lappen abgewischt, was den weißen Fettfilm hinterließ. Er überwand sich trotzdem zu trinken und damit er nicht mehrmals ansetzen musste, leerte er das Glas in einem Zug.

„Du weißt wirklich nicht, was du tust!", prustete der Trinkkumpan jetzt nicht ohne Anerkennung in der Stimme heraus. Das spornte Ralf-Jochen an, noch ein weiteres Glas zu bestellen, obwohl das erste auf unerträgliche Weise süß und unangenehm bitter geschmeckt hatte und Ralf-Jochen diesen Geschmack eigentlich lieber mit einem Bier heruntergespült hätte. Er trank jetzt in kleineren Schlucken, die er versuchte mit möglichst wenig Kontakt zu Zunge und Gaumen hinunterzubekommen.

Schließlich war auch dieses Glas geschafft und Ralf-Jochen konnte sich endlich wieder ein Bier bestellen, um den abscheulichen Geschmack aus seinem Mund und Rachen zu spülen. Er hatte das Gefühl, dass das Bier an der gallensaftartigen Schicht, die sich in seinem Mundraum gebildet hatte einfach nur abperlte und er etwas stärkeres brauchte, um sie aufzulösen. Er bestellte sich einen weiteren Zuckerrohrschnaps, der aus einer kleinen Brennerei im Hinterland kam und über fünfzig Prozent Alkohol hatte, aber trotzdem nicht nach Fusel, sondern eher nach einer schwachen Zuckerrohrsaftlösung roch. Wenn man Farben riechen konnte, dann roch Ralf-Jochen hier das Grün der Zuckerrohrfelder. Er war doppelt so teuer wie der normale Schnaps, aber es lohnte sich. Eine angenehme warme Welle glitt seine Zunge hinab und befreite den Rachen von den unangenehmen Ablagerungen. Den nächsten Schluck drückte e mit der Zunge gegen den Gaumen, um den gesamten Mundraum zu säubern.

„Ah, ein wahrer Genießer", erkannte der Trinkkumpan. „Diese Cachaça ist wirklich die beste, die es gibt. Die kommt hier aus dem Nordosten", verkündete er stolz.

Ralf-Jochen spürte, wie ihn eine angenehme Taubheit umfing. Ein kleiner Schauer stellte ihm die Haare der Haut vom Nacken herunter bis zu den Zehen auf, dann schien er nichts mehr von seinem Körper zu spüren. Man müsste sich von seinem Körper befreien können und trotzdem weiterexistieren, so wie es alle Religionen erträumten. Warum konnte er nicht einfach daran glauben? Wahrscheinlich lag es daran, dass vor die Erlösung der Tod gestellt war, das Absterben und Verrotten des Körpers. Das Herz blieb stehen und das Gehirn registrierte langsam, wie das Blut in den Adern stockte und gerann. Auch wenn wirklich so etwas wie eine Seele existieren sollte, ein unglaublich barbarischer Vorgang. Ralf-Jochen leerte mit einem tiefen Schluck sein Glas.

Nein, die wahre Freiheit konnte es nur geben, wenn der Körper erhalten blieb, ja all die Toten wiederhergestellt und dieser erniedrigende Prozess des Sterbens rückgängig gemacht wurde. Irgendwann würde uns die Technik das erlauben. Konnte man nicht bereits Computerspeicher wieder rekonstruieren, selbst wenn sie gelöscht oder teilweise zerstört waren, konnte man nicht alte Filme, deren Zelluloidstreifen zerkratzt und teilweise verbrannt waren, wieder herstellen, als seien sie gerade gedreht worden? Aber bis es soweit war, dass man das mit den Toten tun konnte, war er sicher schon ein paarhundert Jahre unter der Erde. Trotzdem, es würde funktionieren. Aber wie würde das sein? Müsste er alles noch einmal durchleben? Das konnte nicht sein. Nein sie würden frei sein, ohne den Tod gäbe es keine Zeit mehr, dieses eiserne Korsett, das uns einschnürte und alles verhinderte, was gut sein könnte. Ralf-Jochen war in Gedanken versunken und auch sein Trinkkumpan war verstummt und sah versonnen einigen vorbeiziehenden Mädchen auf die Hintern.

Irgendwann zogen die beiden im Gespräch los und Ralf-Jochen fühlte sich bereit, die nächste Bar anzuvisieren. Er hatte einfach keine Ahnung, was er sonst hätte tun sollen. Als sie an eine ruhige Ecke kamen, fragte ihn der Trinkkumpan, ob er noch Geld habe, um Kokain zu kaufen. Ralf-Jochen hatte die Rechnung bezahlt, aber trotzdem noch genug in seinem Unterhosenbeutel. Auch hatten ihn die Enttäuschung seiner Hoffnungen und die diversen alkoholischen Getränke so gleichgültig gemacht, dass er fast alles mitgemacht hätte, was ihm vorgeschlagen wurde. Er selbst wusste nicht, warum er nicht zustimmte und stattdessen log, er habe kein Geld mehr dabei. Aber auch als der Trinkkumpan meinte, zwanzig Real würden schon reichen, um für beide etwas zu bekommen, lehnte Ralf-Jochen ab. Es ging ihm weniger um das Geld. Irgendwie gefiel ihm der Gedanke nicht, sich irgendein Pulver durch die Nase zu ziehen. Noch weniger als das konnte er sich vorstellen, sich selbst eine Spritze zu setzen. Vielleicht hatte ihn diese ästhetische Abneigung gegen die Einnahmemethoden davor bewahrt, drogenabhängig zu werden.

Dass es sich bei dem billigen Stoff nur um dreckigen Crack-Abfall handeln konnte, wurde ihm erst später bewusst. Aber auch wenn er wusste, dass dieses Zeug nicht geschnupft oder gespritzt, sondern geraucht wurde, wäre er in diesem Moment nicht darauf eingegangen, es zu konsumieren. Er hatte eine Entscheidung gefällt und keine Lust, sich überreden zu lassen. Schnell stieg er auf das nächste Motorradtaxi, erhob nur flüchtig die Hand zum Abschied, zog sich den säuerlich stinkenden Helm über und noch bevor er dem Fahrer zurufen konnte, wohin er wollte, fuhren sie los.

Ralf-Jochen genoss den heißen Fahrtwind, der ihm durch den visierlosen Helm in die Nase strömte. Der Fahrer schnitt Kurven und andere Autos und fuhr übertriebne schnell, aber das störte Ralf-Jochen jetzt nicht. Was hatte er schon noch zu verlieren? Als sie einen Berg hinunterfuhren, breitete er die Arme aus, als wolle er fliegen und tatsächlich hoben sie an einer Bodenwelle kurz ab und landeten kurz darauf so abrupt, dass Ralf-Jochen mit seinem Helm gegen den des Fahrers schlug. Er ließ einen Schrei heraus, der Fahrer rief, er solle sich beruhigen, wahrscheinlich dachte er, es sein ein Angstschrei gewesen. Aber Ralf-Jochen hatte keine Angst. Allerdings wusste er selbst nicht so genau, ob sein Schrei ein Ausdruck der Freude über den kurzen Flug oder ein Ausbruch der Verzweiflung gewesen war.

Als sie ankamen, knickte Ralf-Jochen mit dem Fuß um und verbrannte sich die Wade am Auspuff des Motorrads. Der Fahrer konnte nicht wechseln, Ralf-Jochen überließ ihm den Zwanziger, obwohl die Fahrt nur zwei Real gekostet hätte. Das kostete sie immer, unabhängig von der Strecke. Er hatte jetzt aber keine Lust, sich um Wechselgeld zu kümmern, er wollte nur noch ins Bett.

Als er am Mittag aufwachte, war das Laken, auf dem er lag völlig durchgeschwitzt. Er erinnerte sich, bereits mehrmals wach gewesen zu sein und sich gewünscht zu haben, beim nächsten Mal in einer anderen Welt aufzuwachen. Sollte er doch kommen und ihn holen, jetzt wäre eine gute Zeit. Aber er kam nicht. Ralf-Jochen drehte sich auf die andere Seite, aber der Schweißfleck war so unangenehm feuchtkalt, dass er sich hinsetzte. Ein Blitz zuckte durch seinen Kopf, erst ein Druck, dann kam der Schmerz. Ein unbeschreiblicher Schmerz. Sein Herz schlug in einem irrsinnigen Tempo und rasselte dabei hell, stolperte und überschlug sich.

Was sollte er jetzt tun? Er hatte hier nichts mehr zu tun. Er durfte nichts mehr tun. Er gehörte hier nicht her, nie hatte er das so gespürt, wie jetzt, nicht einmal, als er zum ersten Mal hier angekommen war und den fremden Geruch dieser Welt gerochen hatte. Bilder und Klänge gab es so viele, echte und künstliche, irgendwann konnte man sie

246

nicht mehr unterscheiden, aber diesen Geruch würde er nie vergessen. Aber wie konnte man ihn sich merken? Beschreiben konnte er ihn nicht.

Er musste diesen Geruch noch einmal riechen. So schnell es ging, begab er sich auf die Straße und sog die Luft ein, aber die Sonne stach ihm wie ein Dolch in die Augen und der Lärm der Motoren drohte seinen Kopf zum platzen zu bringen. Er roch nichts. Im gleichen Moment fing er unglaublich an zu schwitzen. Das salzige Wasser lief so schnell in seine Augenbrauen, dass sie es nicht aufhalten konnten und es brennend seine Augen benetzte. Das Abwischen der Brauen mit den Handrücken half nichts, auch wenn er dabei so große Tropfen abstreifte und sie mit einer wegwerfenden Bewegung auf den heißen Boden schleuderte, wo sie sofort verdunsteten. Er fühlte, wie er innerlich austrocknete und dass er unbedingt etwas trinken musste.

Er trank eine Kokosnuss von einem Stand in der Nähe und schaffte es anschließend gerade noch so, sein Zimmer zu erreichen, aber nicht mehr dessen Toilette. Die befleckte Unterhose samt Shorts warf er gleich in den Mülleimer neben der Kloschüssel, nahm dann aber den darin befindlichen Plastikbeutel heraus und knotete ihn zusammen. Er duschte ausgiebig, nicht weil es ihm Freude bereitete, sondern weil er nicht wusste, was er tun sollte, wenn er aus der Dusche gestiegen war.

Zuerst musste er diesen unangenehmen Plastikbeutel loswerden. Er zog seine nun einzige Hose an und ging hinunter. Es fühlte sich an, als würde er aus allen Richtungen beobachtet und er rettete sich in das Auto. Die Küstenstraße hinunter wurden der Strand und die Promenade immer leerer.

Um so weniger Menschen er sah, desto besser fühlte sich Ralf-Jochen. Als in einer Biegung niemand zu erblicken war, hielt er an einem der grünen Plastik-Müllbehälter an und warf den Beutel aus seinem Bad hinein. Jetzt wurde er noch ruhiger. Die Straße führte jetzt eine Steilküste hinauf. Er hielt auf einem Parkplatz direkt am Abgrund, stieg aber nicht aus. Er ließ Motor und Klimaanlage weiter laufen, er fand keine Kraft in der Mittagssonne auszusteigen. Stattdessen fuhr er weiter auf der Küstenstraße herum, bis es Abend wurde. Es kühlte sich ab und Ralf-Jochen machte sich auf den Weg zum Hotel.

Er schaltete das Radio ein, es lief einer der üblichen frivolen Songs, bei denen der Sänger bekennt, dass sein Vater sich oft an dem Hühnchen der Nachbarin zu schaffen machte, was man auch mit „an dem Hühnchen von Nachbarin" übersetzen konnte. Im Fernsehen tanzten dazu leicht bekleidete Frauen und Männer in eindeutigen Posen, die eher an Aerobic erinnerten, als an das Tanzen. Trotzdem ließ Ralf-Jochen den Song laufen. Irgendwie empfand er beim Hören doch etwas ursprüngliches, echtes, auf seine Art nicht falsches. Die Einfachheit der Musik stimmte ihn milde, der Hass und die Enttäuschung wichen für kurze Zeit aus seinem Herzen.

An den nächsten Tagen legte Ralf-Jochen mehrere tausend Kilometer zurück. Er hatte keine Ahnung, was er sonst tun sollte, als mit dem Auto herumzufahren. Es verschaffte ihm eine Pause von den Gedanken, die unendlich scheinende Weite der Landschaft öffnete ihm das Herz. Es schlug im Rhythmus der Musik, die er beim Fahren hörte. Abends betrank er sich meist, um schlafen zu kön-

248

nen. Das Aufwachen war das Schlimmste. Wenn er erst wieder im Auto saß, war alles wieder gut. Er würde einfach fahren und trinken, bis sein Flug ging und alles andere vergessen. Aber im Schlaf kam es doch wieder. Deshalb musste das Aufwachen besonders schnell gehen, dann vergaß man schnell die Geister der Nacht.

Die Tage bis zu seinem Abflug zogen sich trotz des Trinkens und Fahrens zäh dahin. Einerseits fieberte er dem Datum seiner Abreise entgegen, nur eine Sache beunruhigte ihn zunehmend, je näher dieser tag rückte. Er hatte das Auto nur für eine Woche gemietet. Hatte der Vermieter es vielleicht schon als gestohlen gemeldet? Sollte er zum Büro fahren und erklären, er brauche den Wagen noch länger? Er beschloss mehrere Male, das zu tun, fand aber nicht die Kraft dazu. Zwei Tage vor Abflug fuhr er zum Flughafen und sah sich um. Tatsächlich gab es dort ein Büro seiner Autovermietung. Er beobachtete eine Zeit lang die Ankommenden bei der Abgabe ihrer Autoschlüssel.

Sie wurden erst einige Minuten später an einen Mann im blauen Overall weitergegeben, der nachsah, ob alles in Ordnung war und sie zusammen mit einem ausgefüllten Protokoll zurückbrachte. Erst dann sah die Angestellte des Büros in den Karteikasten, um das Protokoll dem Mietvertrag zuzuordnen. Er konnte also einfach den Schlüssel abgeben, ohne fürchten zu müssen, Ärger zu bekommen. Ein schlechtes Gewissen bräuchte er nicht zu haben, schließlich hatten sie ja seine Kreditkartennummer und seine Unterschrift unter einem Vertrag, der ihnen erlaubte, für so ziemlich alle Fälle alles abzubuchen, was sie wollten.

Sein Herz pochte deutlich spürbar, als er mit dem Auto in das Parkhaus des Flughafens einfuhr. Dann war es nicht mehr zu spüren, als hätte es sich ins Innere seines Brustkorbs zurückgezogen. Aber Ralf-Jochen wusste, dass es dort nur noch schneller schlug. Wahrscheinlich hatte sein Gehirn dieses Signal abgeschaltet, weil es sich in seiner Intensität außerhalb alles Bekannten bewegte. Alle Parkplätze seines Autovermieters waren belegt. Sein Plan würde nicht funktionieren. Das heftige Schwitzen setzte wieder ein. Ralf-Jochen stellte die Klimaanlage auf die höchste Stufe, so dass sich Eiskristalle an der Stelle bildeten, wo der Luftstrom direkt auf die Frontscheibe stieß.

Ralf-Jochen hielt an, um zu überlegen. Er redete sich vor, dass wenn er das Auto irgendwo anders hinstellte, es sicher ebenso gefunden würde. Er würde dann schon nicht mehr da sein. Er stellte den Wagen auf einen Platz einer anderen Autovermietung und machte sich mit seinem Beutel auf den Weg zum Büro. Er schob den Schlüssel durch den Schlitz und ging ohne zurückzusehen. Rief da jemand nach ihm? Nein, er hatte sich wohl getäuscht. Eiligen Schrittes erreichte er die Schlange des Check-In-Schalters.

Da sah er sie. Sie kam auf ihn zu, in der Masse der sich aufgeregt bewegenden und plappernden Menschen wirkte sie wie ein Ruhepunkt. Plötzlich stand sie vor ihm, nahm seinen Kopf zwischen ihre Hände, zog ihn herunter und küsste ihn auf den Mund. Als er zur Besinnung kam, war sie verschwunden. Sie hatte ihm einen Brief in die Hand gedrückt. Er war zu keiner eigenen Regung fähig, ließ sich stattdessen von den Wartenden weiterschieben und erledigte mechanisch die üblichen Flughafenformalitäten, als er beim Schalter angelangt war. Genauso leblos nahm er einige Zeit später seinen Sitz ein, ohne wahrzunehmen, wer neben ihm saß. Die Stewardess kam vorbei und führte ihre Hände an der Hüfte zusammen. Er schnallte sich an nachdem er den Umschlag aus der Hosentasche gezogen hatte. Er öffnete ihn und las.

*Lieber Ralf-Jochen, es tut mir Leid um uns. Aber ich kann nicht mit Dir kommen, so gerne ich es trotz meiner Angst möchte. Aber nicht die Furcht hält mich davon ab. Meine Mutter ist krank. Vor ein paar Tagen war sie plötzlich verschwunden. Ich habe mir große Sorgen gemacht. Sie kommt doch alleine gar nicht zurecht. Erst einen Tag später hat mein Onkel sie gefunden. Sie hatte sich ein Bündel mit Sachen an einem Besenstiel über die Schulter geworfen und ist über 30 Kilometer in Richtung Sertão gewandert. Dort kommt sie her, dort hat sie als Kind Hunger und Durst gelitten. Ich weiß nicht, was sie dort wollte. Sie hat nichts gesagt. Aber zuhause habe ich Deinen Umschlag mit dem Flugticket gefunden. Sie hatte ihn aufgemacht. Bitte schreibe nicht mehr, Briefe machen alles noch schwerer. Ich bringe es nicht übers Herz, sie wegzuwerfen, aber ihre Anwesenheit kann ich auch nicht ertragen. Ich küsse Dich, Deine Roberta.*

Ralf-Jochen steckte den Brief zurück in den Umschlag, in dem sich auch das Flugticket befand. Erst jetzt wurde ihm wirklich klar, dass seine Mission gescheitert war. Er würde Roberta nie wiedersehen. Er würde nie wieder etwas von ihr hören. Diesmal gab es kein offenes Hintertürchen. Er konzentrierte sich auf sein Herz und versuchte die Unregelmäßigkeiten in seinem Schlag zu hören, die er angesichts dieser Hoffnungslosigkeit erwartete. Aber da war nichts, nur eine bedrückende Leere.

Eine Stunde später setzte das Flugzeug zur Landung in Rio de Janeiro an. Ralf-Jochen ärgerte sich jetzt noch mehr über diesen unnötigen Zwischenstopp, diesmal nicht wegen des Zeitverlustes, sondern weil er sich kaum in der Lage sah, jetzt irgendwelche Formalitäten zu erledigen und vielleicht Leute nach dem richtigen Weg fragen zu müssen. Am liebsten wäre er tagelang in seinem Sitz geblieben und hätte aus dem kleinen Flugzeugfenster gesehen, obwohl es dort nichts zu sehen gab, oder vielleicht gerade deshalb.

Aber es musste sein. Wieder verließ Ralf-Jochen als letzter das Flugzeug und nickte dem Copiloten zu, der am Ausgang allen Aussteigenden einen schönen Aufenthalt wünschte. Ralf-Jochen folgte den Schildern, die in Richtung „Weiterflüge" zeigten, fuhr mit einer Rolltreppe eine Ertage höher, mit der nächsten wieder hinunter und stand dann auf einem Rollband, das ihn einen langen Flur entlang beförderte, der offensichtlich zwei Gebäudeteile miteinander verband, denn auf beiden Seiten konnte man durch vereinzelte Fenster hinaus auf den Flugplatz sehen.

Schließlich erreichte er die Passkontrolle und schob mechanisch sein Dokument durch den Schlitz unter der Scheibe. Der beleibte Beamte blätterte den Pass mehrere Male durch und fragte dann, wo der Einreisestempel sei. Sofort legte sich ein stechender Krampf um Ralf-Jochens Brust. Daran hatte er gar nicht mehr gedacht. Wie konnte das gerade ihm passieren, wo er sonst immer alles bis ins Kleinste durchdachte und durchspielte, was alles schief gehen konnte? Gerade in diesem entscheidenden Moment hatte seine Planung versagt. Der Beamte wiederholte seine Frage und Ralf-Jochen konnte sich gerade so weit aus der Erstarrung lösen, dass es für ein Schulterzucken reichte. Der Mann fragte, ob er Portugiesisch spreche, Ralf-Jochen bejahte. Der Beamte schloss seinen Schalter und brachte ihn in ein Büro, in dem eine Frau mit Blick zur Tür saß und ihn schon beim Hereinkommen streng ansah.

Ralf-Jochen wurde der Platz gegenüber der Frau angewiesen, die seinen Pass entgegennahm, während der beleibte Mann ihr die Situation schilderte. Dabei sah die Frau immer wieder an Ralf-Jochen und dem Mann vorbei. Als der Mann gegangen war, drehte sich Ralf-Jochen zu ihm und sah, dass in der Blickrichtung der Frau schräg über der Tür ein kleiner Schwarzweißfernseher hing, auf dem Donald Duck aufgeregt seinen Neffen hinterherjagte. Als sich Ralf-Jochen wieder umdrehte, sah die Frau gerade lächelnd auf den Fernsehapparat, wandte den Blick aber sofort wieder streng auf den Delinquenten.

Er wurde gefragt, warum er keinen Einreisestempel in seinem Pass habe. Er antwortete, er sei in Rio de Janeiro angekommen, dort habe niemand nach seinem Pass gefragt. Er habe gedacht, der würde dann sicher in Recife kontrolliert, dort gab es aber auch keine Kontrolle. Die Frau sah ihn ungläubig an und verlangte sein Flugticket zu sehen. Er suchte es mit zitternden Händen heraus. Dieses verdammte Zittern! Sicher würde die Frau jetzt noch misstrauischer werden und man würde ihn hier festsetzen oder noch schlimmer in einen Knast bringen. Immer wieder sah die Frau an Ralf-Jochen vorbei zum Fernseher.

Er platzte fast vor Anspannung, versuchte sich so ruhig wie möglich zu geben und verkrampfte dabei nur noch mehr. Die Frau setzte sich an eine ratternde elektrische Schreibmaschine und begann mit zwei Fingern zu tippen. Zwischendurch blätterte sie noch einmal den Pass durch, dann das Flugticket, fragte Ralf-Jochen belanglos erscheinende Sachen. Endlich drehte sie an der schwarzen Walze und zog das Blatt Papier heraus. Zu Ralf-Jochens Entsetzen spannte sie jetzt ein zweites Blatt ein, das den gleichen Briefkopf wie das erste trug. Wieder schrieb die Frau, überlegte, blätterte und schrieb weiter. Ralf-Jochen sah auf die Uhr. Als er feststellte, dass sein Flugzeug in diesem Moment abheben musste, spürte er wieder ein quälendes Stechen in der Brust und ihm wurde bewusst, dass dieses Stechen nur ein schwächeres Stechen verstärkte, das er bereits seit der Passkontrolle am Schalter in sich trug, aber gar nicht mehr bewusst wahrgenommen hatte, weil es von Stress überlagert wurde, dem er sich ausgesetzt sah. Wie lange würde sein Herz das wohl aushalten, bevor es den Dienst quittierte wie bei seinem Vater?

Wieder nahm die Frau ein vollgeschriebenes Blatt aus der Schreibmaschine, um ein drittes einzuspannen. Ralf-Jochen konnte keinen klaren Gedanken mehr fassen. Zufrieden zog die Beamte nach einer Weile das dritte Blatt aus der Schreibmaschine und rollte mit ihrem Stuhl zurück zu dem Schreibtisch, an dem Ralf-Jochen saß.

„Eigentlich müssten wir Sie deportieren, aber da Sie ohnehin ausreisen, verzichten wir auf weitere Maßnahmen."

Ralf-Jochen konnte nur mit Mühe einen Stoßseufzer unterdrücken, der ihm beinahe zusammen mit der Last entfuhr, die mit diesen Worten von ihm genommen wurde.

„Wir nehmen nur noch Ihre Fingerabdrücke und dann können Sie ausreisen."

Zunächst wurden aber nicht seine Fingerabdrücke genommen, sondern ihm das dreiseitige Protokoll zur Unterschrift vorgelegt, das die Frau auf der Schreibmaschine getippt hatte. Unter normalen Umständen hätte ihn sicherlich interessiert, wie man aus dem simplen Sachverhalt einen solchen Text produzieren konnte, er war aber nicht in der Lage, das Geschriebene in Gänze zu erfassen. Er schätzte die Zeit ab, die man zum Lesen einer Seite brauchen würde und blätterte dann zur nächsten, überflog den Text aber bloß und konnte dabei nur einzelne Satzfetzen aufnehmen. Seine Körpergröße und Augenfarbe waren jeweils in umständlichen Sätzen protokolliert. Auch stand dort, dass er zwar deutschsprachig sei, Portugiesisch aber verstehen, lesen und sprechen könne. Manchen Sätzen konnte er überhaupt keinen Sinn zuordnen, unterschrieb aber trotzdem auf der gestrichelten Linie, welche die Frau hierzu unter den Text gehackt hatte.

Er schob die Blätter zurück, musste aber auch noch am Rand der ersten beiden Blätter unterschreiben, worauf die Frau einen langen verschnörkelten und trotzdem irgendwie kindlich aussehenden Schriftzug hinter Ralf-Jochens zittrige Handschrift setze. Dann nahm sie einen Einreisestempel, stellte sein Ankunftsdatum ein und drückte ihn in seinen Pass. Als er zur Abnahme der Fingerabdrücke geführt wurde, bekam er ein flaues

Gefühl im Magen, wie es ihn immer überkam, wenn ihm Blut abgenommen wurde. Er versuchte sich zu beruhigen, indem er sich vorsagte, dass das hier etwas ganz anderes war, aber der Gedanke an das Blutabnehmen blieb in seinem Kopf hängen. Auf keinen Fall durfte er jetzt schlappmachen wie schon so oft beim Gedanken an die blutgefüllte Spritze, die gerade in seinem Arm steckte. Er musste das jetzt durchstehen und dann weg hier. Die Gedanken halfen nicht und die Knie wurden während der Prozedur so weich, dass er fast eingeknickt wäre, zum Glück ging alles sehr schnell und er wurde von einem Beamten zum Reisebüro des Flughafens geführt.

Natürlich war sein Flugzeug bereits abgeflogen. Der Mann fragte für ihn, wann es den nächsten Flug nach Europa gäbe, ganz egal wohin. Er fragte Ralf-Jochen, ob er genug Geld habe, einen neuen Flug zu bezahlen und er bejahte. Mit seiner Kreditkarte konnte er bis zu zweitausend Euro auf einmal abheben oder bezahlen, da er beim Ausfüllen des Antrags einfach sein Gehalt verdoppelt hatte. Das hatte er nicht getan, weil er vorhatte, diesen Kreditrahmen einmal auszuschöpfen, sondern weil er fand, dass sein reales Gehalt die Kreditkartenfirma nichts anginge. Im Gegenteil war es ihm sehr unangenehm, Schulden zu haben und er hatte den Kreditrahmen niemals ausgenutzt. Auch jetzt würde er ja nicht auf Kredit bezahlen, sondern die Summe war ja auf seinem Konto.

Die Frau im Reisebüro sah in ihren Computer und sagte, dass alle Europaflüge für heute ausgebucht seien. Ralf-Jochen reagierte zunächst gelassen, bis der Mann, der ihn begleitete sagte, dann müsse man ihn solange in Gewahrsam nehmen, bis

256

ein Flug möglich sei. Panisch sagte Ralf-Jochen, er würde auch in ein anderes Land ausreisen, ganz egal, vielleicht Argentinien, er wolle keine Probleme machen. Während die Angestellte noch im Computer nach freien Flügen suchte, fiel Ralf-Jochen Robertas Ticket ein. Der Flug ging erst in zwei Stunden, dort würde ein Platz frei sein. Er holte das Ticket heraus und fragte die Reisebüroangestellte, ob er nicht damit fliegen könne.

Der Mann, der ihn begleitete, sah zunächst verdutzt aus, als die Frau überrascht meinte, das Ticket sei ja gar nicht auf seinen Namen ausgestellt, sah er misstrauisch drein. Oh Gott, sicher dachte der Mann jetzt, er sei ein Menschenhändler schoss es Ralf-Jochen durch den Kopf. Der wusste ja nicht, weshalb er dort festgehalten worden war und würde ihn sicher zurückbringen, um das zu klären. Er beeilte sich zu erklären, dass das Ticket einer Freundin gehöre, die aber krank geworden sei und deshalb nicht fliegen könne und ihm das Tikket überlassen habe. Die Flughafenangestellte meinte, dass sie eigentlich ohne Zustimmung des Ticketinhabers nicht auf jemand anderen umbuchen könne.

Der Mann beobachtete Ralf-Jochen und kam offensichtlich angesichts seiner Aufgeregtheit zu dem Schluss, dass es sich bei ihm nicht um einen organisierten Verbrecher handeln könne. Er sagte der Frau, dass er Ralf-Jochen ohnehin bis ins Flugzeug begleiten müsse und wenn sich die Ticketinhaberin melden würde, würde er sich schon darum kümmern. Die Angestellte meinte, sie müsse trotzdem noch nachsehen, ob eine Umbuchung überhaupt möglich sei, die meisten Fluggesellschaften schlössen so etwas von vorne herein in ihren Geschäftsbedingungen aus. Wenn das Ticket schon für eine Strecke benutzt worden wäre, sei das in jedem Fall unmöglich, aber da es ja noch unbeansprucht war, gäbe es eine geringe Chance.

„Sie haben wirklich Glück!", sagte die Frau und druckte neue Flugscheine für Ralf-Jochen aus, schob die alten in eine Schublade und buchte von seiner Kreditkarte eine Umbuchungsgebühr ab, die nicht wesentlich geringer war, als der bereits bezahlte Preis des Fluges.

Der Mann begleitete Ralf-Jochen in den Abflugbereich. Dort unterhielt er sich angeregt mit dem Mann, der auf verschiedenen Bildschirmen die Röntgenbilder des Handgepäcks der Reisenden betrachtete. Mit einer Stunde Verspätung konnte Ralf-Jochen das Flugzeug betreten. Der Beamte verabschiedete sich mit einem Augenzwinkern, dem Ralf-Jochen nur ein schüchternes Kopfnicken entgegensetzen konnte.

Die Stunden im Flugzeug vergingen im Wechsel von Dahindämmern und Hochschrecken. Nichts blieb in fassbarer Erinnerung, auch die beiden Umstiege in Europa nicht. Mutter stand am Ausgang des Sicherheitsbereiches. Irgendwie musste sie herausbekommen haben, dass er mit einem anderen Flug kam, denn er hatte ihr seine Ankunftszeit nur mitgeteilt, gleich nachdem er sein inzwischen verfallenes Ticket gekauft hatte. Sie sah sofort, dass er nicht reden konnte, nahm ihn nur fest in die Arme, schnappte sich seine Tasche und führte ihn zum Bus und zum Zug, der sie beide nachhause brachte.

Als Ralf-Jochen nicht aufstehen wollte, brachte Mutter ihm Toast und Rührei ans Bett. Er war um drei Uhr nach schrecklichen Albträumen aufgewacht. Da Mutter im Wohnzimmer schlief, konnte er nichts tun, als im Bett liegen zu bleiben. Er zermarterte sich das Hirn, wie es jetzt weitergehen sollte und kam zu keinem Schluss. An den Tod dachte er diesmal nicht. Er hatte das schon oft getan, aber jetzt da Mutter direkt nebenan lag, konnte er das einfach nicht. Er dachte an seine verbrannten Dokumente. Eine Anstellung würde er so nicht wieder finden. Zumindest nichts qualifiziertes. Er dachte daran, sich die Zeugnisse erneut zu beschaffen, aber das kam nicht infrage. Das war vorbei. Aber was sollte er sonst machen? In der Kneipe konnte er nicht arbeiten, mit seinen zittrigen Händen würde er den Gästen ihre Getränke verschütten. Oder er müsste sich selbst einige der Getränke einverleiben, bevor er zu arbeiten begann. Das konnte nicht gut gehen.

Fernfahrer, das wäre es. Man müsste sich mit niemandem auseinandersetzen und konnte nachdenken, während man die Vergangenheit in jedem Moment hinter sich ließ. Aber er hatte keinen LKW-Führerschein. Den jetzt noch zu machen kam nicht infrage. Das war zu aufwändig und stressig und dann war es zu unsicher, ob er überhaupt einen Job als Trucker finden würde. Eigentlich war er ein schlechter Fahrer. Dass er erst zwei kleine Unfälle und den einen Totalschaden ohne Verletzte verursacht hatte, konnte man nur als Glück bezeichnen. Er war viel zu unkonzentriert und wenn er das bemerkte verkrampfte er sich und fuhr noch schlechter. Die Fahrschule hatte er zufällig beim ersten Mal geschafft. Der Fahrschullehrer wusste von Ralf-Jochens Aufgeregtheit und ließ die Anlage ausgeschaltet, die Signale gab, wenn er die auf seiner Seite angebrachten Pedale betätigte.

So konnte er einige Male bremse, ohne das der Prüfer auf dem Rücksitz es bemerkte. Zunächst hatte es nicht mal Ralf-Jochen bemerkt. Er wunderte sich nur, dass der Wagen so komisch reagierte. Als er an einer Kreuzung hinter einem breiten LKW hinterherfahren wollte, löste sich die Kupplung nicht vom Boden und als der Laster hinter der Kurve verschwand bemerkte er, dass die Ampel vor ihm längst auf Rot umgeschaltet hatte und er Fahrlehrer ihn deshalb nicht anfahren ließ.

Nein, solches Glück konnte er nicht noch einmal haben, schon gar nicht wenn er selbst in einem dieser LKW saß. Allerdings hatte er doch einiges an Fahrpraxis dazugewonnen. Fast Hunderttausend Kilometer hatte der rote Wartburg bei seiner Verschrottung auf dem Tacho, dreimal um den Erdball und doch nie aus der heimatlichen märkischen Sandkiste herausgekommen. Trotz dieser zurückgelegten Strecke war er immer ein unsicherer Fahrer geblieben, ausgenommen, wenn er getrunken hatte. Er liebte es, betrunken zu fahren, nicht weil er irgendeinen Kick empfand, erwischt zu werden, das war ihm völlig fremd, sondern weil er nur so frei wurde, von der Angst, etwas falsch zu machen, frei von den Selbstzweifeln.

Konnte er sich nicht irgendwie selbständig machen? Aber womit? In seinem alten Job wohl kaum. Er könnte eine GmbH gründen und seiner alten Klitsche Konkurrenz machen. Dann würde er seinen ehemaligen Kollegen Bobinski als Abteilungsleiter engagieren und den die ganze Arbeit machen lassen. Aber er müsste dann beim Jugendamt für seine Firma werben, um die Aufträge an Land zu ziehen, Kontakte mit Leuten knüpfen, die er verabscheute. Vielleicht auch jemanden schmieren. Die Vorstellung war absurd. Das könnte er niemals. Er musste daran denken, dass sein alter Chef immer mit dem Jugendrat in die Sauna ging. Ralf-Jochen war noch nie in der Sauna gewesen.

Er hatte sich als Kind immer vor dem Ausziehen im Umkleideraum der Schwimmhalle gefürchtet. All die hängenden Bäuche und Hintern, der muffige Geruch, der sich mit dem beißenden Gestank des Chlors mischte. Das Schlimmste allerdings war es, wenn im Bad die Aussätzigen kamen, meist in polternden Gruppen, mit „Arschbomben" in das Becken sprangen und ihn unterstukten, so dass sein Herz zu rasen begann und jeden Moment stehen bleiben musste, weil die Muskel keinen Sauerstoff mehr zum Funktionieren hatten. Aber das ließ Vater nicht zu, wenn er schwimmen ging dann mit ihm.

Aber es blieb die Angst, jemand könnte in dem großen übersichtlichen Umkleideraum über seinen Körper lästern. Er ließ immer bis zum letzten Moment sein T-Shirt an, damit es beim Wechseln der Unterhose zur Badehose das Gröbste verdeckte. Hatte Vater das nicht auch immer getan? Er dachte darüber nach und fand noch mehr Gemeinsamkeiten. Die ständige Unsicherheit, der latente Alkoholismus, das Händezittern, die Herzschmerzen, das Misstrauen gegenüber Ärzten. Sogar so eine komische raue Stelle in der Nähe des Bauchnabels hatte er jetzt, genauso wie Vater sie gehabt hatte, auch eine Warze am linken Ellenbogen. Er konnte sich gut daran erinnern, wie Vater sich ständig seine linke Hand auf die rechte Schuler legte, um mit dem Zeigefinger der anderen Hand an der Warze herumspielen zu können. Ralf-Jochen hatte sich immer davor geekelt. In dem Moment, in dem er versuchte, diesen Gedanken abzuschütteln, wurde er sich bewusst, dass er gerade genau die gleiche V-förmige Armhaltung eingenommen hatte, und seine Warze hektisch hin- und herschnipste. Die Gene bestimmten offensichtlich noch mehr vorher, als er immer befürchtet hatte. Wahrscheinlich würde er auch irgendwann einfach tot umfallen. Vielleicht war es gut, dass er keine Kinder bekommen würde. Dann könnte er diese genetische Last nicht weitergeben.

Im Morgengrauen war Ralf-Jochen unter diesen Gedanken noch einmal eingeschlafen und hatte noch schrecklicher geträumt als zuvor. Er war froh, als Mutter ihn unter sanftem Schütteln weckte, obwohl er noch schrecklich müde war. Jetzt waren die gleichen Gedanken wie in der Nacht wieder da und Ei und Toast waren kalt geworden. Den Toast Bekam Ralf-Jochen so nicht hinunter, holte sich aber nachdem er das Rührei gegessen hatte, noch etwas mehr aus der Küche. Wie selbstverständlich war noch genügend davon in einer abgedeckten Pfanne auf dem Gasherd. Mutter kochte immer mehr, als man essen konnte.

Ralf-Jochen schien eine Grippe zu bekommen. Am nächsten Tag wachte er schweißgebadet auf. Der Hals kratzte und die Augen waren rot, als hätte er die ganze Nacht durchzecht. Auch hatte er unheimlichen Durst. Er ging in die Küche und sah einen offenen Kirschsaftkarton, bei dessen Anblick sich aber sein Magen zusammenzog. Nein, etwas saures konnte er jetzt nicht trinken. Als er den Kühlschrank öffnete, stach ihm ein Milchkarton ins Auge. Er erinnerte sich an die kremige magenschonende Konsistenz dieses Getränks. Als er sich vorstellte, wie es langsam seine Speiseröhre heruntersickern würde, musste er sich übergeben. Sein Hals brannte jetzt wie Feuer. Auch seine Gelenke und Muskeln schmerzten. Da hatte er sich wohl ganz schön was eingefangen. Abends kam Fieber dazu.

Mutter kam mit dem Thermometer, aber Ralf-Jochen wollte sie nicht messen lassen. Er wusste, dass er Fieber hatte und wollte das kalte Glas nicht an seine überhitzte Achselhöhle kommen lassen.. Er hielt stattdessen die Quecksilberkapsel über die Glühbirne der Nachttischlampe, wie er es früher schon manchmal getan hatte. Die Skala stieg auf zweiundvierzig Grad. Nein, das würde Mutter zu sehr beunruhigen. Er schüttelte das Thermometer wieder herunter und zog es diesmal rechtzeitig bei achtunddreißig aus der Lampe. Mutter sah ihn trotzdem sorgenvoll an. Er hatte den ganzen Tag nichts getrunken. Er machte sich ein Bier heiß und trank es, bevor er sich im dicken Federbett verkroch, um seine Grippe auszuschwitzen. Es schmeckte furchtbar und kribbelte unangenehm heiß auf der Zunge. Aber dieses Hausrezept hatte ihm schon oft geholfen, seine unzähligen Erkältungen zu überstehen.

Beim Aufwachen fühlte er sich tatsächlich besser. Das hieß, er fühlte fast gar nichts und das war gut, im Vergleich damit wie er sich gestern gefühlt hatte. Seine Mundhöhle war völlig ausgetrocknet und er wollte in die Küche gehen, um sich etwas zu trinken zu holen. Er war noch nicht ganz aufgestanden, da wurde ihm schwindlig. Er musste wieder eingeschlafen sein. Als er aufwachte, sah er in das besorgte Gesicht von Mutter. Wie alt war sie nur geworden! Ihre krause Dauerwelle war fast vollständig grau. Was war das, alles so fremd? Sie waren nicht zuhause. Ralf-Jochen sah sich um und stellte fest, dass er eine Nadel im Arm hatte. Schnell drehte er den Kopf wieder weg. Er konnte es nicht ertragen, wenn seine Hülle durchstochen wurde, er erklärte sich das mit einer unterbewussten Urangst, das unterdrückte monströse menschliche Innere könne so nach außen gelangen.

„Was ist das?", fragte er weinerlich.

„Sie geben Dir einen Tropf. Du brauchst Flüssigkeit."

Ralf-Jochen sah seine Mutter weiter fragend an und sie erklärte ihm, dass er eine Gelbsucht habe und nach einem Schwächeanfall hierher gebracht worden sei. Ralf-Jochen überlegte, was das zu bedeuten habe. Mutter erklärte weiter, was die Ärzte ihr erzählt hatten, nämlich dass es verschiedene Formen der Gelbsucht gäbe, von denen er die vergleichsweise harmloseste habe. Hepatitis A werde die genannt und sei nach vier Wochen wieder auskuriert und dann wäre er immun gegen eine Neuansteckung. Er müsse sich die Krankheit in Brasilien geholt haben. Er dürfe jetzt ein Jahr lang keinen Alkohol trinken. Ralf-Jochen war überfordert von der Vielzahl dieser Informationen. Er wollte nur so schnell wie möglich diese Nadel aus seinem Arm bekommen.

„Wann kann ich nachhause?", fragte er.

„Bald. Sie wollen Dich nur noch eine Weile beobachten, weil Du auch diesen Schwächeanfall hattest."

„Ich will nachhause."

Mutter sah ihn liebe- und sorgenvoll an, atmete tief durch und ging hinaus. Ralf-Jochen sah noch einmal auf seinen Arm und schnell wieder weg. Im Bett neben ihm lag ein älterer Herr und sah fern. Der Fernseher hing an de Wand gegenüber. Der Mann hatte Kopfhörer auf, deren Kabel seltsamerweise aus dem Telefon auf seinem Nachttisch kamen. Ralf-Jochen sah sich das Telefon auf seinem Nachttisch an und stellte fest, dass es sich dabei um ein inzwischen schon wieder etwas antiquiert wirkendes Multifunktionsgerät handelte. Zum Telefonieren musste man eine Karte einstekken, die man an der Aufnahme kaufen konnte.

Endlich kam Mutter wieder und sagte, er könne nach dem Essen nachhause. Sie habe mit dem Arzt gesprochen, der würde ihn sich gleich noch mal ansehen und wenn die Schwester das Essen ausgeteilt hätte, würde sie ihn entlassungsfertig machen. Ralf-Jochen überkam ein so tiefes Gefühl von Geborgenheit, dass ihm die Tränen aus den Augen rannen. Mutter drückte seinen Kopf an ihre Brust, um zu überdecken, dass auch sie weinen musste.

Der Arzt fragte Ralf-Jochen wie er sich fühle und er sagte, dass es ihm gut ginge. Schließlich wollte er weg von diesem Ort. Nach ein paar Routineuntersuchungen verschwand der junge Mediziner wieder und die Schwester brachte das Mittagessen. Er bekam die sogenannte Schonkost, eine wässrige Gemüsesuppe, die nach nichts schmeckte, aber am Blick von Mutter sah Ralf-Jochen, dass sie darauf bestehen würde und so löffelte er sie tapfer aus. Nach einer Ewigkeit kam die Schwester wieder, zog Ralf-Jochen die Nadel aus dem Arm und wünschte ihm eine gute Besserung. Er bedankte sich artig und kam sich dabei vor, als sei er wieder in seine Kindheit zurückgekehrt, in diesem Moment war das nicht unangenehm.

Ralf-Jochen stand schnell auf, aber ihm wurde wieder schwindelig und er musste sich noch einmal auf die Bettkante setzen. Er war wütend auf den eigenen Körper, der ihm den Dienst versagte. Noch nie hatte der ihn so konsequent im Stich gelassen, auch wenn es immer Mängel gegeben hatte, die Schmerzen, die Erkältungen, das Zittern, so hatte er doch im Großen und Ganzen immer halbwegs funktioniert. Mutter hatte etwas von einer Hepatitis A und von Ansteckung über Speichel erzählt. Jetzt schoss Ralf-Jochen die Erinnerung an das schmierige Glas am brasilianischen Imbiss in den Kopf. Das musste es gewesen sein. Er war an diesem Tag so betrunken, dass er bis jetzt gar nicht mehr an dieses Detail gedacht hatte. Nun würde er ein ganzes Jahr gar nichts mehr trinken dürfen. Vielleicht war das gut so. Ein neuer Anfang. Er musste sein altes Leben hinter sich lassen. Alles vergessen, so wie er es immer geplant hatte, falls er einmal im Lotto gewinnen würde. Nur dass er nie Lotto gespielt hatte und in seiner Realität das im Plan vorhandene Geld fehlte.

Er würde erst einmal bei Mutter bleiben. Dann musste er seine Wohnung kündigen. Er würde aus Berlin wegziehen. Würde nichts mitnehmen. Auch sein Konto musste er kündigen und irgendwo ein neues eröffnen, damit auch die bei der Bank gespeicherten Daten vernichtet wurden. Alles musste vergessen werden. Die Kontodaten mit den Abhebungen in Brasilien, seine Adresse musste sich ändern, damit die Vergangenheit nicht in Form von irgendwelchen Briefen wieder auftauchte. Er beschloss, ein Schild mit der Aufschrift „Alles zurück an Absender!“ an seinem Briefkasten anzubringen. Sonst würde die Briefträgerin das Zeug einfach oben auf die Kästen stellen, so wie sie es immer tat, wenn sie einen Namen nicht an den

Briefkästen fand, und wer weiß, was dann damit passierte. Nein, die Absender sollten wissen, dass es ihn dort nicht mehr gab und ihre Kontaktversuche einstellen, ihn aus ihren Computersystemen löschen, als hätte er nie existiert. Er würde sich eine Bleibe zu suchen, in der er sich nicht anmelden musste. So konnte ihn niemand aufspüren. In Berlin war die Gefahr viel zu groß, jemand Bekanntem zu begegnen. Vielleicht würde er seinen kindlichen Plan, in die Schweiz zu gehen jetzt umsetzen. Aber erst mal musste er noch eine Zeit lang bei Mutter bleiben und sich auskurieren.

Die nächsten Tage vergingen in einem immer wiederkehrenden fiebrigen Traum. Abteilungsleiter Rothe tauchte dort ständig auf, auch Roberta. Es schien, als wurden ihm alle peinlichen Situationen aus der Vergangenheit noch einmal vorgeführt, um den Traum vom Neuanfang zu ersticken. Nie würde er das alles vergessen können. Wenn Mutter fragte, was los sei, erwiderte er nur: „Ach nichts, alles in Ordnung."

Mutter blieb ständig in seiner Nähe und versuchte ihm Nahrung und Flüssigkeiten einzuflößen. Nur einmal war sie nicht da, als er aufwachte. Als sie kurz darauf ihren Schlüssel ins Schloss steckte, war er seltsam aufgeregt und als er ihre Stimme hörte, erfasste ihn eine unglaubliche Erleichterung. Sie war beim Arzt gewesen, eine Routineuntersuchung wie sie sagte. Am Tag, als Ralf-Jochen das Krankenhaus verließ, hatten die Ärzte sie gefragt, mit wem er nach seiner Ankunft Kontakt gehabt habe und als sie zur Antwort gab, das sein nur sie selbst gewesen, wurde ihr Blut abgenommen. Man hatte festgestellt, dass sie nicht infiziert war, ja gar nicht infiziert worden sein konnte, weil sie die Gelbsucht bereits gehabt hatte. Davon wusste sie nichts und der Arzt erklärte, manchmal würden die Symptome nicht erkannt und die Erkrankung mit einer Grippe verwechselt. Besonders nach dem Krieg sei man über so etwas ja manchmal einfach hinweggegangen.

Ralf-Jochen wunderte sich jetzt, dass Mutter sich schon wieder hatte untersuchen lassen. Sicher hatte man bei der Blutabnahme etwas besorgniserregendes entdeckt. Ralf-Jochen sah nur, wie Mutter nach ihrer Ankunft ein Blatt Papier zerriss und in den Mülleimer warf. Sie kam ihm etwas zerstreut vor.

„Ach nichts, alles in Ordnung.", antwortete sie auf seine besorgte Frage, was denn los sei.

Seit einigen Tagen hatte sich Ralf-Jochen vorgenommen, nach Berlin zu fahren und seine Wohnung aufzulösen. Eigentlich wollte er bis dahin auch einen neuen Job haben. Er kaufte sich ein paar Zeitungen, fand aber kaum Stellenanzeigen und die, die er fand, schienen ihm immer irgendwie nicht zu ihm zu passen. Mutter ging schon wieder zum Arzt. Was war da nur los? Ralf-Jochen brachte es nicht übers Herz, sie noch einmal zu fragen, sie würde ihn doch nur wieder anlügen müssen und er würde es ihr damit nur unnötig schwer machen. Auch wollte er nicht daran denken, dass Mutter irgendwann sterben müsste. Aber der Gedanke kam ihm in letzter Zeit immer öfter und erinnerte ihn daran, dass auch ihm dieses Schicksal bevorstand, wenn auch nicht gar so bald. Als Mutter wieder zum Arzt ging, legte er ihr einen Zettel auf den gekachelten Wohnzimmertisch, auf den er geschrieben hatte, dass er nach Berlin müsse und sie liebe. Hastig verließ er die Wohnung.

„Sauber macht lustig!", hatte das lokale Abfallunternehmen auf seine Mülltonnen gedruckt. Das war genauso doof wie die anderen Werbesprüche, die Ralf-Jochen jetzt einfielen, erschien ihm aber irgendwie in der kindlichen Naivität, die es zum Ausdruck brachte doch sympathisch. Es fühlte sich plötzlich nach Heimat an und im gleichen Moment legte sich eine tiefe Traurigkeit um seinen Brustkorb, die auch die gesamte Zugfahrt über anhielt und sogar noch stärker wurde, je näher er der Großstadt kam, die plötzlich jeglichen Reiz verloren hatte. Der Zauberstaub war hinweg geglitzert, übrig blieb eine große graue Baustelle. Konnte er nicht einfach wieder zu Mutter ziehen? Wer konnte ihn deshalb schon belächeln? Fast alle seine ehemaligen Mitschüler waren weggezogen, Familie gab es keine mehr, außer Mutter.

Da lag seine Wohnung. Es war Sommer, die Scheiben waren grau vom Schmutz, den der winterliche Nieselregen auf ihnen verteilt hatte. Auch bei Maletzkis sah es in abgeschwächter Form so aus. Auch die Blumenkästen fehlten. Das konnte nur bedeuten, dass sie ausgezogen waren. Ralf-Jochen war überrascht und ein bisschen traurig. Andererseits war er froh, den alten Nachbarn so nicht zu begegnen und sein Wiederkommen erklären zu müssen. Er schraubte mit dem Daumennagel das Blech ab, das behelfsmäßig vor dem Schloss seiner Tür angebracht war. Er brauchte eine Zange, um den Vierkant, der auf der Innenseite in der Klinke steckte, drehen zu können. Er klingelte ein Stockwerk höher und es öffnete eine etwa vierzigjährige Frau, die ihm wohl schon ein paar Mal im Hausflur begegnet war.

„Was wollen Sie denn hier?", fragte sie mit entgeistertem Gesichtsausdruck.

Ralf-Jochen meinte, er hätte sich ausgesperrt und bräuchte eine Zange. Die Frau schloss die Tür. Ralf-Jochen überlegte, warum die Frau sich so merkwürdig verhielt. War doch die Polizei hiergewesen und hatte seine Nachbarn nach ihm befragt? Oder hatte sie bemerkt, dass er eine Zeit lang nicht dagewesen war, hatte gedacht, er sei ausgezogen? Er konnte den Gedanken nicht bis zuende denken, denn die Tür öffnete sich wieder und die Frau hielt eine Zange in der Hand.

„Brauchen Sie da nicht auch einen Schraubenzieher?"

„Nee, habe ich schon so aufgekriegt."

„Hm.", die Frau streckte ihm die Zange entgegen, er bedankte sich und versicherte, dass er gleich wieder zurücksei. Er öffnete die Tür, legte den Fußabtreter eingerollt in den Spalt, so dass sie nicht wieder zuschlagen konnte und brachte die Zange zurück. Irgendwie hatte er Angst, in die Wohnung zu gehen. Es war, als wäre dort kürzlich jemand verstorben. Er sagte sich vor, dass dem auch so sei und der Verstorbene wäre sein altes Ich, dass es jetzt nur noch zu beerdigen galt. Viel war hier nicht mehr, das Vorhandene konnte er nach und nach in die Mülltonne werfen. Alles Papier war verbrannt. Den Kühlschrank würde er mit einem „Zu verschenken"- Schild auf die Straße stellen, der wäre sicher schnell weg. Vermüllt hatte er die Wohnung nie, er hatte ständig alles weggeworfen, was auf ihn den Eindruck der Nutzlosigkeit machte. Allerdings hatte er auch nie richtig geputzt. Es wurde schließlich auch nie etwas richtig schmutzig, da er nicht kochte und auch sonst kaum etwas tat, was Verunreinigungen hervorrief. Trotzdem hatte sich über den Böden und der ganzen Einrichtung ein grauer Schleier gebildet. Ralf-Jochen fiel das jetzt, da er die Wohnung mit einigem zeitlichen Abstand betrachtete zum ersten Mal auf. Der Staub war nach und nach bis auf seine jetzige Dicke gewachsen, so dass seine Augen keinen Kontrast registriert hatten. Nur wenn er mit der hohlen Hand über den Teppich strich, sammelte sich dort eine Masse aus Flusen und Haaren, die ihn daran erinnerte, dass er als Hausvorstand versagt hatte. Erstmal musste er den Mietvertrag kündigen. Er setzte ein formloses Schreiben auf, dass er gleich persönlich in den Briefkasten der Wohnungsbaugesellschaft warf, denn er hatte keine Briefmarke, außerdem verspürte er das Bedürfnis, die Wohnung zu verlassen und konnte so sichergehen, dass die Kündigung nicht auf dem Postweg verloren ging. Trotzdem bat er in seinem Schreiben ausdrücklich um eine Kündigungsbestätigung.

Er würde die Wohnung malern müssen, die ehemals weißen Raufasertapeten waren gelbgrau geworden vom Rauch der Zigaretten und dem, der beim Anheizen aus dem Ofen drang. Einen Moment lang dachte er daran, einfach ohne diese lästige Arbeit zu verschwinden. Wahrscheinlich würden sie ohnehin keinen Mieter mehr für diese Wohnung finden. Heutzutage waren nicht einmal mehr Studenten bereit, so bedingungslos auf Komfort verzichten. Warum sollte er sich also mit dieser sinnlosen Arbeit abquälen? Aber er wollte keine offenen Rechnungen hinterlassen. Seine Akte bei der Wohnungsbaugesellschaft sollte geschlossen und irgendwann vernichtet werden. Er motivierte sich für das Kaufen der Farbe mit dem Gedanken, dass er damit die Spuren seiner erbärmlichen Existenz in diesem Loch auslöschen konnte. Unter weißer Farbe würde alles verschwinden: Seine Fingerabdrükke, der Blutfleck an der Tapete, wo er angefasst hatte, nachdem er sich mit einem Blatt Papier in den Finger geschnitten hatte, seine Hautpartikel, die überall kleben und herumliegen mussten. Nichts würde mehr an ihn erinnern und auch ihn würde diese Wohnung an nichts mehr erinnern. Im Idealfall wurde das Haus bald saniert, so dass auch der Grundriss mit dem Einbau eines Bades verändert würde. Auch die Fassade könnte man dann kaum noch wiedererkennen.

Nachdem er zwei Eimer Farbe in die Wohnung geschleppt hatte, überkam ihn eine unbeschreibliche Mattigkeit, die ihn sofort einschlafen ließ. Wieder verseuchten die alten Peinlichkeiten seine Träume. Er schlief lange und unruhig. Als er wach wurde, fühlte er sich erschöpfter als zuvor. Als er eine halbe Treppe tiefer die Klotür öffnete, stank es erbärmlich. Er hatte hier noch nie richtig gründlich sauber gemacht, aber immerhin wenn er auf der Schüssel saß, immer ein wenig mit Klopapier auf dem Boden umhergewischt und gründlich gespült. Als er das jetzt tat, stellte er fest, dass das Wasser nicht abfloss und die Papierfetzen sich langsam auflösend darin umherschwammen, als seien sie schwerelos. Er versuchte, das Ganze mit der Klobürste ins Rohr zu drücken, auf dass es mit einem großen Gurgeln abfließe, wie er es schon oft getan hatte. Aber diesmal wollte diese Technik nicht funktionieren. Stattdessen verfinden sich die Umherschwebenden Fetzen in den Borsten der Klobürste. Er versuchte sie durch drehende Bewegungen abzuschütteln, wobei ihm das enthaltene

Wasser ins Gesicht spritzte. Er musste hier weg, irgendetwas tun. Er nahm sich die Klobürste und einigen Kleinkram aus der Wohnung und warf alles in eine der Mülltonnen auf dem Hof. Der bestand aus einem vollständig mit rissigem Beton überzogenen Dreieck, das nicht viel größer als Ralf-Jochens Wohnung sein konnte. Immerhin hatte man den Mülltonnen einen Unterstand gebaut, der von grünen Ranken umwunden gewesen war, die aber irgendwann ein übereifriger Hausmeister abgerissen hatte, so dass es jetzt mehrere Jahre dauern würde, bis sie wieder alles mit ihrem Grün bedeckt haben würden.

Es war Herbst geworden. Die Sonne schien, aber man spürte ohne hinauszugehen , dass es kalt wurde. Der Wind pflückte die gelben Blätter von der Linde auf dem Gehweg, ließ sie gegen Ralf-Jochens Fenster prasseln, bevor sie sich für eine kure Weile auf dem bröckeligen steinernen Fenstersims absetzen konnte, um von der nächsten Bö endgültig hinuntergefegt zu werden. Ralf-Jochen hatte das Gefühl, irgendetwas produktives tun zu müssen. Er trat auf die Straße, wechselte auf die andere Seite, als ihm ein Aussätziger mit einer Flasche Bier und einer Dose Hundefutter in den Händen entgegenkam und erreichte schließlich seine Bank. Erstaunt betrachtete er dort den Auszug, den der quietschende Nadeldrucker erzeugt und aus dem Plastikkasten gespuckt hatte. Es stand ein Minuszeichen vor seinen Kontostand. Und der darauffolgende Betrag war dreistellig. Er schaute verwirrt über die kleinen Blätter. Damit hatte er nicht gerechnet. Er überschlug die Beträge und es stimmte tatsächlich. Die Miete war weiter abgezogen worden, Stromabschläge, Versicherungen. Diese verdammten Versicherungen, wenn man die mal brauchte, weigerten sie sich sowieso zu zahlen. Aber die größten Posten waren die Flugtickets mit den Umbuchungskosten und die Mietkosten für das Auto, die von seiner Kreditkarte abgezogen worden waren. Auch seine Abhebungen hatten sich zu unvorstellbaren Beträgen summiert.

Was sollte er jetzt tun? Mutter konnte er nicht nach Geld fragen. Wenn sie von seinen Existenzproblemen hörte, würde sie sicher gleich wieder in Panik ausbrechen. Als man ihr nach der Wende, noch vor der Währungsunion ihren Job kündigte, weinte sie jede Nacht, wenn sie dachte, Ralf-Jochen sei schon eingeschlafen. Sie war zuvor Chemikerin in einem großen Faserwerk. Ralf-Jochen war immer stolz gewesen auf seine Mutter die Ingenieurin, bis er in den Ordnern, die unten in der Schrankwand vergilbten, ihre Diplomarbeit fand – in Vaters Handschrift. Sie hatten sich während des Studiums kennengelernt. Aber auch nach diesem Fund war Ralf-Jochen seiner Mutter nicht böse. Sicher war sie zu diesem Studium gedrängt worden, damit der Arbeiter- und Bauernstaat seine Quoten erfüllen konnte. Sie konnte so schön schreiben, liebte Kinder und wäre sicher eine gute Deutschlehrerin geworden. Diese verdammten Quoten.

Nach der Kündigung mussten sich Mutter und alle anderen Mitarbeiter der Firma neu auf ihre eigenen Stellen bewerben. Offiziell hieß es man „könne" sich darauf bewerben, aber was sollte man denn sonst tun? Mutter und die anderen bekamen ein Muster für einen Lebenslauf und eine Liste der außerdem einzureichenden Unterlagen. Sie fuhr am gleichen Tag zum neu eröffneten Kopierladen und ließ die Dokumente ablichten. Dann saß sie mit einem Stift in der Hand stundenlang vor einem Zettel und dem Lebenslauf von Erika Mustermann.

Immer wieder blätterte sie die Unterlagen durch, aber der Zettel wollte sich einfach nicht füllen. Diese Erika hatte einen perfekten Lebenslauf, hatte sich ständig in bessere Positionen hochgearbeitet, nicht wie Mutter, die nur ständig von einer Abteilung in die andere abgeschoben worden war. Sogar in der Essenausgabe der Kantine hatte sie einmal aushelfen müssen, welche Schmach gegenüber den Kollegen die Suppenkelle zu schwingen! Auch den Aktivisten-Orden, den sonst reihum jeder Mitarbeiter alle vier oder fünf Jahre an die Brust geheftet bekam, hatte Mutter in dreißig Jahren Arbeit nur einmal erhalten. Der Orden war ihr egal, auch die Geldprämie, die damit verbunden war, aber die Häme unter den Kollegen konnte sie nur schwer ertragen. Immerhin einmal hatte sie die „Auszeichnung" erhalten. Aber das konnte sie wohl kaum in ihren Lebenslauf schreiben, denn jetzt gehörten sie ja bald zum Westen. Trotzdem hatte sie die Urkunde mit dem auf der Spitze stehenden Quadrat, das Hammer, Zirkel und Ährenkranz beherbergte, vorsichtshalber mitkopiert.

Ralf-Jochen holte seinerzeit die alte schwarze Adler-Schreibmaschine vom Kleiderschrank und spannte ein Blatt ein. Das erste Stück des Farbbandes war eingetrocknet, aber nach ein paar Zentimetern, die Tastendruck für Tastendruck aus einer rundlichen Kapsel kamen und nach ihrem Weg über die schwarze Gummiwalze in einer anderen verschwanden, gab es wieder Farbe ab und die an Stangen hochschnellenden Typen hinterließen schwarze Abdrücke auf dem Papier. Ralf-Jochen reinigte mit nassen Papiertaschentüchern die metallenen Lettern, denn eine Schicht aus Staub und Farbresten hatte sich dort festgesetzt, so dass die Null wie eine ausgefüllte Ovalfläche aussah und auch die Buchstaben in den Linienzwischenräumen Schatten warfen.

Als Mutter einkaufen ging, nahm er sich ihre Unterlagen und stellte daraus einen Lebenslauf zusammen. Anfangs vertippte er sich des öfteren, aber nach etwa zehn verschriebenen Blättern hatte er eine ganz passable Kurzform von Mutters Vita zu Papier gebracht. Er ließ das fertige Blatt einfach auf dem Tisch liegen und wartete wie Mutter reagieren würde. So hatte er es immer getan, wenn die Klassenlehrerin ihm eine Verwarnung in sein Mitteilungsheft eingetragen hatte. Mutter unterschrieb dann und ging zur Arbeit, bevor er aufstand und am Nachmittag war die Sache bereits wieder vergessen. Mutter kam meist sehr nervös von der Arbeit, fast aufgelöst. Manchmal war sie so durcheinander, dass sie den Schlüssel in die falsche Richtung drehte und die Wohnungstür nicht aufbekam. Ralf-Jochen versuchte, zu dieser Zeit nicht zuhause zu sein, nicht nur weil es ihm wehtat, Mutter so zu sehen, sondern vor allem weil er merkte, dass es Mutter peinlich war, wenn er sie in diesem Zustand sah. Wenn er eins zwei Stunden später als sie nachhause kam, saß sie meist entspannt vor dem Fernseher und fragte ihn liebevoll, was er zu essen haben wolle.

Von seinem Lebenslauf war sie zunächst so begeistert, dass sie ihn heftig ins ganze Gesicht küsste. Doch dann verglich sie das Blatt mit der Vorlage und stellte fest, dass Ralf-Jochen den Platz von Geburtsdatum und Geburtsort vertauscht hatte; nicht so, dass es sachlich falsch geworden wäre, aber so dass es nicht mehr mit der Reihenfolge, die Erika Mustermann benutzte, übereinstimmte. Ralf-Jochen versuchte sie zunächst damit zu beruhigen, dass es sich doch wohl nur um ein Muster handele, das man individuell abändern könne und es wahrscheinlich sogar gut sei, wenn der Lebenslauf etwas anders aussehe als die anderen. Man rede doch jetzt so viel von Individualität. Mutter nickte, aber Ralf-Jochen sah, wie sie die Tränen unterdrückte und schrieb den Lebenslauf noch einmal exakt so, wie er vorgegeben war. Von den achthundert Angestellten wurden vier eingestellt, um bei der Abwicklung des Betriebes mitzuarbeiten. Mutter war nicht dabei.

Jetzt stand er vor der gleichen Situation. Er hatte keinen Job, kein Geld mehr und nicht einmal einen Lebenslauf. Auch sonst hatte er keine Papiere mehr. Doch, er hatte den Kontoauszug, den er eben abgeholt hatte, damit konnte er beweisen, dass er seine Miete bezahlte und Geld brauchte. Also doch zum Arbeitsamt. Irgendwie fühlte sich Ralf-Jochen unwohl bei diesem Gedanken. Er musste noch einmal in die Wohnung und sich ein wenig hinlegen. Als er aufwachte, war alles seltsam leer um ich herum. Die Wohnung, seine Regale, aber auch in seinem Inneren schien sich die Leere widerzuspiegeln. Er versuche nachzudenken, aber es waren keine Gedanken dort, an die neue hätte anknüpfen können.

Plötzlich kam der Gedanke an das Arbeitsamt in diese Leere hinein und wie ein Luftballon im Vakuum wurde er größer und größer und füllte Ralf-Jochen völlig aus. Er versuchte, sich dagegen zu wehren, sah aus dem Fenster, um etwas anderes aufzunehmen, was den Gedanken an die Behörde verdrängen konnte, es half nichts. Erschöpft von dieser innerweltlichen Ausweglosigkeit legte er sich wieder auf seine Matratze. Die Leere ergriff ihn erneut und er schlief ein, wachte aber bald wieder auf. Diesmal war sein Kopf voll von den Peinlichkeiten seines Lebens, die wohl wieder einmal als Träume durch sein Unterbewusstsein gezogen waren. Wieder schlief er ein und wieder wachte er in diesem Zustand auf. Die Schwere der Gedanken legte sich auf die Brust und wieder schlief er ein. Dieses Mal wachte er mit einer nervösen Unruhe auf, einer Art Fluchtreflex vor den Träumen, den Gedanken, die sich in seiner inneren Öde einnisteten.

Um zum Arbeitsamt zu fahren, war es jetzt zu spät. Er setzte sich einfach in die nächste Straßenbahn und fuhr bis zur Endstation. Die sanierten Altbauten wechselten zu unsanierten Altbauten und Nachkriegsneubauten, denen sanierte Neubauten und wieder unsanierte graue Bauten folgten, an denen die Plattenstruktur noch nicht mit Dämmstoffen kaschiert war und in großen grauen Karos triste Monotonie verbreitete. Ralf-Jochen versuchte, etwas spazieren zu gehen, ging aber bald wieder zur Haltestelle zurück und fuhr in seine Wohnung. Wieder übermannte ihn der flache Schlaf mit den tiefen unangenehmen Eindrücken.

Am nächsten Mittag wachte er auf. Er hatte geträumt, er wäre verfolgt worden und hatte sich gerade noch in seine Wohnung gerettet. Schnell hatte er die Haustür zugeschlagen und war die Treppen hinausgestürzt, hatte mit zittrigen Händen die Wohnungstür geöffnet und saß jetzt dahinter in der Hoffnung, die Verfolger wüssten nicht, in wel-

278

cher Wohnung sie ihn zu suchen hatten. Plötzlich klingelte es. Immer und immer wieder. Als Ralf-Jochen mit rasendem Herzen aufwachte, klingelte es tatsächlich an seiner Tür. Er blieb bewegungslos liegen, um Traum und Wirklichkeit in seinem Kopf zu trennen, er wusste nicht, ob es ihm gelungen war, als es noch einmal klingelte. Erst kurz vor seiner Entlassung hatte man eine Klingelanlage im Haus installiert. Vorher gab es nur eine Klingel an seiner Wohnungstür, die Hauseingangstür stand meistens offen, außer wenn Maletzki mal abends abschloss. Dann mussten Besucher von der Straße aus rufen, Ralf-Jochen war das egal, da er ohnehin nie Besuch bekam. Es war ihm sogar entschieden angenehmer gewesen, als es noch keine Klingelanlage gab, denn jetzt wurde er laufend durch Werbungsausträger und verschiedene Paketdienste aus der Ruhe gerissen. Er ging nie an die Gegensprechanlage, aber anschließend plagte ihn jedes Mal die Ungewissheit, wer da etwas von ihm gewollt haben könnte. Wenn er vom Fenster aus niemanden erspähen konnte, ging er nach einigen Minuten auf leisen Sohlen zum Briefkasten, um nachzusehen, ob dort jemand eine Nachricht eingesteckt hatte. So tat er es auch diesmal.

Er war bereits eine halbe Treppe hinabgestiegen, als er hörte, wie sich die Tür einer der oberen Wohnungen öffnete. Blitzschnell stürmte er in seine Wohnung zurück. Er wollte niemandem begegnen, sicher sah er furchtbar aus, hatte eine befleckte Jogginghose an, mit der er immer schlief und wie jeden Morgen standen ihm die Haare nach allen Seiten unruhig zu Berge. Als nach ein paar Minuten wieder Ruhe im Hausflur einkehrte, wagte er einen neuen Versuch, zum Briefkasten vorzudringen. Diesmal gelang es, er sah bereits den Prospekt eines Lebensmitteldiscounters aus allen Schlitzen ragen, sicher waren es die Austeiler, die bei ihm geklingelt hatten. Er zog das Heft heraus und warf es in den dafür bereitstehenden Pappkarton, der sich von der Witterung gezeichnet bereits aufzulösen begann. Er schloss den Briefkasten zur Sicherheit auf und sah nach, aber er war leer.

Das Arbeitsamt, dieser Gedanke kam ihm, als er überlegte, was er jetzt tun könne, ein Gedanke, der ihn sofort lähmte und ihn auf seine Matratze fallen ließ. Er schloss die Augen, aber obwohl er benommen war, spürte er doch keinen Funken von Müdigkeit mehr in seinem Körper. Sicher hatte er mehr als vierzehn Stunden geschlafen, auch an den Tagen davor waren es nicht weniger gewesen. Er machte sich kompliziert mit einem Kamm die Haare nass, um wie immer festzustellen, dass sie danach noch lächerlicher aussahen als zuvor. An einigen Stellen klebten sie jetzt an der Kopfhaut, an anderen standen sie spitz ab und verrieten die zum Bändigungsversuch benutzte Technik. Als er kein Shampoo fand, wusch er sie mit einem Stück Seife; er musste viel Seife hineinreiben, ehe es zu schäumen begann.

Das kalte Wasser schien ihn klarer werden zu lassen, nur wusste er noch nicht, ob ihm das gefiel. Je realer die Gedanken an das Arbeitsamt wurden, desto weniger konnte er sich vorstellen, jetzt dorthin zu gehen. Ihm fielen einige andere Aufgaben ein, die ebenfalls darauf warteten, erledigt zu werden. Er wusch sich gemächlich, wozu er in einem Topf auf seiner Kochplatte Wasser erhitzte, das er mit kaltem Wasser zusammen in das Spülbecken einließ. Anschließend räumte er einige

Sachen hin- und her, rauchte eine Zigarette, brühte sich einen Teebeutel auf und machte Musik an. Unerträgliche Gedanken trieben ihn auf die Straße. Er schaltete die Musikanlage ab, nachdem er behutsam den Lautstärkeregler auf die Nullposition gedreht hatte.

Eine alles bedeckende graue Einheitswolke hatte sich über den Himmel geschoben. Der Sprühregen, der aus ihr fiel, war so leicht, dass er von dem schwachen Windhauch (er vermochte es nicht einmal die wenigen an den Ästen verbliebenen Blätter zu bewegen) durch die offene Haustür in das Treppenhaus getragen wurde und bereits Ralf-Jochens Gesicht benetzte, als er seinen Fuß noch gar nicht von den sandfarbenen Kacheln herunter ins Freie gesetzt hatte. Fast brachte ihn das Gefühl, das dieser kalte Schleier auf seinem Gesicht erzeugte dazu, umzukehren, er hörte aber oben im Treppenhaus ein Schlüsselgeräusch und würde auf dem Rückweg jemandem aus dem Haus begegnen, weshalb er reflexartig vor die Tür trat. Er musste sich kurz orientieren, zuerst, weil er noch unentschlossen war, wohin er überhaupt gehen sollte, dann weil er einen Augenblick benötigte, um den Weg zu rekonstruieren, der ihn zum Arbeitsamt führen würde. Er entschloss sich, zu Fuß zu gehen, um das Geld für eine Fahrkarte zu sparen. In seinen ersten Jahren in Berlin war er aus Prinzip schwarzgefahren, auch wenn er nicht genau wusste, woraus sich dieses Prinzip ableitete. Es widerstrebte ihm einfach, für etwas zu bezahlen, für das er keine Gegenleistung erhielt. Schließlich würde die Bahn genauso die Gleise entlangpoltern, wenn er nicht darin säße. Und seine zusätzlichen achtundsechzig Kilo konnten doch wohl kaum den

Stromverbrauch der tonnenschweren Wagen maß-
geblich erhöhen. Er war mehrere Jahre nicht erwischt worden, aber inzwischen hatte man die Fre-
quenz der Kontrollen so erhöht, dass ihm das Risiko zu groß erschien, seine letzten Barreserven an
einen der unauffällig gekleideten Damen und Herren mit dem kleinen eingeschweißten Schild zu
verlieren, das sie aus ihren Taschen holten, wenn
die Türen schlossen und das sie als Kontrolleure
auswies.

Ralf-Jochen war einige hundert Meter gelaufen. Er durchquerte die Simon-Dach-Straße, in der
sich langsam die ersten Kneipen füllten. Es war ein
frischer sonniger Frühlingstag, die jungen Leute
trugen Pullover und Sonnenbrillen und strahlten
die Leichtigkeit aus, nach der Ralf-Jochen sich immer gesehnt hatte. Zum ersten Mal spürte er ganz
deutlich, dass er nicht mehr dazugehörte. Hatte er
das jemals getan? Er trug seine abgewetzte Motor-
radlederjacke, die er seit seiner Pubertät bei jedem
Wetter umherschleppte, obwohl er niemals ein Motorrad besessen und es auch nie in Erwägung gezogen hatte, sich eines zu beschaffen; irgendwie kam
er sich damit jetzt wie ein Relikt aus längst vergangenen Zeiten vor.

Plötzlich spürte er einen starken Druck im
Bauch. Er ging bereits die Grünberger Straße entlang, zu deren Ende hin die Kneipendichte immer
geringer wurde. Es war ihm stets unangenehm,
ohne etwas bestellt zu haben, auf ein Kneipenklo zu
gehen. Er spürte dann förmlich die verachtenden
Blicke der Kellner und der anderen Gäste. Nachhause würde er es nicht mehr schaffen, das war
ihm klar. Der Schweiß rann bei diesem Gedanken
so stark aus den Poren, dass er die Lederjacke

nicht mehr ausziehen konnte, weil sein weißes T-Shirt bereits völlig durchnässt war, kalt an seinem Oberkörper kleben und seine unvorteilhaften Konturen den neugierigen Blicken freigeben würde. Es half nichts, er musste eines der Kneipenklos aufsuchen.

Noch etwa dreißig Meter würde er gehen müssen, denn dort gab es eine Kneipe, in der er vor einigen Jahren eine Zeit lang des öfteren verkehrt hatte und deshalb wusste, wo sich die Toiletten befanden, auf die er sich deshalb einigermaßen sicheren Schrittes begeben konnte, als sei er Gast, ohne die befürchtete Aufmerksamkeit auf sich zu ziehen. Als er näher kam, sah er, dass die braunen Korbstühle noch in hohen Stapeln neben dem Eingang standen. In keinem Fall wollte er von dem Ruf: „Wir haben noch geschlossen!" aufgehalten werden, schon gar nicht in seiner Situation. Er musste bereits eine starke Anspannung aufbringen, um seinen Stuhlgang zurückzuhalten und konnte deshalb nur noch schwer einen Schritt halten, von dem er dachte, dass ihn andere als unauffällig empfinden würden.

Er musste weiter. Die beißende Last in seinem Unterleib raubte ihm den Atem. Der Schweiß rann weiter und hatte, Bauch und Rücken herunterlaufend, bereits den gesamten Hosenbund durchtränkt. Vor einer schwarz getünchte Kneipe in einem grauen Haus saß ein Pärchen und trank Cocktails. Ralf-Jochen hatte keine Wahl, er musste an den beiden vorbei und eine Toilette finden. Beim Hereingehen sah er niemanden, alles erschien ihm dunkel. Durch einen schwarz gestrichenen Gang ging er an einem Schild vorbei, das irgendetwas von einem Theater anzeigte. Vor der Biegung, die in fast völligem Dunkel lag, fand er eine Tür mit dem Symbol für eine Behindertentoilette. Er riss die Tür auf und erblickte mit dem Rücken zu ihm einen Mann mit Halbglatze, der neben der Kloschüssel an einem Schreibtisch saß. Noch bevor der sich umdrehen konnte, schloss Ralf-Jochen die Tür wieder und lief so schnell es ihm sein Zustand erlaubte in Richtung Ausgang.

Er stellte sich vor, wie er mit befleckter Hose nachhause laufen müsste, wie ein Aussätziger den Blicken und dem Gespött der Passanten ausgesetzt. Der druck im Unterleib schien noch größer zu werden. Er überlegte nicht weiter und ging sofort in die nächste Kneipe, am Tresen vorbei, von wo aus ihn ein Kellner freundlich begrüßte. Gleich dahinter fand er zu seiner Erleichterung die Toiletten. Sie sahen schmuddelig aus, aber das war ihm jetzt so egal wie selten. Er schaffte es nicht mehr, wie üblich die Brille mit Toilettenpapier auszulegen, so dass seine Haut kein Stück von dem bakterienverseuchten Plastik berühren musste und entleerte sich deshalb in der Hocke.

Als der Krampf sich explosionsartig löste, empfand er einen Augenblick der Erleichterung, dann kehrte die Bedrückung zurück, diesmal ohne den Schmerz, aber ebenso tief sitzend. Er fühlte sich wie ein Junkie, der gerade im Bahnhofsklo aufwachte. Eine tiefe Empfindung von Verlorenheit umfing ihn auf der Straße und trieb ihn zurück nachhause. Nachts wachte er von einem dumpfen Dröhnen und Hämmern auf. Lange hielt ihn dieser Lärm wach. Er schaltete seine Musikanlage ein und regelte die Lautstärke soweit hoch, dass das Dröhnen darin unterging. Nur an einigen leisen Stellen hörte man noch das gleichgeschaltete Hämmern hervorquellen. Ralf-Jochen musste eine andere CD einlegen, eine die weniger leise Stellen aufwies und die er schon so oft gehört hatte, dass er endlich dabei einschlafen konnte.

Als er am nächsten Tag die Wohnung verließ fiel ihm auf, dass an der Klingel von Maletzkis Wohnung ein Zettel klebte. Der sorgfältig auf einer alten Schreibmaschine angefertigte und hinter das durchsichtige Plastik geklemmte Streifen mit dem Namen Maletzki war verdeckt von einem Disketten-aufkleber, auf dem etwas unkenntlich durchgestrichen und handschriftlich in krakeligen Buchstaben der Name Capelli/Feige aufgebracht worden war. Ralf-Jochen hatte keine Ahnung, wann diese Leute eingezogen waren und ihm graute es bei dem Gedanken, jemandem von ihnen zu begegnen, weshalb er schnell auf die Straße lief. Er bewegte sich in die Richtung, wo einmal das Arbeitsamt gewesen war. Tatsächlich fand er es wieder, ein zehnstöckiger grauer Plattenbau, in den jetzt türkisfarbene Fenster eingesetzt worden waren, was die Optik des Gebäudes nicht weniger trostlos werden ließ, so wie es wohl das Ansinnen dieser Farbwahl gewesen war. Ralf-Jochen versuchte sich auf den mehrere Quadratmeter hohen Schildern zu orientieren, die im Foyer hingen und auf denen die Namen verschiedener Abteilungen mit Etagen- und Zimmernummern prangten. Schließlich entdeckte er einen *Aufnahmebereich* und beschloss, dass er dort richtig sein müsse. Ein metallener Fahrstuhl brachte ihn in die achte Etage, wo sich eine Menschenschlange von etwa zwanzig Metern Länge gebildet hatte. Ralf-Jochen ging zunächst zum Endpunkt der Schlange, wo es einen Tresen gab, hinter dem eine Angestellte des Arbeitsamtes saß und sich mit dem an der Reihe Befindlichen zu unterhalten schien. Ralf-Jochen stellte sich in die Reihe. Nach einer Dreiviertelstunde kam er zu der Angestellten, die ihn erwartungsvoll anblickte. Er sah sich um, hinter ihm hatte sich die Schlange noch verlängert, der nächste Wartende stand auf der gelben „Diskretionslinie", die anderthalb Meter vom Tresen entfernt auf den Boden geklebt worden war. Ralf-Jochen nuschelte, er wolle sich arbeitslos melden. Sein Ausweis wurde verlangt, er kramte umständlich seinen Reisepass heraus, was die Angestellte bereits mit genervtem Augenrollen quittierte.

„Adresse?"

Ralf-Jochen nannte seine Adresse, woraufhin die Angestellte – jetzt das erste Mal mit einem kaum merklichen Lächeln auf den Lippen – verkündete, dass man in diesem Fall nicht für ihn zuständig sei. Als Ralf-Jochen stammelnd entgegnete, dass er doch schon einmal hier gewesen sein, meinte die Angestellte, das müsse aber schon lange her sein und nannte ihm die Straße in der sich das „Job-Center" befinde, das jetzt für ihn zuständig sei. Noch ehe sich Ralf-Jochen in seiner Unschlüssigkeit vollends vom Tresen wegbewegt hatte, rief die Angestellte barsch den nächsten Wartenden heran, wobei sie sich zur Seite beugte, um an Ralf-Jochen vorbeisehen und –rufen zu können.

Wie betäubt von den sinnlosen Gedanken, die seinen Kopf füllten, taumelte Ralf-Jochen nachhause. Er legte sich auf seine Matratze und fiel in einen unruhigen Schlaf. Als er erwachte, war es bereits wieder dunkel. Er sah jetzt auch nicht mehr aus dem Fenster, denn das Haus auf der anderen Straßenseite flößte ihm Unbehagen ein. Meist schaltete er nicht einmal mehr das Licht ein, sondern verharrte im orangegelben Halbdunkel des Straßenlaternenlichts. Er musste an seinen Besuch beim Arbeitsamt denken. Wie hieß noch einmal die Straße, in die er jetzt gehen sollte, ach ja, das war doch am letzten Ende von Kreuzberg, zum alten Arbeitsamt konnte er in fünf Minuten zu Fuß gehen. Jetzt würde er eine halbe Stunde in Bus und U-Bahn zubringen.

Als er wieder erwachte war es hell. Ralf-Jochen besaß keine funktionierende Uhr mehr, aber anhand der vergleichsweise geringen Verkehrsdichte auf der Warschauer Straße konnte er abschätzen, dass es bereits nach elf Uhr sein musste. Krampfhaft versuchte er, sich zu erinnern, welcher Tag heute war. Es gelang ihm nicht. Er schaltete das Radio ein und wartete, bis die Mittagsnachrichten ihm verkündeten, dass es sich um einen Freitag handelte. Es war also völlig aussichtslos, jetzt noch zum Arbeitsamt zu fahren, denn dort würde man bereits wie in allen Ämtern vor verschlossenen Türen stehen, hinter denen Kaffee und Kuchen auf den Tischen standen, wenn überhaupt noch jemand anwesend war.

Was sollte er nur machen? Geld ausgeben konnte er nicht. Er hatte zwar noch eine kleine Barreserve, aber am Automaten würde er nichts mehr bekommen, die wenigen Scheine und Münzen mussten also reichen, bis er Geld vom Arbeitsamt bekam. Dieses Wort ließ ihn einfach nicht mehr los. Arbeitsamt, an die neue Bezeichnung Job-Center würde er sich sicher nie gewöhnen, genauso wie er immer noch in der nach dem Zusammenbruch der DDR schnell liebgewonnenen D-Mark rechnete, die es seit vier Jahren nicht mehr gab, oder waren es schon fünf Jahre? Er konnte sich nicht erinnern.

Aus einem für ihn nicht nachvollziehbaren Grund zog es ihn auf die Straße. Vielleicht war es die Sonne, die mit ihren hellen Strahlen eine Aufhellung des Gemüts versprach, Ralf-Jochen dachte nicht weiter darüber nach und ging hinaus. Hier war es sicher fünfzehn Grad wärmer als in seiner Wohnung. Das Schild am Bestattungsinstitut, das im Wechsel Uhrzeit und Temperatur anzeigte, sprang von 14:07 auf 36°C. Sofort rann Ralf-Jochen der Schweiß aus allen Poren, wie immer am meisten am Kopf. Das Bestattungsinstitut warb mit einem großen Schild „Nie wieder zu viel bezahlen!". Ralf-Jochen wandte sich angewidert in die andere Richtung. Er wechselte die Straßenseite, um in den Schatten zu gelangen.

Kein Luftzug war zu spüren, nur aus den Gullys und Kanaldeckeln stieg fauliges Gas auf, das Ralf-Jochen noch benommener werden ließ, als es die Hitze schon getan hatte. Der Lärm der Großstadt kam ihm jetzt schlimmer vor, als er es in Brasilien immer empfunden hatte. Straßenbahnen donnerten über die unebenen Gleise, Autos und Motorräder röhrten beim Anfahren an der Ampel, Hunde bellten, der Bass eines eintönigen Musikstückes donnerte dumpf aus unbestimmbarer Richtung, irgendwo knatterte ein Presslufthammer und in einer Wohnung des Hauses , an dem er gerade vorbeilief, schliff jemand die alte Ölfarbe von den Dielen und ein reizender Staub quoll in grauen Wolken aus dem offenen Fenster. Ralf-Jochen fühlte einen stechenden Schmerz im Hinterkopf und ein vibrierendes Pfeifen in der Lunge. Er zündete sich eine Zigarette an und bog in eine ruhige Seitenstraße ein. Kleine gelbliche Kreise tauchten nahe vor seinen Augen auf. Er kannte diese Kreise, die manchmal auch als gebogene bumerangartige Linien auftauchten seit seiner Kindheit und hatte lange Zeit an einen Gehirntumor geglaubt, von dem er gehört hatte, er könne auf den Sehnerv drücken. Phasenweise hatte er sich dann aber damit beruhigt, dass er sicher schon tot wäre, wenn ein Tumor seit über zwanzig Jahren in seinem Kopf wachsen würde. Jetzt geriet er wieder in Panik, weil die kleinen Kreise sich heftig zu bewegen begannen und schließlich zu einem gleißenden Flackern vor seinem inneren Auge verschmolzen, das ihn blind machte.

Er tastete sich zu einer Hauswand die nach Reviermarkierungen von Hunden, Exkrementen und Erbrochenem roch. Er hatte keine Wahl, lehnte sich mit dem Rücken dagegen und ließ sich in die Hocke herunterrutschen, wobei ihm der raue Putz das weiße T-Shirt hochschob und den Rücken aufriss. Er versuchte, tief durchzuatmen, was ihm mäßig gelang, aber zunächst keine Besserung brachte. Hoffentlich würde ihn keiner ansprechen, ob er Hilfe brauche. Manche Leute konnten da regelrecht penetrant sein. Als er einmal auf dem Kneipenklo eingeschlafen war, hämmerte ein Saufkumpan so lange gegen die Tür, dass er aufwachte und alles vollkotzte. Als er diesen Typen ein paar Wochen später wiedertraf, beschwerte der sich auch noch, dass der Kneiper ihn dazu verdonnert hatte, die Sauerei aufzuwischen, nachdem Ralf-Jochen wankend und unansprechbar das Lokal verlassen hatte. Schließlich war dieser Typ doch selbst Schuld daran!

Zum Glück sprach ihn jetzt niemand an. Es kam selten jemand vorbei, wie Ralf-Jochen mit geschlossenen Augen wahrnahm. Wahrscheinlich ekelten sich die Leute vor dem Schweiß, der in dikken Tropfen von seinem Kopf triefte. Vielleicht beachteten sie ihn aber auch gar nicht. Das wäre ihm lieber gewesen. Diese Nichtbeachtung war das einzige, was von seiner einstigen Faszination für die Großstadt übriggeblieben war. Jetzt schien es ihm, als nähmen die ständig vorbeihetzenden Menschen und Fahrzeuge jedes Mal ein Stück von ihm mit. Die Zeiten, als er sich daran erfreuen konnte, nicht zu den Sklaven der Zeit zu gehören und aus dem Mitleid und der Verachtung für die anderen Kraft schöpfte, waren vorbei. Er sehnte sich nach der Einsamkeit und Ruhe des brasilianischen Hinterlandes.

Das gesamte Wochenende verließ er seine Wohnung nicht. Er überlegte einige Male, mit dem Streichen zu beginnen. Einmal machte er sogar einen der Eimer auf und rührte die Farbe um, aber als er daran dachte, dass er zunächst Boden, Steckdosen und Lichtschalter abkleben müsste, überwältigte ihn wieder die Müdigkeit und er musste sich auf seine Matratze legen. Ständig hörte er das dumpfe Dröhnen, er hochte an sämtlichen Wänden, um herauszufinden woher es kam. Es war überall, aber es hatte keine Richtung. Er zog den Stecker des Kühlschranks aus der Steckdose, der ratternd Kälte und Wärme produzierte, aber das Dröhnen blieb. Wieder lauschte er an allen Wänden. Das konnte doch nur von diesen Capellis und wie hießen sie noch mal – egal – kommen. Ralf-Jochen ging vorsichtig und leise ins Treppenhaus und hielt sein Ohr an die Tür von Maletzkis Wohnung. Zunächst meinte er ein schnelles Hämmern aus dem Innenraum dringen zu hören, merkte aber als er sich aus der Horchstellung entfernte, dass es sein pochendes Herz war, das er da gehört hatte. Er ging zurück und schaltete den CD-Player auf Repeat ohne die CD zu wechseln.

Am Montag wachte er mitten in der Nacht auf und konnte nicht mehr einschlafen. Die CD, die er Tag und Nacht hörte nervte ihn allmählich, er war aber zu faul sie zu wechseln, außerdem hatten nur wenige Tonträger seine Verbrennungsaktion vor ein paar Wochen überlebt. Wie lange war das jetzt eigentlich schon her, Ralf-Jochen kam zu keinem Ergebnis. Er machte sich ausgehfertig und wartete, bis es hell wurde, um zum Arbeitsamt aufbrechen zu können. Er lief etwa anderthalb Stunden, aber es kam ihm weniger weit vor, als er gedacht hatte. Als er das Gebäude erreichte, wurden gerade die Türen geöffnet und ein Pulk von Menschen bewegte sich hinein und verteilte sich auf den verschiedenen Fluren.

Das braune Linoleum erschien zum Rand hin durch die dort weniger abgetretenen Schichten von Bohnerwachs und Staub kontinuierlich dunkler zu werden. Ralf-Jochen studierte den Wegweiser und stieg eine Treppe höher, öffnete die schwere zweiflügelige Schwenktür mit den undurchsichtigen Reliefglasscheiben und trat in den Gang, der zu beiden Seiten mit schwachem und leicht flackerndem Neonlicht beleuchtet war, das blitzartig das Zucken in seinem Auge verstärkte. In einiger Entfernung standen zwei blau gekleidete Gebäudereiniger, die sofort wild zu gestikulieren begannen, als sie Ralf-Jochen erblickten. Mit ihren fuchtelnden Armen schienen sie hinter ihn zu deuten.

Instinktiv bewegte er sich in die angezeigte Richtung, worauf die beiden brüllten, dass er auch dort nicht entlanggehen dürfe. Er sah nach unten und stellte fest, dass seine Schuhe staubgraue Abdrücke auf dem feuchten Linoleum hinterließen. Er drehte um und die beiden bedeuteten ihm, dass er durch die gleiche Tür wieder verschwinden solle, durch die er gekommen war. Verwirrt tat er das Geforderte und merkte, wie die Wut in ihm hochstieg. Er überlegte, wie man hätte reagieren müssen. Zurückzubrüllen, dass die Idioten das nächste Mal gefälligst nur eine Richtung wischen sollten? Oder einfach weitergehen, so dass sie den verdammte Flur noch einmal wischen müssen? Nach einiger Zeit stellte Ralf-Jochen fest, dass er sich bereits wieder einige hundert Meter vom Arbeitsamtsgebäude entfernt befand und nur noch ein Beschwerdeschreiben an die Gebäudeverwaltung infrage kam, von denen er in seinem Leben bereits Hunderte verfasst hatte, obwohl sie wenn überhaupt nur mit einem Standard-Entschuldigungsschreiben für alle erdenklichen Fälle beantwortet wurden.

Wieder schlief Ralf-Jochen tagsüber und wachte in der Nacht auf. Diesmal wartete er nicht bis es hell wurde, sondern ging bereits zuvor aus dem Haus. Am Arbeitsamt war noch niemand zu sehen. Er lief weiter die Straße hinunter, die auf einem Platz endete, der halbrund mit Nachkriegsbauten vollgestellt war. Ralf-Jochen schlenderte über einen Friedhof. Der Morgen graute und er schien der einzige zu sein, der hier so früh umherlief. Der Friedhofsgärtner transportierte mit einem Minitraktor Abraum. Ralf-Jochen genoss die Ruhe, nur von Ferne war hier das Rauschen der Straße zu hören, von hier aus wirkte es fast idyllisch. An den Kriegsgräbern mit ihrer monotonen Stelenform ging er zügig vorbei und verlangsamte seinen Schritt erst wieder an den neueren Grabstätten, deren Steine in allen möglichen Formen und Farbtönen glänzten, teilweise mit Sprüchen versehen, teilweise nur mit Namen, fast immer aber mit Geburts- und Todesjahr. Unwillkürlich rechnete er die Differenz zwischen beiden aus und wunderte sich nach einer Weile darüber, wie niedrig sie im Durchschnitt ausfiel. Er war sicher an mehr als hundert Gräbern vorbeigegangen und nur bei einer Hand voll lag das von ihm errechnete Sterbealter über der offiziellen Lebenserwartung, die er aus den Zeitungen kannte. Hier starb man im Durchschnitt bereits mit sechzig Jahren. Plötzlich wurde er sich bewusst, dass er die Hälfte dieses Alters in Brasilien erreicht hatte. Er hatte nicht mal an seinen dreißigsten Geburtstag gedacht. Konnte das sein? Er musste sich irren. Alles Nachrechnen brachte ihn zum gleichen Ergebnis. Er war jetzt dreißig, noch einmal so lange und er würde wahrscheinlich auch tief dort unten liegen in dieser kalten, schweren und feuchten Erde. Schnell flüchtete er zurück auf die Straße.

Herzschmerz.

Ralf-Jochen musste eingeschlafen sein. Verschwommen nahm er Gehweg und Straße wahr, auf der immer noch viele Autos unterwegs waren. Er verspürte einen stechenden Druck auf der Blase und versuchte unwillkürlich, sich nach einer abgelegenen Ecke umzusehen, aber selbst durch den Nebel, der vor den Konturen der umgebenden Gebäude lag, konnte er erkennen, dass es hier keine uneinsehbaren Flecken gab. Langsam tatstete er sich zu einem Hauseingang. Die Tür war verschlossen. Einen Eingang weiter gab es eine Einfahrt, deren eine Flügeltür sich öffnen ließ. Ralf-Jochen schob sich an der bröckeligen Wand entlang bis zur

Hoftür und sah durch den inneren Schleier hinaus. Auch dort gab es keine abgelegene Ecke, keinen Strauch hinter dem man sich hätte verstecken können. Ralf-Jochen sah sie zwar nicht, aber er stellte sich die grauen Wände mit den unzähligen schwarzen Fensteröffnungen vor, die diesen Hof umranden mussten. Hier konnte er sich nicht entleeren. Er tatstete sich ein paar Schritte zurück in die Richtung aus der er gekommen war. In der Mitte zwischen Eingangstor und Hoftür stolperte Ralf-Jochen ein paar Stufen hinauf und befand sich in einem dunklen Winkel des Treppenhauses. Der Harndrang wurde so stark, dass er gerade noch seine Jogginghose herunterziehen könnte, bevor unter starkem Brennen etwas begann zu fließen, von dem Ralf-Jochen nicht wusste, was es war. Es fühlte sich dickflüssig an, er konnte aber immer noch nicht genug sehen, um zu identifizieren, ob es eine normale Farbe hatte. Plötzlich öffnete sich in der schwarzen Wand ein graues Fenster. Ralf-Jochen steckte seinen brennenden Schwengel zurück und versuchte die Flüssigkeit zurückzuhalten, merkte aber an dem warmen Strom, der sich an den Innenseiten seiner Oberschenkel hinunterbewegte, dass ihm das nicht gelungen war.

Im Augenwinkel sah er Bobinski. Der alte Schleimer arbeitete mit ihm in der gleichen Firma, bis man ihn entließ. Bobinski war garantiert noch da. Mit seinen halblangen zur Seite gegelten Haaren, sah er schon so schmierig aus, abgesehen davon, dass diese Frisur an einem fast Vierzigjährigen einfach nur lächerlich wirkte. Jedes Jahr hatte er von allen Mitarbeitern Geld eingesammelt, um dem Geschäftsführer ein Geburtstagsgeschenk zu kaufen. Ralf-Jochen hatte sich darüber stets unheim-

294

lich geärgert, weil Bobinski bei der Übergabe immer so tat, als hätte er es alleine bezahlt. Das letzte Mal hatte er einen Konzertgutschein für über einhundert Euro gekauft. Ralf-Jochen traute sich nie, etwas gegen die Sammlung zu sagen, weil er Angst hatte, Bobinski könnte das dem Chef aufs Butterbrot schmieren. Aber als dieser Kerl zehn Euro für den Konzertgutschein von ihm haben wollte, verlor Ralf-Jochen beinahe die Fassung. Er hielt das zuerst für einen Scherz und fragte zweimal nach, wie viel Bobinski denn wirklich haben wollte. Der fragte Ralf-Jochen nur, ob er etwas an den Ohren habe, er habe doch laut und deutlich zehn Euro gesagt. Ralf-Jochen dachte daran, dass sein Stundenlohn zwar etwas über diesem Betrag lag, er um ihn auf die Hand zu bekommen aber etwa anderthalb Stunden hatte arbeiten müssen; anderthalb Stunden unterbezahlte Arbeit, damit der Herr Geschäftsführer sich anderthalb Stunden amüsieren konnte. Er holte verwirrt von der überhöhten Summe und ärgerlich über Bobinskis joviales Auftreten sein Portemonnaie heraus und meinte, das werde aber ein fürstliches Geschenk, worauf Bobinski nur erwiderte, das seien nun mal heutzutage die Preise. Ja, der Preis des Arschkriechens dachte Ralf-Jochen im Weggehen und bekam von Bobinski noch die rhetorische Frage hinterhergeworfen, wann er denn das letzte Mal im Konzert gewesen sei. Tatsächlich war es ewig her, dass Ralf-Jochen ein Konzert besucht hatte. Noch länger war er nicht im Kino gewesen. Auch in den Urlaub war er noch nie gefahren. Das einzige Mal, dass er ohne beruflichen Anlass ins Ausland fuhr, war als er Roberta hatte aus Brasilien holen wollen.

Er wollte tun, als hätte er Bobinski nicht gesehen, sah aber im gleichen Moment wie dieser zu
ihm herüber, so dass sich ihre Blicke trafen. Ralf-
Jochen sah wie immer verschreckt wieder weg, registrierte dabei aber, dass er gesehen worden war
und ging nun widerwillig, mit zornigem Druck auf
dem Herzen und einem aufgesetzten Lächeln auf
dem Gesicht auf Bobinski zu. Er würde ihm erzählen, dass er gerade zwei Monate Urlaub in Brasilien
gemacht habe und die neu gewonnene Freiheit ge-
nieße. Dass er verschiedene Projekte und Angebote
in der Schublade habe. Ja, er freute sich jetzt regelrecht darauf, Bobinski diese Halbwahrheiten auf-
zutischen. Aber was war das?

Bobinski tat jetzt so, als würde er Ralf-
Jochen nicht sehen, ging steifen Blickes an ihm
vorbei zur Treppe des S-Bahnhofs und verschwand.
Dabei tat er so, als würde er auf dem Ralf-Jochen
abgewandten rechten Handgelenk auf die Uhr sehen, obwohl der genau erkannte, dass er seine klo-
bige und für ihn zu moderne Uhr am linken Arm
trug. Ralf-Jochen war wütend. Was bildete sich
dieser Schleimer eigentlich ein? Ob er auch schon
mal so arrogant auf andere Leute gewirkt hatte,
wenn er aus Unsicherheit, ob ihn jemanden erkennen würde oder nicht, so getan hatte, als sehe er
denjenigen nicht? Sicher war das schon oft passiert. Er würde den Leuten als blasierter Schleimer
a la Bobinski in Erinnerung bleiben. Mit dem Un-
terschied, dass Bobinski Karriere machen würde
und er auf ganzer Linie versagt hatte, beruflich genauso wie privat.

Ein abgerissenes Pärchen stritt sich ein
Stück weiter, irgendwer hatte irgendjemanden be-
trogen, worüber diese Leute sich eben so stritten.

Er versuchte, nicht hinzusehen und drehte sich zum Bahnsteig. Die Stimmen der beiden kamen näher. Plötzlich sah er die Frau, wie sie von dem Mann vor ihm vorbeigeschoben wurde. Der Mann hatte seine Hand an ihrem Hals und drückte sie so an der Bahnsteigkante entlang. Ralf-Jochens Körper spannte sich und mit aller Kraft stieß er den Mann ohne zu überlegen vom Bahnsteig auf die Gleise. Er hatte es also noch einmal gekonnt. Instinktiv sah er auf die andere Bahnsteigseite nach einem Zug, in den er einsteigen konnte. Es war keiner da.

„Das ist die Sau! Weißes T-Shirt! Jetzt gibt's auf die Fresse!" hörte er eine bekannte Fistelstimme aus einem Mund mit braunen Zähnen schreien.

„Der wollte Richie kaltmachen", schrie jetzt auch die Frau, die er gerade vor ihrem würgenden Macker gerettet hatte. Wie verblödet kann man nur sein, dachte Ralf-Jochen und verzog das Gesicht zu einem abschätzigen Grinsen. Und obwohl er diese Worte verabscheute und sie vorher noch nie in den Mund genommen hatte entwich ihm jetzt laut ein „Verdammtes asoziales Pack!". Er drehte sich um und spuckte voller Abscheu aus. Jetzt sah er eine Gruppe von grauschwarzen Gestalten auf sich zukommen, die dort gesessen und sich betrunken hatten. Fuselflaschen splitterten, Scherben bohrten sich in Ralf-Jochens Fleisch. Wie eine Meute wilder Hunde jaulten und geiferten sie über ihm, während die wirklichen Hunde – genauso grauschwarz wie ihre Besitzer, aber etwa doppelt so viele - in etwas Entfernung standen und aufgeregt kläfften. Erst war ihm heiß, dann wurde es kalt. Bilder und Stimmen schossen ihm durch den Kopf. Es war nicht der vielbeschriebene Film, der vor seinem inneren Auge ablief. Vielmehr erschien alles gleichzeitig, nicht chronologisch, aber trotzdem konnte er in diesem Moment allem eine Zeit und einen Sinn zuordnen. Es war, als glühten die Nervenbahnen, die das alles verknüpften noch einmal auf, bevor sie verglimmten und zu Staub zerfielen. Er spürte jetzt nichts mehr, wusste nur, dass sein Herz nicht mehr schlug. Der falsche Rhythmus war verstummt, seine Anziehungskraft auf die Aussätzigen hatte endlich ihren Abschluss gefunden.

## Epilog – Bekenntnisse eines Mörders

Vor ein paar Wochen habe ich in der Schule aus meinen Spielkarten ein Hakenkreuz auf den Tisch gelegt. Die Lehrerin tat sehr bestürzt und rief die Direktorin. Die Direktorin rief die Polizei. Die Polizei nahm mich mit. Der Polizist war freundlich. Er sprach, als würden wir uns schon lange kennen. Ich antwortete ihm höflich, dass ich auch nicht wisse, warum ich das gemacht habe. Er fragte mich, ob ich so etwas schon öfter gemacht habe und ob meine Kumpels auch so etwas machten. Natürlich sagte ich nein. Ob ich Probleme in der Schule hätte. Ebenfalls nein. Zu seinem Kollegen sagte der freundliche Polizist, es sei doch wohl nur ein dummer Streich gewesen, der Junge sei ja ganz eingeschüchtert.

Aber ich hatte keine Angst vor den Polizisten. Dort war es nicht schlimm, gerne wäre ich noch länger geblieben. Aber auch dort gehörte ich nicht hin, ich wusste, dass ich wieder zurück musste. Dieser Gedanke drehte mir den Magen um. Trotzdem musste ich ihn laufend denken. Ich dachte immer und ständig daran, was wohl als nächstes passieren würde und meistens waren das keine angenehmen Vorstellungen. Der Moment würde kommen, dass sie mich nachhause brachten. Es musste sein, dort gehörte ich schließlich hin, zu Mutti, den Tauben und Papa, ja auch Papa. Ich wusste, was passieren würde. Trotzdem musste es sein. Als es soweit war, schloss ich die Augen, biss mir auf die Lippen und wartete, bis es vorbei war. Dann ging ich zu meinen Tauben und steckte mir ein paar von ihnen unter den Pullover. Erst flatterten sie aufgeregt, aber ich beruhigte sie. „Alles in

Ordnung. Alles in Ordnung.", flüsterte ich und sie verstanden und schmiegten sich an meine lädierte Brust.

Mutti weinte, als sie nachhause kam. Ich sagte, dass es mir leid tut und dass alles wieder gut werden würde. Immer wurde alles wieder gut. Zumindest eine Zeit lang. Auch diesmal schien es so. Justin kam nachhause und hatte einen Tadel in seinem Elternheft. Das lenkte ein bisschen ab. Ihm passierte natürlich nichts. Nur zwei Wochen Stubenarrest bekam er. Nach spätestens drei Tagen hielt Papa das sowieso nicht mehr durch. Mein Bruder störte ihn viel zu sehr beim Fernsehen und er sagte dann immer, er solle sich auf die Straße verdrücken.

Ich durfte nie einfach raus auf die Straße. Immer musste ich genau bescheid sagen, wohin ich gehe. Papa glaubte mir nie und telefonierte jede halbe Stunde auf dem Handy hinter mir her. Und er hatte Recht. Ich war nie da, wo ich gesagt hatte. Am Handy tat ich einfach so, als wäre ich woanders. Ich hasste dieses Ding, denn natürlich hatte ich keinen Vertrag; keiner aus unserer Familie bekam mehr einen - und auch nie ein Guthaben auf der Karte, so dass ich niemanden anrufen konnte und Papa war der einzige, der mich anrief. Wenn ich keine Lust hatte, mir eine Geschichte auszudenken oder dieses verdammte Handyklingeln zu hören, mischte ich ihm drei oder vier von den kleinen weißen Tabletten mit dem Spalt unter seine nachmittägliche Ration. Eine halbe Stunde später hörte ich Sein Schnarchen bis in mein Zimmer und machte mich auf den Weg, meistens zu Sven oder zum Kauler. Zuerst immer zu Sven. Aber der war oft nicht da. Auch wenn er da war, machte er oft

300

die Tür nicht auf. Aber wenn er aufmachte, dann schlug mein Herz höher. Am liebsten hätte ich ihn jedes Mal umarmt, aber das ging nicht, schließlich sind wir Männer. Stattdessen rauchten wir, tranken ein paar Bier und dann zogen wir durch die Stadt. Dann fühlte ich mich absolut frei. Ich wusste, dass mir nichts passieren konnte. Wenn uns nur einer schräg anguckte, schrie Sven ihn sofort zusammen. Er würde auch zuschlagen, das merkten die Leute und zogen den Kopf ein.

Ja, ich kenne die Geschichten von den Schülern, die mit der Pumpgun in ihre Schule gehen, um alle zu erschießen und sich schließlich selbst den Kopf wegzublasen. Ich verstehe sie, aber sie sind nicht wie ich. Sie wollen es allen zeigen, weil sich niemand um sie gekümmert hat. Ich bin froh, wenn mir niemand Aufmerksamkeit schenkt. Ich will nur meine Rache, will nichts beweisen, es glaubt ja doch niemand. Nicht dass ich das mit dem Töten nicht könnte, oh doch das könnte ich. Auch mit meinen Tauben habe ich es gekonnt, warum sollte ich es deshalb nicht mit diesem Abschaum können?

„Deine Tauben, das werden zu viele", hatte Papa gesagt. „Ich mache Dir das Messer scharf."

Nachdem ich die innerliche Ohnmacht überwunden hatte, die mich einen Moment lang lähmte, nahm ich das Messer und tat es. Ich fühlte nichts dabei, es fiel mir auch nicht schwer, die Tränen zurückzuhalten. Nicht solange ich ihnen die Kehlen durchschnitt und mir dabei vorstellte, es wären die von gewissen Leuten. Als ich das Blutbad beendet hatte, überlegte ich kurz, ob ich mir selbst die Kehle durchschneiden sollte. Es hätte wohl nichts geändert, in diesem Moment war ich sowieso gestorben. Auch war ich zu feige. Schon tot und trotzdem nicht den Mumm, es auch Wirklichkeit werden zu lassen. Als ich das dachte, heulte ich los, wie ich noch nie geheult hatte. Es war so erbärmlich. Als mir bewusst wurde, dass ich über meine eigene Erbärmlichkeit heulte, musste ich noch mehr heulen, ein Teufelskreis der nicht mehr zu stoppen zu sein schien. Aber da war ich schon längst wieder in meinem Zimmer und hatte laute Musik eingeschaltet. Niemand konnte mich sehen, keiner mein Heulen hören.

Niemand sollte es erfahren und doch erzählte ich es in einem Moment der Schwäche einem Mann vom Jugendamt, der seit der Sache mit dem Hakenkreuz regelmäßig vorbeikam. Er fragte mich so lange aus, bis es aus mir herausplatzte. Wieder unter Tränen, wie erbärmlich. Der Mann ging dann zu Mutti und Papa und meinte, sie hätten mich psychisch missbraucht. Hätte ich doch nur die Schnauze gehalten, so wie ich es immer getan habe, was war mir da nur eingefallen? Mutti und Papa sagten, es hätte mir nichts ausgemacht, die Tauben zu schlachten. Sie hätten das auch als Kind gelernt, auf Opas und Omas Hof. So war es ja auch. Sie hatten Recht und ich nickte nur, als sie mich fragten, ob es nicht so sei.

Trotzdem konnte ich nicht bleiben. Als der Mann mich fragte, ob ich in eine Notunterkunft wolle, ging ich mit. Papa sagte, ich hätte die Sache mit den Tauben nur so aufgeblasen, weil ich in eine WG wolle, so wie mein verkommener Bruder. Wenn ich das jetzt wirklich bekäme, wolle er mit dem Jugendamt von nun an nichts mehr zu tun haben. Ich würde genauso enden wie Sven. Mutti weinte nur. Der Mann nahm mich mit in ein flaches

302

graues Haus. Eine Metalltreppe führte in mein Zimmer. Alles war bunt angemalt, trotzdem sah es traurig aus. Ich blieb nur eine Nacht dort. Erst fragten sie mich aus. Sie wollten mich wieder zum Heulen bringen, aber ich blieb standhaft und erzählte nur das Nötigste. Die Anderen sahen mich nur angewidert an. Sie waren nicht so wie ich. Nein, ich musste dort weg, das konnte nicht funktionieren. Ich lag die ganze Nacht wach in meinem harten Bett. Am frühen Morgen, als noch alle schliefen, zog ich die Stifte aus den Scharnieren der Bürotür und nahm sie einfach heraus. Wie leicht sie war, als wäre sie aus Pappe! Ich schnappte mir die kleine blaue Kasse mit dem silbernen Henkel, aus der sie mir gestern sieben Euro gegeben hatten und jetzt jeden Tag geben wollten. Was sollte daran falsch sein, wenn es sowieso mein Geld war? Die Kasse war verschlossen, aber das sollte kein Problem werden.

Schnell lief ich zu Sven. Der umarmte mich, legte die Kasse auf den Boden und öffnete sie mit einem gezielten Tritt. Knapp zweihundert Euro waren drin, mein Geld für den ganzen nächsten Monat. Aber so lange würde es wohl nicht reichen: Wir zogen mit den anderen durch die Stadt und kauften davon Getränke für alle. Es war mir egal, jetzt in der Freiheit lag das Geld auf der Straße. Endlich gehörte ich dazu. Als es Abend wurde, nahm Danny mich mit zu sich nachhause. Als sie mir in die Hose fasste, konnte ich es nicht halten. Sie lachte nur kurz und steckte ihre Hand noch tiefer hinein, solange bis ich wieder soweit war. Wir trieben es die ganze Nacht auf der Matratze in dem sonst fast leeren Zimmer.

Am nächsten Tag nahm ich den Rest des Geldes zusammen und kaufte eine silberne Kette für Danny. Na, es war wohl kein echtes Silber, aber sie sah schön aus, so fein und elegant. Den ganzen Tag zog ich wie elektrisiert durch die Stadt. Ich konnte nicht anhalten, mich nicht hinsetzen, wie aufgezogen trugen mich die Beine einfach weiter. Als ich Danny am Abend die Kette vorbeibrachte, lachte sie nur wie bei unserem ersten Versuch in der vorangegangenen Nacht. Dann sagte sie, sie müsse noch mal los und kam die ganze Nacht nicht wieder. Ich lag auf der weichen Matratze und leerte die Reste aus den Flaschen, die um mich herum standen. Ich machte mir Sorgen, hatte so ein seltsames Gefühl im Bauch, wie damals bei Yvonne. Sie kam in der Fünften in unsere Klasse und bis zur Neunten wurde sie meine beste Freundin. Aber bei ihr kam ich nie soweit, wie bei Danny an einem Tag. Sie hatte immer einen Freund, mit dem sie laufend Schluss machte, dann aber trotzdem wieder zu ihm zurückging. Ich baute sie dann immer wieder auf. Irgendwann zog sie weg und ich schrieb ihr noch ein paar Briefe und fuhr an ihrem Geburtstag zu ihr ins Lehrlingswohnheim. Aber irgendwann verloren wir den Kontakt.

Mit Danny durfte das nicht passieren. Sie gehörte mir. Das musste ich ihr zeigen. Das mit der Kette hatte nicht geklappt, aber die Gelegenheit würde kommen. Als Danny morgens nachhause kam, legte sie sich neben mich auf die Matratze, schubste mich an den Rand und begann sofort zu schnarchen. Ich beobachtete sie, wie sie da im weißen Licht der aufgehenden Sonne lag. Als sie aufwachte, war es schon später Nachmittag und ich sah immer noch zu, wie sich ihr Brustkorb hob und senkte. Ich konnte nicht genug davon bekommen. Sie fragte, warum ich so verzückt starrte, aber ich sagte nichts, ich konnte nicht. Wir trafen uns mit den anderen vor dem Penny, deckten uns mit Getränken ein und zogen umher.

Schließlich machten wir es uns in einer Ecke auf der S-Bahn gemütlich. Dort war es trocken und windgeschützt und ab und zu warf jemand eine Münze in den Becher, den wir vor uns zu stehen hatten, so dass wir wieder etwas zu trinken holen konnten. Danny erzählte wieder die Geschichte, wie so ein Schwein versucht hatte, sie abzumurksen. Dann stand er plötzlich da in seinem weißen T-Shirt und stieß Richie auf die Gleise, drehte sich lächelnd um und spuckte in meine Richtung. Ich hatte gerade eine fast leere Flasche Wodka in der Hand, trank den letzten Schluck aus und zerschlug sie an der gekachelten Wand. Ich brauchte nicht zu überlegen, was zu tun war. Das Schwein lag bereits am Boden, als ich dazukam. Sven und die anderen hatten ihn umgeworfen und schrien ihn an. Ich war so ruhig wie selten zuvor, als betrachtete ich mich selbst in einem Film. Der Typ lächelte sogar noch, als ich ihm mit dem Flaschenhals die Kehle durchschnitt. Es war plötzlich still, nur die kratzenden Geräusche des zerbrochenen Glases, das auf Sehnen und Knochen rieb, sagten mir, dass ich gerade unheimliche Kräfte aufwandte. Davon merkte ich aber nichts. Ich spürte nur, dass ich diesem Typen einen Gefallen getan hatte. Warum konnte das niemand für mich tun?

Aus unserem Verlagsprogramm

**Spectators Story**

---

**Suicide Letters**

Geschichte, Geschichten und Gedichte sowie Briefe
der Spectators of Suicide

in sechs Bänden

herausgegeben von Estevão Ribeiro do Espinho

im Taschenbuch-Format
ISBN 9783738626827
je EUR 9,99

Die Band "Spectators of Suicide" entstand Mitte der
80er Jahre aus Mitgliedern der Gruppen "Marx-
Lovers" und "Null?Nie!Wo?". Das vorliegende Werk
ist nicht nur Zeugnis der Geschichte dieser Aus-
nahme-Band, sondern auch der Gedanken einer in
der DDR erzogenen Generation zu Macht, Politik
und den Umwälzungen in der Welt der digitalen
Medien zur Zeit der Jahrtausendwende.